汉鼎之光

——"全国脱贫攻坚模范"武汉鼎纪事

刘巧玲 著

远方出版社

图书在版编目 (CIP) 数据

汉鼎之光："全国脱贫攻坚模范"武汉鼎纪事 / 刘
巧玲著 . —— 呼和浩特 : 远方出版社，2019.9（2021.9 重印）

ISBN 978-7-5555-1387-2

Ⅰ.①汉… Ⅱ.①刘… Ⅲ.①报告文学 – 中国 –
当代 Ⅳ.① I25

中国版本图书馆 CIP 数据核字 (2019) 第 209691 号

汉鼎之光——"全国脱贫攻坚模范"武汉鼎纪事

HANDING ZHI GUANG QUANGUO TUOPIN GONGJIAN MOFAN WU HANDING JISHI

作　者	刘巧玲
责任编辑	董美鲜　奥丽雅　刘向武
责任校对	心　妍
封面题字	杨德明
摄　影	贺广生　袁永红　李时光
封面设计	高　博
版式设计	韩　芳
出版发行	远方出版社
社　址	呼和浩特市乌兰察布东路 666 号　邮编 010010
电　话	（0471）2236473 总编室　2236460 发行部
经　销	新华书店
印　刷	内蒙古爱信达教育印务有限责任公司
开　本	170mm×240mm　1/16
字　数	220 千
印　张	18.75
插　页	12
版　次	2019 年 9 月第 1 版
印　次	2021 年 9 月第 3 次印刷
印　数	19 001—20 000 册
标准书号	ISBN 978-7-5555-1387-2
定　价	38.00 元

武汉鼎

武汉鼎先进事迹报告会现场

国家扶贫办副主任夏更生为武汉鼎颁奖

受到自治区党委书记李纪恒接见

受到自治区政府主席布小林接见

与报告团成员合影

参加呼和浩特市武汉鼎先进事迹报告会，并与献花少先队员合影

在清水河县做报告

武汉鼎报告会现场

在培训会上

对农村党员进行培训

开展科技培训

深入田间查看作物长势

深入田间查看作物长势

深入田间查看作物长势

查看果树生长情况

查看牲畜饲料

深入田间查看作物长势

在武汉鼎工作
室介绍情况

在贫困户家中了解情况

在农户家中了解情况

与村民亲切交谈

与村民交谈

村党支部会议召开
前与村民交流思想

给村民送报刊

给贫困户送报刊

为贫困户送衣物

代表村委会接受锦旗

在下乡的路上

在下乡的路上

序 言

2018年12月16日，授予武汉鼎同志"全国脱贫攻坚模范"荣誉称号大会暨武汉鼎同志先进事迹报告会在呼和浩特市召开。自治区党委书记、人大常委会主任李纪恒出席会议并讲话，自治区党委副书记、自治区主席布小林主持会议。武汉鼎究竟做了什么惊天动地的伟业能够获得如此高度的重视和关注呢？这光辉的背后，又隐藏着怎样艰苦奋斗的历程呢？

我拿起手机用"百度"搜索词条"武汉鼎"。噢，原来这位耄耋老人是清水河县的闪光人物。他六十年如一日，发挥聪明才智，热心扶贫济困，乐于奉献爱心，以高度的社会责任感和实际行动，关心、关注、关爱着贫困乡亲，受到社会的广泛好评。用武汉鼎的话来说，"我只是想用自己所学，为老百姓做点实事"。我被武汉鼎的真诚和质朴所感动，萌发出抓住"脱贫攻坚"这一时代命题，写一部反映时代精神的主旋律非虚构作品的冲动。这种创作冲动，大抵缘于自己根深蒂固的"文学情结"。我自幼喜爱文学，1985年开始发表作品，写过诗歌、散文、文艺评论，也写过长篇小说、人物传记等，但对非虚构文学作品的创作情有独钟——这可能与我所从事的职业分不开吧！30多年来，我在企业从事思想政治工作，先后宣传报道过全国劳动模范、五一劳动奖章获得者、"三八"红旗手……从这些模范人物身上，我得到了许多正能量。这种正能量支撑、激励着我对政工岗位和文学创作不离不弃，一生坚守。

也许是心想事成吧！有一天早晨，我出乎意料地接到了清水河县委宣传部打来的电话：

"我们要宣传全国脱贫攻坚模范武汉鼎，想请你为他写一部报告文学。"

"我很想写，就怕写不好。"

"武老这两天正在呼市呢，你要有兴趣，先采访一下他。"

"可以，我也很想了解一下，这究竟是一位怎样的老人？"

2019年1月16日，武老在他所住的宾馆里，第一次接受我的采访。在武老行云流水般的讲述中，我被他的故事所打动，被他的精神所折服。他的人生经历本身就接地气、有生活，充满着正能量，激励着我以"胸中有大义、心中有人民、肩头有责任、笔下有乾坤"为己任，辛勤创作，热情讴歌时代风貌，展现英雄人物风采，用实际行动践行一个新时代文艺工作者的责任和使命。

春节期间，我一直在收集有关武老先进事迹的材料。找到的材料我都认真阅读，做了笔记，并写出了采访提纲。我常常想，生他养他的那片热土，赋予了他怎样的血肉筋骨、意志品格和精神气质？究竟是什么动力，驱使他迸发出如此巨大的能量，促使他完成如此引人注目、发人深省的人格塑造历程？

正月十五刚过，我奔赴清水河这个"老、少、边、穷"地区，深入了解武汉鼎的人生轨迹和传奇经历。在深入武老蹲点帮扶的村子采访中，我目睹了他带领乡亲们干出来的一个个奇迹、一桩桩伟绩，听到关于他的一件件感人肺腑的故事。这些都如磁铁般吸引着我，每天我都被感动着、激励着和震撼着，我的思想如潮水般奔流不息。正像一位老支书所说，当下乡村工作的第一难事就是脱贫攻坚，这不仅是政治任务，更是头号民生工程。国家和政府投入的资金多，办的都是大事，但在因户施策、精准扶贫上，那些关系贫困户的小事，就需要武汉鼎这样的人去完成。武老常说："群众利益无小事。"每件小事做好了，就能让老百姓真真切切地感受到党和政府的温暖，一件小事带动着一大片人心。

在近一个月里，我采访了近百人。这期间，我又采访了武老两次，还采访了他的家人，对他有了比较全面、深刻的了解。毛泽东同志说过：一个人做点好事并不难，难的是一辈子做好事。对于这句话，武老及村里的村民理解得较为深刻。其实，武老的一生并不复杂。他一生只从事了一种职业，就是畜牧兽医；他穷一生之力，只做了一件事情，就是扶贫济困。感人之处在于，他在人生的不同时期，以不改的初心和不渝的坚守，做出了不同凡响的事情。

　　动笔之前，经过反复思考和推敲，将书名定为《汉鼎之光》。本书采用报告文学为创作体裁，主要讲述了武汉鼎60多年来始终把帮扶老百姓走出困境作为人生的奋斗目标，扎根农村，心系贫困山村，情系贫困乡亲，真扶贫，扶真贫，生命不息，扶贫不止，用实际行动诠释共产党人忠诚与担当的暖心感人故事。创作过程中，在坚守传统报告文学创作的基础上，进行了一些探索和创新。一切从表现内容和创作的实际需要出发，寻找一个创新点。全书由引子和7篇53个章节组成，为契合书名从"源于苦难的'人性之光'""殚精竭虑的'创新之光'""爱心点亮的'惠民之光'""脱贫致富的'科技之光'""展望未来的'教育之光'""不忘初心的'信仰之光'""穿越山坳的'引领之光'"等7束光着笔。前两篇讲述了遥远的扶贫往事，重在写人，沧桑岁月，艰苦奋斗，可歌可泣；中间三篇回忆辞职下乡蹲点扶贫的故事，重在记事，借用了一般散文"以线穿珠"的横向结构形式，依靠主题思想的论述来直接组合相关材料，将主人公的主要经历穿插其中；后两篇侧重于主人公的人生感悟、思想升华和对其他人的教育、引领，不以写人记事为主，突出了概括性和时代性。总之，每篇内容选择主人公所处的一个典型场面和高潮时间作为中心，选取生活中琐碎的、真实生动的、具有说服力的事件，集中展现主人公"脱贫致富引路人"的风采，力求形象地、完整地传达给读者。

　　本书讲述的事情，无论是故事、经验、做法，还是思考、感悟，都是这个时代千千万万共产党员扎根"三农"、在脱贫攻坚中践行党的宗旨的真实体现，都是共产党员"不忘初心，牢记使命"的真实写照。那么，武老的"初心"又是什么呢？那就是全心全意为人民服务，使贫困乡亲过上幸福美满的生活。

当我在清水河这片黄土地上行走时，哪怕是最偏僻的山村，我看到的都是一派崭新的面貌。依山而建的挂面石窑，一条条蜿蜒曲折伸向大山深处的水泥公路，一所所村小学、卫生所、文化中心等，使昔日贫瘠落后的山村充满了生机与活力，这是无数个武汉鼎式的扶贫模范共同努力的结果。"中国人的饭碗要端在自己的手上。"这是武老扶贫济困的出发点和落脚点。他将自己的全部心血和汗水献给山村里的每一户村民，当人们对他充满信心和信任的时候，一种全新的、一生给予的生活方式从此开始了……

年年植树山叠翠，岁岁造林岭皆春。从1986年被国务院列为首批贫困县，到2011年退出国贫县成为自治区级贫困县，再到2019年退出贫困县序列，清水河人用了33年的时间。33年，只是时间长河中的一瞬，但对勤劳朴实的清水河人来说，却满是努力实干和奋斗不止的足迹。武汉鼎为了迎来家乡巨变的这一天，青丝变白发，坚守了60多年。如今，热爱这片土地的人们正在中国美、农村美的崭新画卷上继续浓墨重彩，一个更加自信而美丽的山城正步履铿锵地向我们走来……

文章合为时而著，歌诗合为事而作。所谓"为时""为事"就是要发时代之先声，在时代发展中有所作为。我作为一名文艺工作者，肩负着启迪思想、陶冶情操、温润心灵的重要职责，承担着以文化人、以文育人、以文培元的使命。希望通过这本书能讲好武汉鼎故事，传扬武汉鼎精神，让他的正能量更加广泛地传播出去，为决胜脱贫攻坚、实现全面小康提供强大的精神力量。

　　如果你有幸读到这本书，被武汉鼎毕生践行自己的人生追求的事迹所感动，引起一种反思、一种感悟、一种启迪，像他那样不惜奉献时间、金钱、精力和经验去帮助别人，从而实现爱的传递，并以此实现个人价值和社会繁荣，不失为出版此书之初衷。

刘巧玲

2019年7月

目　录

引子　/ 1

第一篇　源于苦难的"人性之光"　/ 7

第一章　哭泣的小山村　/ 9

第二章　兽医是这样炼成的　/ 15

第三章　转向新战场　/ 19

第四章　穿越贫困的高墙　/ 24

第五章　家世　/ 28

第六章　苦难是最好的学校　/ 32

第七章　记忆深处的"善与恶"　/ 36

第八章　党叫干啥就干啥　/ 40

第九章　传遍乡里的"神医手"　/ 45

第十章　为了乡亲割舍亲情　／ 50

第二篇　殚精竭虑的"创新之光"　／ 55

第一章　党中央的回信像一缕春风　／ 57

第二章　奋斗者的本色　／ 61

第三章　一心只为百姓圆梦　／ 67

第四章　创造了一个奇迹　／ 71

第五章　接受新生事物也是一场革命　／ 74

第六章　有志者自有千计　／ 78

第七章　梦想是现实的种子　／ 83

第八章　细微之处见真情　／ 87

第九章　汗洒千家无怨悔　／ 91

第三篇　爱心点亮的"惠民之光"　／ 97

第一章　一个灵魂的觉醒　／ 99

第二章 情满暖水湾 / 103

第三章 爱洒大阳坪 / 109

第四章 心牵老牛坡 / 114

第五章 贫穷是一场无声的危机 / 119

第六章 一诺千金 / 124

第七章 照亮农户养殖路 / 128

第四篇 脱贫致富的"科技之光" / 133

第一章 致富绝技——抗旱丰产沟耕作法 / 135

第二章 摸索"三三制"种植法 / 141

第三章 推广种植"地膜玉米" / 145

第四章 创新"三短三一"饲养法 / 153

第五章 退耕种植优良饲草 / 157

第六章 念好富民"科技经" / 163

第五篇　展望未来的"教育之光"　 / 169

　　第一章　好好学习，天天向上 / 171

　　第二章　教育要从娃娃抓起 / 176

　　第三章　"三下乡"激活了贫困山村 / 182

　　第四章　走了个李团长，来了个武团长 / 186

　　第五章　知识改变命运 / 191

　　第六章　火把照亮了山村 / 195

　　第七章　一次神奇的"三下乡"之旅 / 199

　　第八章　让"教育扶贫"像奥运火炬一样传递 / 202

　　第九章　真心浇筑的不变真情 / 206

第六篇　不忘初心的"信仰之光"　 / 211

　　第一章　把加入中国共产党当成终生的追求 / 213

　　第二章　坚持不懈，夙愿终会实现 / 217

第三章　信仰是共产党员安身立命的根本　／222

第四章　朴素至简的家国情怀　／227

第五章　爱上兽医这一行　／233

第六章　男儿有泪不轻弹　／238

第七章　让党支部成为坚定共产主义信仰的堡垒　／243

第七篇　穿越山坳的"引领之光"　／249

第一章　从"川妹子"到致富领路人　／251

第二章　跟着武老去扶贫　／257

第三章　慕名而来的"驻村第一书记"　／266

第四章　一颗红心促脱贫　／273

第五章　永远的旗帜　／278

后记　／286

引　子

报告文学《汉鼎之光——"全国脱贫攻坚模范"武汉鼎纪事》讲述了"全国脱贫攻坚模范"武汉鼎60多年来扎根农村、扶贫济困，用实际行动诠释中国共产党人忠诚与担当的暖心感人故事。

毛泽东同志说过，一个人做点好事并不难，难的是一辈子做好事。我们从这句话的背后，看到了雷锋、焦裕禄、孔繁森……他们凝聚成中华民族的脊梁，化作一面面高高飘扬、永放光芒的旗帜。

清水河，这个黄河与长城握手的神奇之地，出了一个武汉鼎。他本是一名普通的农村兽医、一名中国共产党党员，人生之路已走过87个春秋。他从清水河这块"老、少、边、穷"的黄土地出发，走上了首都北京的颁奖台，先后荣获各种荣誉230多次，其中国家级奖励就有8次。

1983年，被评为"少数民族地区和边远地区先进科技工作者"；

1984年，被评为"全国农林科技推广先进工作者"；

2009年，被评为"全国百名道德模范"；

2014年，荣获"全国离退休干部先进个人"荣誉称号；

2016年，被评为"全国最美基层兽医"；

2018年，荣获"全国脱贫攻坚模范"荣誉称号；

……

武汉鼎成功了，这一次他从黄土地出发，踏上内蒙古自治区为他举办的国家荣誉的颁奖台。他把清水河这块贫瘠的土地领向中国、领向世界，为清水河注入新的灵魂、活力和生机，使它成为少数民族地区脱贫攻坚的奇迹。

2018年12月16日是一个特殊的日子——"一带一路"国际日。这一天，要"让世界读懂中国"。对武汉鼎来说，这一天也是一个特殊的、终生难忘的日子，他获得了"全国脱贫攻坚模范"称号，要让中国人读懂他。

这一天，武汉鼎专程前往呼和浩特市，参加为他举办的表彰大会。正值寒冬腊月、北风凛冽之时，整个世界似乎成了一个大冰窖。山，被冻得失色；河，被冻得僵硬；空气，也被冻得凝固起来。与往年相比，只是少了雪花飘飞的情调。

冬天，像是一场春天的彩排，一切都是准备好的模样，它的迅猛、声响与气息不同寻常。冬天是那么严肃而凄凉、寒冷而干燥，却与庄严而肃穆、和谐而温暖的内蒙古自治区政府视频会议厅形成鲜明对比。此刻，身材高大、满头白发、面目慈祥的武汉鼎在报告团成员的陪同下走来。主席台正上方，一条鲜红的用蒙汉两种文字写成的横幅闯入眼帘：授予武汉鼎同志全国脱贫攻坚模范荣誉称号大会暨武汉鼎同志事迹报告会。一股暖流在他的心底涌动，泪水在他的眼眶中打转。他们一行五人，身披红色绶带，被迎上主席台。自治区党委书记、人大常委会主任李纪恒，自治区党委副书记、自治区主席布小林，国务院扶贫办党组成员、副主任夏更生一一和他握手。

强弱不同的灯光，营造了温暖的气氛，偌大的会场鸦雀无声、座无虚席，参加会议的有自治区党委、人大常委会、政府、政协领导和法检"两长"。人们望着主席台上白发苍苍、面目慈祥的武汉鼎，心存疑问：这位耄耋之年的老人，做出了怎样的光辉业绩，能获此殊荣？

会议是以视频形式召开的，除了在主会场出席的人员外，各盟、市都设了分会场，有更多的人通过视频凝望着他。

在聚光灯下，武汉鼎手捧证书，心潮澎湃。在人生的长河中，他先后200多次登上领奖台，那些荣誉都是和许多先进人物一起分享的。这次却与以往不同，他感到了自己手中证书的分量和肩上的责任。他的人生很简单，只经历了两个阶段：兽医工作和扶贫济困。而贯穿始终的只有一件事情，那就是穷其一生之力帮助父老乡亲走出困境，过上有吃、有穿，既体面又有尊严的好光景！

在播放武汉鼎同志先进事迹专题片后，报告团中4名成员满怀深情

3

地讲述了武汉鼎同志在脱贫攻坚一线的先进事迹和感人故事。

武汉鼎同志的长子武斌说："父亲一辈子舍小家顾大家，不是对家人无情，而是心中有大爱。他的情、他的爱，早已融入家乡父老乡亲身上，父亲这辈子就是为家乡千千万万父老乡亲活着的。"

清水河县城关镇韩庆坝村委会副主任严琼说："从武大爷身上我深深地感到，能够帮助别人是一件多么令人高兴和自豪的事。我从一个不懂事的小姑娘，成长为一名为老百姓服务、带动贫困户脱贫致富的共产党员和村干部，这一切都离不开武大爷的帮助和培养。他像一盏明灯，照亮了我人生的道路。"

清水河县广播电视台记者孙燕说："采访中，我常常思考，他早已功成名就，为啥不在家里享享清福，还要不停地往村里跑？是什么力量让他如此执着？他老人家常说：毛主席说过，一个人做点好事并不难，难的是一辈子做好事。我生长在农村，我太知道农民需要啥了，在我的心里，农民的事大于一切。能用我微薄的力量，让乡亲们的日子过得越来越好，就是我最快乐的事情。"

清水河县委书记云霖琼说："他把自己一生的追求概括为一句话，党强、民富、村和，我服务，甘愿做一名孺子牛。……武汉鼎精神，无论过去、现在还是将来，都将是我们清水河县最宝贵的财富。我们要弘扬武汉鼎精神，坚决打赢脱贫攻坚战……"

他们的报告，赢得阵阵热烈的掌声。

自脱贫攻坚战打响以来，全国各地、各界涌现出一大批先进人物和典型模范，武汉鼎同志就是其中的杰出代表之一。他的荣誉背后本没有传奇故事，只有那份不改的初心和不渝的坚守。但他用一生的精力写就的暖心感人的故事，用一世的风雨无阻谱写的扶贫风采，演绎成美丽的传说，在内蒙古大地上广为传颂——他始终把帮扶老百姓走出困境作为人生的奋斗目标，心系贫困山乡，情系贫困乡亲，真扶贫，扶真贫，生命不息，扶贫不止。他先后在清水河县的5个乡镇、15个行政村和30多个自然村，推广农牧新品种、新技术，因地制宜，优化产业结构，带动当地12000多人脱贫致富；他将每月退休金的1/3用于扶贫，先后帮助贫困学生和孤老病残100多人。党的十八大以来，已是耄耋之年的武汉鼎，积极响应中共中央脱贫攻坚号召，砥砺前行，长期驻村帮扶大阳坪、老牛坡、座峰等3个贫困村。目前，3个村均已脱贫出列，100多户300多贫困人口脱贫，人均年收入8000元以上。他用实际行动和光辉业绩诠释了中国共产党人的忠诚与担当，被誉为"农民脱贫致富的引路人"。

脱贫攻坚已进入关键时期，李纪恒在报告会中强调，广大党员干部要向武汉鼎同志学习，学习他恪守信念、对党忠诚的政治品格，学习他一心为民、造福百姓的公仆情怀，学习他不畏艰难、勇挑重担的担当精神，学习他求真务实、苦干实干的优良作风，学习他淡泊名利、无私奉献的高尚情操，切实把榜样的力量转化为坚定的信念和不竭的动力，打赢打好脱贫攻坚这场历史性战役，用实际行动和成效践行"两个维护"。

　　泰戈尔曾说，你今天受的苦，吃的亏，担的责，扛的罪，忍的痛，到最后都会变成光，照亮你的路。不错，武汉鼎所经历的一切，都化作了他的人生之光：人性、创新、惠民、科技、教育、信仰和引领等一束束光，照亮了贫困山乡，点亮了父老乡亲的心灯，点燃了千家万户的希望。他以"鼎"一般的铮铮铁骨，铸就了扶贫济困之路上的精神丰碑和脱贫攻坚火线上的坚强脊梁。

　　如今，耄耋之年的武汉鼎继续奔走在脱贫攻坚、全面建成小康社会、实现"中国梦"的人生征途上，闪烁着永不磨灭的"汉鼎之光"……

第一篇　源于苦难的"人性之光"

信条1　有没有人性这种东西？当然有的。但是只有具体的人性，没有抽象的人性。在阶级社会里就是只有带着阶级性的人性，而没有什么超阶级的人性。

——毛泽东《在延安文艺座谈会上的讲话》

1958年，武汉鼎从巴彦淖尔盟狼山县（今巴彦淖尔市临河区北狼山镇）回到家乡清水河，先后在城关镇、韭菜庄和盆地青公社兽医站工作。他利用自己所学的兽医专业知识，通过不懈的努力，不断的摸索、学习和实践，有效控制了盆地青公社30个生产队的牛羊疥癣病，为全县的疫情控制积累了经验；他治疗和预防了多种牲畜疾病，成为传遍乡里的"神医手"。

在苦难的岁月里，武汉鼎像许多人一样，经受了饥饿、贫穷的折磨与考验。当他因"家庭出身"问题遭人陷害时，他以坚定的信念、正直的气节和真诚的付出，为乡亲们摆脱贫困竭诚服务，换来了敦厚、朴实、善良的人们的支持与帮助，给他的精神投射了一缕人性的光芒。

正是人类灵魂深处的真善美，以及美好的品质和崇高的精神，为他注入了旺盛的生命力。

穷苦百姓，他敬重如神！

第一章

哭泣的小山村

　　盆地青，约1682年前，山西省晋兰县几户农民居于此地。这里四面环山，中间低平，绿水长流，像一块青色的盆地，故得名。这里曾是革命老区，在革命战争年代这里的人民踊跃支援前线，送子弟兵上前线，他们为中国革命的胜利做出了重大贡献。1962年隆冬时节，武汉鼎带着徒弟肖瑞踏上了这片红色的土地。

　　一场大雪过后，一层厚厚的雪，像一块破羊毛毡子般将大地包裹着。一些被冻得失去色彩的树木，从破洞里钻出来，光秃秃的没有一点生机。寒风刺骨，时间在万物的沉默中仿佛凝固了。在起伏不平的山路上，武汉鼎一个扁担上挑着两个破铺盖卷走在前面。他穿一件白茬子羊皮袄，头戴一顶狗皮帽子，从嘴里、鼻孔里喷出来的热气，凝成了一层层霜花冻结在皮帽的四周，恰似一顶银色的头盔，这与他那冻得通红的脸形成了鲜明对比。肖瑞牵着一头瘦驴跟在后面，驴背上驮着装满药物的麻袋，那是盆地青公社兽医站从韭菜庄公社分家时，分给他们重新立业的全部东西——两把灌爵（给牛灌药的专用工具）和价值300元钱的药物。由于没有固定住所，他们只能四处流动，哪里有牲畜病了需要医治，他们就住在哪里。

肖瑞问道："师父，今天我们在哪里落脚啊？天太冷了，把人冻得鼻酸头疼，两脚就像两块冰坨。"

武汉鼎这才停下脚步，他身材高大，像松树一样站在白皑皑的雪地上，随着凛冽的西北风晃动着身子，仿佛在和严冬抗争。他向四周望望，说："我们已经到了山西省与内蒙古自治区和林格尔县的交界处，这个村子可能就是井儿沟（新村大队）。"他还没有把目光收回来，就听到村里传来一阵哭声。

武汉鼎放下扁担，让肖瑞看着东西，自己前去探个究竟。

冬天的小山村，尽管白雪遮盖了荒凉，但由于没有绿树如荫的点缀，仍显得有点破败。武汉鼎大步流星地走进村子，看见一群衣衫褴褛的人跪倒在一头耕牛旁边，痛哭不止。千百年来，耕牛对于农民来说，一直是至珍至爱的"宝"。在农村的生产活动中，耕牛是主要的生产力，是最贵重的公有财产，是作为生产力资源一并计算的。耕田、耙地、拉车、拖碌子，多少繁重的农活都离不开它。各个生产队都十分重视，一般都安排德高望重的老农民负责看管和放牧。

有人哭喊着说："和我们相伴相依的耕牛，怎么说没就没了呢？"

还有人说："队长，肯定是因为修牛棚，动了千斤石。我们盖一座庙，请人作法，驱妖辟邪吧！"

清水河是一方贫瘠的黄土地，比黄土地更贫瘠的，是封闭在大山沟壑里的人。那时，人们不知道牲畜得了病能治，他们认为一旦牲畜有病，就只能修庙求神。多少年来，人们对自然灾害、生老病死等现象十分无奈，他们按照自己的意愿、理解和想象从而认为有神灵存在，并把自己安康发达的希望寄托于神灵保佑上。他们最关心的是许多现实生活中非人力能解决的诸如消灾得福、继嗣生子等问题，因此，只要有利于解决问题，不管是何方神圣，都能在庙堂有一席之地。

武汉鼎蹲下身子，望着那头死去的耕牛，它的脊背上是一道道被木鞍勒出的光秃的印记，他仿佛看到一幅画面：牛拉着犁，人扶着犁把，像翻书一样犁着田地。他知道，耕牛日出而作、日落而息，卸下了犁，又套上了耙。犁浅了、歪了，耙快了、慢了，都会遭到吆喝或鞭打。它活着时是生活极其贫苦的人们发泄怨恨的对象和摆脱贫困煎熬的寄托，现在它死了，才有人为它哭泣。"唉，可怜的老牛啊！"

武汉鼎查看了病情，站起身问道："谁是队长？"

一位身体瘦弱的老人答道："我是。"这位老人叫胡海生，是1937年入党的老党员。胡海生上下打量着面前这位身材高大、血气方刚的汉子，初看上去，似乎有点粗俗、有点土头土脑，但仔细一看他两眼炯炯有神，便觉得他是个不同凡响的人物。胡海生试探着问道："你是？"

"我是盆地青公社新来的兽医武汉鼎。"

胡海生上前一把抱住他，失声痛哭起来……

一直以来，清水河县的牲畜疫病防治始终处于落后状态，从未设有相关机构，仅有几名民间兽医从事牲畜疫病防治工作。清水河的牲畜，习惯上分为大畜和小畜，大畜有牛、马、骡、驴等，小畜主要指绵羊和山羊。其中，牛是主要役畜之一。由于当时缺少药物和医疗器械，医治技术落后，因此一般大畜有病多请民间兽医以中草药灌治，小畜则用土法治疗，对于细菌性或病毒性传染病则毫无办法。

胡海生流着泪说："村里已经死了10头耕牛，剩下的10头也病得不轻，你能救救它们吗？"

武汉鼎说："修庙没用。这牛得的是牛疥癣病，疥癣布满了嘴边，厚夹皮把嘴箍住，张不开嘴，吃不进草料，最后就活活饿死了。"

听了武汉鼎的话，胡海生和村民们像见到救星似的纷纷围着他跪下说："你快救救它们吧！"

当晚，武汉鼎和肖瑞就在村子里住下了。这里的生态环境十分恶劣，人们靠天吃饭尚未解决温饱，眼前耕牛的不断死亡，更是雪上加霜。哭泣着的小山村，揪着他的心，扯着他的魂。

武汉鼎吃不下饭、睡不着觉，就和肖瑞共同研究治疗方案。他在巴彦淖尔盟狼山县学习兽医时，听贾维原师父提起过这种病。牛羊疥癣病，又称牛羊螨病，是由螨虫寄生于牛羊皮肤而引起的一种慢性寄生虫性皮肤病。疥螨的发育包括卵、幼虫、若虫和成虫4个阶段，全部发育过程都在牛羊皮肤里完成。他说："此病发病快，死亡率高，从来没有被治好过。老百姓认为这是无法医治的，每当牲畜发病时，就花大把钱财修庙求神祷告，结果钱畜两空。"

肖瑞最佩服的就是自己的师父，在他眼里，师父就没有治不了的病。听武汉鼎这么说，肖瑞着急了，说："师父，我不相信这病连您也治不好……再想想办法！"

武汉鼎说："现在只能'死马当作活马医'，我能想到的也只有进行药浴治疗了。"

第二天，武汉鼎带着肖瑞和胡海生队长派来的两个人，开始治疗井儿沟生产队10头耕牛的疥癣病。他们先在大铁槽里兑好温碱水，再把病牛拉进窑洞里，先用布蘸上碱水洗牛嘴周围，再把干皮一点点刮掉，之后再用"六六六粉"擦洗。天冷不能对牛进行全身洗浴，就一片一片局部擦洗，每天要对每头牛擦洗四五次。为了使用方便，武汉鼎还自行配制了"六合来剂"。

武汉鼎白天给牛治病，晚上就在土窑洞里的煤油灯下看书学习。煤油灯是武汉鼎自己动手做的。他先将墨水瓶洗干净，再用牙膏锡壳做成瓶盖，扣紧瓶口，瓶盖中间穿过一根棉绳，就做成一个小巧玲珑的简易煤油灯。现在的人也许会认为点煤油灯的年代是多么贫乏而落后，但对那时的人来说，却多了单纯、质朴和快乐。武汉鼎在煤油灯下一直保持着旺盛的求知欲，通过读书不断充实着自己的人生。只是在煤油灯下看书看得太晚了，第二天早上起来，他就会变成一张"包公脸"，能把给他们送早饭的胡海生逗得笑半天。

白天的光阴在给病牛的洗浴中静静流淌，夜晚的时光在煤油灯的跳动中悄悄远去。时间长了，耳濡目染，肖瑞看见师父读书好生羡慕，睡得也不那么早了。武汉鼎望着他，问："你想读书吗？"没等肖瑞回答，武汉鼎就把自己刚读完的一本书递给他。肖瑞接过来读道："《元亨疗马集》。"当天晚上，他读起了这本书。油灯如豆，要凑近了才能看清楚书上的字，不一会儿，他就被油烟呛得咳嗽不止。

武汉鼎剪了两次灯花，灯油熬干了，他们才躺下。

肖瑞用手抚摸着那本书，问道："师父，这是本古书，你从哪儿弄来的？"

武汉鼎说："我师父送的，这本书寄托着厚望呢！"

肖瑞说："师父，你要是还不困，给我讲讲你跟师爷学兽医的事情，好吗？"

武汉鼎的思绪沉浸在对往事的回忆中……

第二章

兽医是这样炼成的

　　1947年，兵荒马乱中，武汉鼎跟随父母逃到了巴彦淖尔盟狼山县。秦汉时，阴山最西的一段被称为"阳山"，即"狼山"，长约370千米，为东北—西南走向。狼山南侧以断崖临河套平原，北侧倾斜较缓，逐渐过渡到巴彦淖尔高原，西端没入博克台沙漠、亚玛雷克沙漠及海里沙带之中。地处干旱大陆性气候地带，山上几乎无植被，属荒漠、荒漠草原类型。呼和巴什格山峰是狼山的最高峰，高度2364米。

　　狼山镇是一个历史悠久的集镇，1942年实行新县制，属绥远省辖狼山的县政府所在地。武汉鼎一家移民到狼山县的二分子地谋生，这里聚集着历年从清水河县移民来的难民，因此，被当地人称为"难民疙瘩"。因为没有固定的生活来源，所以武汉鼎一家只能靠早年移民到这里的两位姐姐接济，过着朝不保夕、饥寒交迫的生活。

1952年，家里给武汉鼎说下一门亲事，姑娘是山西省平鲁县高石庄人，名叫贾梅先，与他同岁。贾梅先虽长得瘦小，但生性善良，本是大户人家的姑娘，后来逃难来到后套。武汉鼎先与贾梅先结了婚，成了家；后与畜牧兽医这一行结下奇缘，立了业。

贾梅先的爷爷贾维原，是清朝末年的秀才，也是当地名声远扬的兽医。孙女成婚后，他看到武汉鼎没有正经职业，就收他为徒，学了兽医。贾维原身材适中、品貌端正，国学根基深厚。武汉鼎对他很敬重，学习很刻苦，贾师父也十分器重他。他跟在贾师父身边，耳濡目染，对给牲畜诊断和治疗充满了兴趣。贾师父常对他说："中医给人看病，是救他们的命；兽医给牛看病也是在救人的命，因为耕牛就是他们的命呀！"

1953年，武汉鼎20岁，他就像一棵苗壮成长的小松树，褪去稚嫩，长成一个身材高大、性格豪爽的北方汉子。这一年，他迈出了人生关键的一步。当时，贾维原被吸收到狼山县城关兽医站当兽医，他将武汉鼎招收进去，继续跟在他身边学习。毫无疑问，这是武汉鼎钟爱一生的兽医事业的起点。那时，为了给兽医站挣钱，贾师父经常带着4个徒弟下乡给牲畜驱虫、灌药、搞防疫，武汉鼎从中学到不少知识。贾师父收藏了一本线装的《元亨疗马集》，为兽医鼻祖元亨兄弟所著。元亨兄弟，六安市人，兄喻仁，字本元；弟喻杰，字本亨。元亨兄弟生活于明代末年，是中国历史上最为著名的兽医学家。《元亨疗马集》问世于明万历三十六年（1608年），全书集古代兽医之大成，内容丰富，诊疗精微，其针灸学更属兽医界独创，成为中国流传最丰富、最广泛的畜牧兽医学巨著。贾师父自幼喜马、养马，对马的生活习性颇为了解，对马的常见病症的防治很精通。他把这部宝典研究得十分透彻，常常引以为荣。贾师父的儿孙们都没有念过几年书，至少尚未达到能够读懂专业古籍的水平，他便把目光集中在武汉鼎身上。在他的徒弟里，只有武汉鼎识文断字、勤学好问，无疑是能继承其衣钵的最满意的人选。贾师父经常对武汉鼎说："如今懂得疗马医牛的兽医太少了，你若学成，定当有所作为，名利双收。"在贾师父的谆谆教诲下，武汉鼎立志要成为一名出色的兽医。

俗话说，师父引进门，修行在个人。3年的时间，聪明勤快的武汉鼎不仅学成出徒，而且真正成为一名乡村兽医。他是一个工作狂，一年到头风尘仆仆、忙忙碌碌，天天下乡给农户的生猪打疫苗、劁猪、骟马、医牛。有时候，刚端起碗吃饭就有农户来请诊，他急忙放下碗，跳下炕，背上牛皮药箱就跟上农户走了。等到了农户家，翻牛栏、跳猪圈，一次次让病畜起死回生。每当看到农户的脸从阴转晴，最后笑逐颜开，他就有一种说不出的开心。和农户交流的时候，他略显拘谨，但言谈举止沉稳成熟，说话言简意赅，喜欢用手势加强语气，表现出他独特的个性。由于经常走路下乡，一年要磨破好几双鞋，鞋破了补补再穿，帮底分离了才舍得扔掉。那时，兽医站离家有十几公里路，他一个多月才能回一次家，家里的活儿一点忙也帮不上。他爱琢磨每种牲畜在不同季节的发病规律，喜欢总结各种有效的治疗方法，他把所有的精力都放在牲畜疫病的预防和治疗上。也就是从那时候开始，他就养成了不顾家的习惯。幸亏贾梅先理解他、支持他，从来不抱怨。

武汉鼎在狼山县学习兽医的5年（1953—1957），也是中国经济建设实施第一个五年计划的时期，工农业生产都有大幅度提高，社会安定，民风良好。当时，中国人民沉浸在战天斗地的豪情壮志中无法自拔。此时，农民朴实无华如漫山遍野的无名小草，春耕夏耘决定着秋收冬藏，人们只有辛勤劳动，没有什么捷径可走。人们为了建设新中国都有一股子干劲，争先恐后地要贡献自己的力量。武汉鼎挨家挨户地问诊治疗，一点一滴地汲取业务知识和积累经验，掌握了许多诊治方法，逐渐成了行家里手。

1958年4月，狼山县撤县改区，后成立了东风人民公社，隶属于杭锦后旗。县里的干部、技术人员都被分流到磴口、乌海等地。武汉鼎思念清水河的山山水水和父老乡亲，于是再三请求回到养育他的家乡去。

武汉鼎返乡那天，80岁高龄的贾师父十八里相送，并且不顾儿孙们的反对，将自己所珍爱的《元亨疗马集》和一些秘方奉送给他，望他日后成材，为民造福。

武汉鼎紧紧握着贾师父的手，说："师父，您放心，我会认真钻研兽医知识和技术，全心全意为老百姓服务，绝不会给兽医这个行业抹黑的！"

第三章

转向新战场

武汉鼎和肖瑞在饲养院的窑洞里住了一冬天，过年也没有回家。武汉鼎用自行配制的"六合来剂"成功治愈了10头耕牛的疥癣病，保证了井儿沟生产队春耕生产的正常进行。

春耕时节，武汉鼎和肖瑞离开井儿沟生产队，前往盆地青公社。一路上，他们看到田间地头到处都是人背粪、人拉犁的景象。

中国古代以农业立国，讲究时令节气，春种、夏长、秋收、冬藏，一概以时令为转移。春耕备耕是全年粮食生产的第一仗。农谚云：过了惊蛰节，春耕不能歇。春分过后，万物复苏，正是春耕备耕的好时节，各地农民都把全部精力倾注在土地上，忙着绘制一幅幅"春耕图"。农活儿实在繁忙又紧张，但再忙也不能误了耕田翻地呀！耕田，本应由耕牛拉犁,可是由于牛疥癣病的流行,清水河县的牛死了不少,各个生产队牛力不足,只得组织人力拉犁了。一张犁要四个人,三个男人拉犁,一个妇女扶犁。第一个拉犁人叫鞭头,双手握一根竹竿以稳脚步;第二个人劳力稍弱或岁数大些,只需手扶绳索低头向前;第三个人是有经验的老农民,留在最后"带鹞",即一边拉犁一边用手抓住鹞绳,犁浅了松松鹞绳,犁深了提提鹞绳,使木犁耕翻的泥土差不多深浅。

人拉犁的情景,定格在武汉鼎的脑海里,那刻骨铭心的艰辛劳累,让他每每想起都隐隐作痛。

盆地青公社是新成立的,没有固定的办公地点。那时候,消息十分闭塞,等进了公社的临时大院,见到公社书记高安成,武汉鼎才知道盆地青公社的疫情有多严重:32个生产队中有10个生产队发现牛疥癣病,发病率高达50%;20个生产队发现羊疥癣病,全公社不到1万只羊,死亡率也很高。

高安成书记说:"牛羊疥癣病在咱们清水河县存在很多年了,但侵袭面不大。这次是因为从四子王旗调入的一批羊带来了疥癣病,才导致疫情在全县范围内蔓延。老武,我知道你的兽医技术在咱们清水河首屈一指,是我硬把你从韭菜庄公社挖过来的。控制疫情的事,全靠你了。"

武汉鼎这才知道自己被分配到盆地青公社的真正原因,他说:"高书记,我一定尽心尽力地完成任务。"

武汉鼎听说五里坡奶牛场有间闲窑,于是就把盆地青兽医站先安置在那里。这孔窑长年不烧，现在虽然烧了炕，但仍反潮严重。他睡在土炕上，感觉腰酸背痛，很不舒服。

武汉鼎睡不踏实，干脆起身，点上他自制的煤油灯，再把肖瑞叫起来，共同研究治疗方案。牛羊疥癣病于冬、春两季最容易感染流行，因为这些季节日照不足，尤其是阴雨天气，圈舍潮湿，又因牛羊毛长而密，体表湿度较大，最适宜螨的发育和繁殖。等到夏季日照时间长，牛羊毛大量脱落，皮肤比较干燥，螨大部分死亡。随着气候条件的变化，到秋季时，螨又重新活跃，引起螨病复发，常可引起牛羊大批死亡，对畜牧业危害极大。

武汉鼎说："按照这个发病规律，我们要抓住时机，利用春季尽快治疗牛羊疥癣病。根据我们在井儿沟的治疗经验，较为理想的方法是进行药浴治疗。"

肖瑞说："药浴，总得有个药浴池吧？"

武汉鼎说："牧区给羊治病，有专用的药浴池。我在牧区见过，可以去县城专门定做一个。"

第二天一早，武汉鼎步行去清水河县城，定做了一个1.5米长、1米宽的大铁槽。他在那个铺子里听说，去年冬天，全县有218个村流行牛羊疥癣病，病羊达45690只，死亡21474只，致死率达47%；死亡的家畜竟有2100多头（只）。

面对这么高的发病率，武汉鼎感到自己肩上的担子很沉重，控制疫情刻不容缓。

从那天起，在盆地青蜿蜒曲折的山路上，常常看见武汉鼎和肖瑞抬着铁槽，用驴驮上药物，艰难前行。他们转遍所有的小山村，一家一户地教，一头牛、一只羊地擦洗，走到哪里就住在哪里。

有人劝武汉鼎说："这么棘手的事情，你就是再努力，结果也是费力不讨好，趁早收手吧！"武汉鼎摇摇头，虽然什么话也不说，但从未停下前进的脚步。

药浴用的还是武汉鼎自行配制的"六合来剂"，主要成分是"六六六粉"。它是一种农药杀虫剂，白色晶体，有剧毒，受潮可降解。在当时缺医少药、温饱不解的情况下，"六六六粉"的产生和投入使用，让人们看到了希望。更可贵的是，在牛羊疥癣病肆虐、无药可治的情况下，武汉鼎敢为人先，最先将"六六六粉"合理配制，控制了疫情的蔓延。

那时候，没有橡胶手套，也没有防毒口罩，"六合来剂"难闻的味道刺激他们的呼吸道；为牛羊药浴时双手浸泡在药水里，导致胳膊和手上的皮脱了一层又一层。在这样恶劣的条件下，他们仍坚持着。春季总算熬过去了，为了根治疫病，在秋季剪毛时，他们抬上铁槽，弄上水，配上药，一个村挨一个村地去治疗。同时，他们把方法教给农户让他们自己动手洗。

1964年，盆地青公社30个生产队的牛羊疥癣病竟然奇迹般地被控制住了。

乡亲们找到武汉鼎，说："你治好了牛羊那么麻缠的病，说明你本事不小，我们挺感激你的。你要是能解决养羊产毛量少这个问题就更好了。"乡亲们的几句话点醒了武汉鼎。盆地青是革命老区、贫困山区，之前牲畜疫病蔓延严重影响了集体生产，导致许多农户一夜赤贫。怎样才能帮助乡亲们摆脱贫困、增加收入呢？从那时起，武汉鼎就把"从老百姓的需求出发，立足兽医工作，不断增加老百姓的经济收入"作为人生的目标和秉承的信念，努力把压力变为动力，切切实实地落实在行动中……

第四章

穿越贫困的高墙

　　武汉鼎在走村串户给牲畜治病的过程中，目睹了乡亲们过着三餐不继、衣衫褴褛，甚至一家人只有一条裤子的凄惨生活。这一切激起了他竭诚为老百姓服务的意愿。他认为，要想让乡亲们尽快摆脱贫困，当务之急是要进行土种羊改良，增加经济收入。

　　清水河县的农民最早是在当地畜种中选择较好的种畜进行改良，或有少数农民通过亲友从大青山以北引进少量的绵羊，对当地的牲畜改良起到一定的作用，但尚未有过专门引进外地优良品种对土种羊进行改良的先例。羊，是清水河县的主要牲畜，肉食、皮毛兼用，是农民最喜欢饲养的家畜。当时，养羊卖羊毛是清水河县老百姓的主要经济来源，而当地土种羊毛粗、肉少、个体小，整只羊剪下的羊毛也卖不了几个钱。

武汉鼎下定决心要进行土种羊改良，可是当他和乡亲们谈起这件事时，没想到许多人都持观望态度，似乎改良不改良不关他们的事。正在武汉鼎左右为难之时，前兴泉生产队的张润满为搞改良羊的事找上门来。

第一次见面，张润满就给武汉鼎留下了深刻的印象。他穿着一身草绿色的旧军装，腰里扎着一根旧皮带，皮带的断裂处打了两个眼用麻绳穿着。早年，他被国民党抓壮丁，后来跑出来投靠了八路军。他在延安当过王震司令员的警卫员，参加过延安保卫战和延安整风运动。因为在一次战斗中受了重伤，他被送到山西老乡家里养伤，后因落下了残疾，才退伍返乡。

张润满握住武汉鼎的手说："我想协助你搞改良羊，可是我没钱买种公羊。"

武汉鼎一听，高兴地说："你不用愁，我给你想办法解决。"

张润满说："等买回种羊，就先用我家那5只绵羊搞试验。"

他们一拍即合，准备携手为乡亲们寻求一条共同富裕之路。

武汉鼎找到清水河县改良站站长，说："我想改良羊，但没钱买种公羊。"站长一听很支持，马上批了500元钱。

张润满看到武汉鼎这么快就解决了资金问题，就兴致勃勃地派了两个人从乌兰察布盟的辉腾锡勒种羊场，买回两只茨盖种公羊。茨盖羊是苏联的古老绵羊品种，体质结实、体格大，公羊有一对螺旋形角，胸深，背腰较宽而平，毛纯白色。

　　为了确保改良成功，武汉鼎干脆搬到张润满家，与他同吃同住。他们坚持几十天对种公羊的各种生理特性及生活习惯进行观察。

　　第二年，张润满家添了5只改良羊羔，可产的却是半细毛。原来，茨盖种公羊虽具有体质结实、抗病力强、适应性好等优点，但是生产性能较低，羊毛长度不够理想且匀度较差。

　　武汉鼎只好亲自去内蒙古改良站，接回了两只斯大夫细毛羊。在张润满的带领下，前兴泉村的牲畜率先实现了改良化。之后，许多生产队都跟着改良了。只有十七坡的生产队队长很固执，不同意改良。让人们接受一项新生事物并不容易，武汉鼎没有多说，心想：不改就不改，留着他们生产队做对比，事实胜于雄辩。

　　到了第三年，张润满的17只改良羊的收入超过了十七坡生产队100多只土种羊的羊毛收入。一只改良羊比土种羊多产羊毛2.5公斤，收入增加8倍；多产肉30%，增加收入5至7元。十七坡的生产队队长急了，说武汉鼎是专门留下他们做对比的，追着他改良队里的羊。

　　为了推广改良羊，盆地青公社党委在前兴泉村召开了现场观摩会。武汉鼎用事实说话，将剪下来的羊毛做成套，供全公社各生产队观看。乡亲们高兴地说："以前我们提上小篮子卖羊毛，羊全身的毛都卖不了一元钱，现在光羊头上的毛也能卖一元钱了。"

　　为了调动老百姓养羊的积极性，县委书记冯开选想出了"十羊二利"的办法，即集体的羊给农户养，养10只羊，成活后给农户2只，极大地调动了改良土种羊的积极性。羊毛从最初的几百元卖到一万多元，改良羊在全公社得到了广泛推广。

武汉鼎先后从各个种羊场调来种羊500多只，以满足生产队、社员们的改良需要。

武汉鼎初心不改，一心为民，以实际行动赢得了群众的认可、支持和褒奖，张润满看在眼里，喜在心上。在武汉鼎离开的前一天夜晚，他俩彻夜长谈。张润满觉得武汉鼎全心全意为乡亲们服务，应该向党组织靠拢，他说："你应该向党组织递交入党申请书，接受组织的考验。"

武汉鼎低下头，说："你可能不知道，我的出身不好。"接着，他向张润满毫无保留地说起了自己的家世……

第五章

家　世

武汉鼎的"地主成分"，要从他们武家的兴衰史说起。

1933年8月8日，武汉鼎出生在清水河县暖泉乡大阳坪村。当时，他的爷爷武登红手上的家业很大，田地多、粮食多、长工多、商铺多，日子过得红火富足。

至于武汉鼎家的先祖是何年何月从山西偏关迁到这里的，已无从考证。因为他家祖辈中没有识文断字的人，也就没有留下任何文字记载，只能从他的爷爷说起。

武登红是个耿直倔强又十分精明的人，他听着长孙洪亮的哭声，心里乐开了花，决心好好供他读书，将来好继承家业。

当时，武登红在清水河县很出名。一是有钱。早年，他从山西偏关逃荒到清水河县。起初，他以薅羊毛为职业，挣不下多少钱，生活很贫苦。后来，在暖泉乡大阳坪村定居，开荒种地，开架打井，引水灌溉，逐渐有了几亩良田。到了民国年间，由于饱受战火之灾，不少农民无力从事农业生产而纷纷外逃。武登红从三黄水、毛林等村购进大量良田。他勤俭持家、会经营，碹起7孔石窑，建起一个大院，圈洞里养着牲畜，雇了长工和短工耕种良田、种植洋烟。他还在清水河县城置办了聚胜龙、聚元昌、元兴泉等3家商号，成了清水河有名的地主老财。二是生活十分节俭。他一年四季穿一身旧衣裳，头戴一顶旧毡帽，从穿戴看不出他是有钱人。家里一日三餐，也是莜面糊糊煮土豆。媳妇们不想吃带皮土豆，他都会严厉斥责，让她们连皮吃下去。后来，这也成了穷人笑话他的由头。武登红不怕有人说闲话，因为他知道，勤能补拙，勤能创业，哪怕一无所有，靠着"勤俭"这个品质，小则衣食无忧，大则开创家业。武登红家生活富足，自然人丁兴旺。不过连他自己也不相信，他的4个儿子把家变成革命阵营，没有一个继承他的治家传统。

　　大儿子武林，即武汉鼎的父亲。因为生在富裕人家，所以读过几年私塾，脑子里装满了《三字经》《百家姓》和《千字文》，在村里也算是文化人。后来，他进城帮父亲打理商号，结交了一些官宦人家的子弟，染上了许多坏毛病，整日不务正业、游手好闲。最后，他把家财挥霍殆尽，家道中落。他娶的女人是穷苦人家的孩子，他对她每天非打即骂。在武汉鼎的记忆中，就连过年他的母亲都会挨打受气，因此他痛恨自己的父亲。

二儿子武真，抗战时期被土匪绑票。清水河人称"绑票"为"请财神"。那时，清水河一带的土匪多如牛毛，村里人被抢掠、被"请财神"的事时有发生。一次，几个土匪悄悄来到大阳坪，趁黑摸进村抢东西，绑架了武真，他们的目的当然是要钱。武林来处理这件事情，他没有和土匪讨价还价，而是请八路军前来营救。土匪将武真这尊"财神"关进后大井村的一孔土窑里。后来，在转移他的过程中，与八路军发生了激战，武真被炸断一条腿。最后，武真被八路军营救，送往绥远城（今内蒙古自治区呼和浩特市）的医院抢救，活了下来。几年后，因为腿伤复发身亡。当时，家里的成年男人都不在，棺材又无法在家里久放，于是，家里雇了一辆牛车把棺材拉上，让只有十几岁的武汉鼎送到"孤魂滩"去。"孤魂滩"位于绥远城旧城南茶坊和西菜园之间，是一块沼泽滩。清朝乾隆年间，这里是刑场，掩埋着无数尸骨。后来，许多革命志士在这里就义，为纪念他们的冤魂，人们在这里修了一座孤魂庙，后又把此处称为"孤魂滩"。当武真的棺材压在森森白骨上时，武汉鼎第一次感到害怕了。他闭紧双眼，不敢回头，向家的方向逃去。

三儿子武庭，曾在清水河县乡政府工作，后来参加了绥远起义。中华人民共和国成立后，他参加了抗美援朝战争。转业后，他被分配到通辽供销社工作，再没有回过清水河。

四儿子武英，后改名武志成。在绥远城师范学校读书时，加入地下党组织，后来去丰镇参加了八路军，参加过多次战斗。中华人民共和国成立后，他被分配到巴彦淖尔盟行政公署工作。

1947年，武家兵分两路，离开了清水河县城。一路是武林夫妻带着武汉鼎兄弟二人，投奔已在巴彦淖尔盟狼山县生活的两个女儿；另一路是武登红和武庭一家去了绥远城。次年，武登红去世，但4个儿子都不在身边，是他的本家和朋友得知消息后，把他的棺材运回大阳坪村武家的祖坟安葬的。

1950年6月30日，我国开始在全国范围内划分农村阶级成分，即依据财产、土地及贫富程度，给每户家庭划分成分。"划分成分"这一棒正好打在武登红的头上，他被划成"地主"。武登红虽已破产离世，但"地主"的帽子却被作为唯一的遗产传给了他的大儿子武林。后来，武林在狼山县被抓，被判十几年徒刑。由于劳动改造表现好，被释放出狱，安排在黑龙江省的一个农场劳动。

武汉鼎自懂事起就饱受战乱之苦，没有过上几天好日子。他除了是"地主孙子"之外，还有一个坐牢的父亲，这让他有一种负罪感，上学、工作、入党都受到很大影响。

听武汉鼎讲完，张润满说："就算是地主成分，你已是孙子辈了，想入党就写申请，让组织考验你，不写申请书永远也入不了党。"

尽管加入中国共产党是武汉鼎的夙愿，但他还是没有勇气……

第六章

苦难是最好的学校

1966年8月，武汉鼎因"地主成分"被关进一孔黑窑。

他躺在黑暗、阴冷、窄小的土窑洞里，辗转反侧，难以入睡。他一闭上眼睛，脑海中就充满了恐怖、愤怒和杂乱的声音……几天前，武汉鼎正在农户的院子里给一头下骡子的驴接生，他小心谨慎，因为小骡驹很容易患脐带破伤风。在小骡驹就要落地的紧要关头，一群人闯进院子，大声喊道："武汉鼎，赶快低头认罪。"接着上来两个彪形大汉，不由分说地将他按压在地上。

武汉鼎无奈地看着那头正在生产的母驴，说："我成天和牲畜打交道，何罪之有？"

"哼！"有人扯着破锣嗓子甩给他一句话："因为你老子是地主，

还坐过牢！"

武汉鼎高昂着头说："我参加工作时已经向组织如实汇报过，不是说老子的问题不牵连儿子吗？"武汉鼎心里明白这是有人要公报私仇。

武汉鼎的老婆孩子被下放到盆地青公社，没有自留地也分不到口粮，只有一间土窑。武汉鼎一家过着暗无天日的生活。

一天夜里，又有一群人来抓武汉鼎。武汉鼎的妻子贾梅先怀着身孕，十分害怕，情急之下癫痫病犯了，倒在地上昏迷不醒，孩子也哭成一团。但是，武汉鼎还是被带走了。

从此，他们一家老小提心吊胆地过日子，有点风吹草动就心惊肉跳。武汉鼎的"地主成分"像一块石头似的压得他喘不过气来。他知道，如果他连自己都保护不了，又怎么能保护好家人呢？

有一天，武汉鼎下乡给牲畜看病。他跪在一个生产队的简易牲口棚里，给一头病牛灌药。这可不是一件容易的事，他一条胳膊搂紧牛脖子，一只手拿着灌爵，从破脸盆里舀满药，然后扳起卧着的牛头，用灌爵的角头撬开紧闭的牛牙关，再把药灌进去。一不小心灌呛了，就会喷他一身药。这是这个生产队最好的一头耕牛，它口青力大，干活是最拔尖的，也是全队人的命根子。

空气湿润润的，充满了河流和泥土的气息，阳光并不刺眼，温暖地照耀着依然绿着的大地。武汉鼎从牛棚走出来，活动了一下麻木的双腿，背起药箱，开始在起伏不平的山路上跋涉。

武汉鼎回到家，发现窑门上了锁。邻居跑过来悄声告诉他，说：

"张润满把你家搬到前兴泉村去了。他让我告诉你，以后不要在公社待了，回村里去吧。"武汉鼎马不停蹄地赶到10公里以外的前兴泉村。原来，他家的遭遇传到了张润满的耳朵里，他替武汉鼎抱不平。为了保护武汉鼎家人的安全，张润满先找下一孔土窑，把武汉鼎的老婆孩子接过来，又接济了粮食，解决了一家人的吃饭问题。武汉鼎再无后顾之忧，对张润满感激不尽。

牛二得知武汉鼎的家已搬走后，就以不好控制为借口，把武汉鼎关进公社前院的黑窑，让他彻底失去了人身自由。像武汉鼎这样生活在无助无望中一天天地挨日子的还有两个人。一个是供销社收购员贺刚，他已经50多岁了。另一个是盆地青公社的秘书李云。他们白天排着队去河滩里背石头，给盆地青公社碹窑；晚上回来，还得自己做饭。武汉鼎见李云体弱多病，就主动替他干活，留他在窑里做饭。

一个人干两个人的活儿，谈何容易！每当背着石头上坡时，武汉鼎就感觉沉重的石头快把他压得和黄土地融为一体了。太阳当空，阳光火辣辣地照在身上，汗水像小溪一般从脑门流下来，冲破眉毛、睫毛两道屏障，流入眼睛里，渍得生疼。他没法腾出手来擦一把，只能时不时地眨眨眼。双腿使劲向上蹬着，整个人都麻木了，仅留下一点意识，就是快点把石头背到碹窑的地方。

超负荷的劳动已经将武汉鼎的后背磨烂，睡觉时一挨土炕，就像撒了一把盐似的钻心地疼。他咬牙坚持着，心想磨出老茧就好了。

繁重的体力劳动对身强力壮的武汉鼎来说，并不是什么苦难。最令他难以忍受的是丢下了心爱的兽医事业，不能为乡亲们排忧解难。现在，他被关在黑窑洞里，身心被束缚着，时时感到胸口压了一盘石磨似的，而排遣痛苦的唯一方法就是回忆过去。

难忘的童年往事占据了他的思绪……

第七章

记忆深处的"善与恶"

1937年"七七"事变后，在飞机大炮的掩护下，武装到牙齿的日军于8月15日越过八达岭长城，攻占了南口重镇张家口要塞；9月13日，攻占了山西省雁门关外的军事重镇大同。随即兵分3路，以20万兵力，沿平绥、同蒲、平汉、津蒲铁路线推进。1938年1月25日，日军侵占了清水河县城。

清水河县属黄土高原的边缘地带，境内山峦起伏、沟壑纵横，县城依山傍水、群山环绕，地势险要。这里属晋绥边区领导，是八路军的一个重要根据地，也是晋绥、陕北根据地与大青山游击根据地相互联系的交通要道，战略地位十分重要。

1941年，武汉鼎到了上学的年龄。武登红十分疼爱自己的长孙，就把他从大阳坪村接到清水河县城，让他在城关小学上学。学校大门东侧的万和厚巷是日寇的宪兵队驻地，每天都有两个日本兵把守。日本人常把抗日爱国人士抓进去，往他们肚子里灌煤油和辣椒水，然后在肚子上踩，传出的惨叫声令人毛骨悚然。武汉鼎每天上下学都要从这里经过，感觉阴森森的，总是不由得紧走几步。

有时正吃着饭，警报响了，日军的飞机来轰炸了，武汉鼎只能跟着爷爷匆匆忙忙地往防空洞里跑……日军进村3件事：要钱、要粮、要洋烟；实行的是"三光"政策——杀光、烧光、抢光。他们见什么抢什么，从牛、羊、鸡、猪到粮食、衣物、农具、日用品等，拿不走的就打烂、烧毁，当地老百姓都十分痛恨日本人。

留在武汉鼎记忆深处的是，民族英雄乔全清宁死不屈的动人故事。乔全清是清水河县太平庄人，幼年入国民小学读书，后考入绥远中学，毕业后回县任国民小学校长，"七七"事变后任清水河县县长和国民革命军第六路副总指挥。日军侵入清水河县后，乔全清在打鱼窑一带坚持抗日活动。他率领的部队改称23团，他任团长。1939年春，乔全清率部在西山神庙伏击战中打死日军20余人。同年，日军派30余名伪蒙军监修县城至栅稍塌的运煤公路，乔全清率部在西城姑姑庵与伪蒙军展开了殊死鏖战。一时间枪声、爆炸声、喊杀声惊天动地。乔全清组织了二次进攻，战斗异常激烈，23团同仇敌忾，视死如归。不幸的是，在第二次进攻中遭遇了增援的日军，乔全清腿部中弹，受了重伤。但他仍英勇战斗，不肯下战场，最后弹尽被俘。日军想让他投降，就给他医治腿伤，劝其投降，乔全清不从，无数次劝降皆以失败告终。日军就让他的腿伤恶化，并施以酷刑，乔全清宁死不屈。日军锯掉他的双腿、双臂，剥皮刮骨。乔全清英勇就义，时年45岁。后来，战地动员委员会授予他"绥南抗日民族英雄"称号。每次听到人们讲乔全清的故事，武汉鼎都会眼含热泪，低头沉思，他的思绪一连几天都会沉浸在这个民族大英雄的伟大壮举中。这件事在武汉鼎稚嫩的心灵深处，引起了对乔全清团长的敬仰，激起了对丑恶的日本人的愤恨。

留在武汉鼎记忆深处的还有八路军第一次进驻清水河县城的故事。

1945年8月18日晚，山城郊外起伏不平的田野上一片寂静，除了河边的草丛里传来阵阵的蛙叫和虫鸣声外，听不到别的声响。八路军主力团、偏清支队、县大队已经神不知鬼不觉地把清水河县城团团包围，指战员们摩拳擦掌、跃跃欲试，等待着进攻的信号。

19日黎明时分，八路军主力团36团从北门、西门冲进城内；偏清支队、县大队架起云梯，登上城墙，攻入东门内，两路夹击敌人。敌人从睡梦中惊醒，仓皇应战。不到两小时战斗胜利结束，共打死敌人200多人，俘敌600多人，敌步兵二团团长李占斌被击毙；缴获战马400多匹，枪械600多支。

在耀眼的阳光下，八路军把胜利的红旗插到县政府的门楼上，清水河县第一次获得了胜利。武汉鼎挥动着小旗子，挤在人群中，在大街上欢迎八路军入城。望着蓝天白云下高高飘扬的红旗，听到乡亲们高兴地说："这回是两夜一天换'三国'。"清水河县委书记田仲、县长王焕光将粮仓打开，放粮救济穷苦百姓，百姓齐呼："感谢共产党！感谢八路军！"站在人群中的武汉鼎年纪虽小，但他知道八路军是为老百姓谋福祉的，是善良的、受百姓拥护的队伍，从心底涌起一股热爱之情。

有一天，武汉鼎回到家里，看见从不流泪的母亲在啼哭。原来是生活在山西省平鲁县的姥爷在给八路军送公粮的途中，被埋下的地雷炸死了。武汉鼎的眼泪也顺着脸颊流下来，母亲紧紧攥着他的手说："孩子，记住，你一定要好好念书，无论在什么时候都要做一个善良、正直、坚强的人。"他冲着母亲使劲点头，抬起胳膊用衣袖擦干了眼泪。后来，投身革命、参加八路军的四爹武英回来了，给他讲了许多八路军抗日打鬼子的事情。武英常对他说："等你长大了，一定要做有益于人民的事……"

武汉鼎的童年和少年都是在兵荒马乱、战火纷飞中度过的。在耳闻目睹中，他懂得了正义与邪恶、善良与丑陋的区别，真善美的种子在他的心底扎下了根……

第八章

党叫干啥就干啥

有一天，武汉鼎刚在黑窑洞的土炕上躺下，想伸展一下弯曲太久的身体时，就有人打开窑门上的铁锁，大叫道："武汉鼎，席麻沟生产队一头刚生下的小骡驹病得厉害，你去给看看。不准乱说乱动，就算给你一个赎罪的机会！"

武汉鼎弯腰走出黑窑洞，那如帘的雨幕在暗夜里掀起又落下，夜很凉，他的心却突然热了：关了这么久，终于可以给牲畜看病了。他一句话没说，跟上队里派来的人就走。天下着小雨，山路泥泞，一些地方还有积水，想走过去，只能左弯一下、右躲一下地艰难前行。因为急着去看病，武汉鼎的衣服全湿了。

到了席麻沟生产队，经过诊断，小骡驹得了脐带破伤风症，需要用抗生素治疗，但公社没有抗生素，县城才有。别人不敢去买，说怕买错了耽误病情。武汉鼎只好连夜冒雨上路，他要翻越那些起伏的山梁，去钻那些险要的沟壑。路比他想象得还难走，幸好他有走夜路的经验：发白的是路，发黑的是障碍，发亮的是水。这条山路崎岖无比，两边是深沟险壑，只要脚一打滑，就可能葬送在这荒山野岭。他摔倒了爬起来，想：我走过的路有过泥泞，有过困难，有过崎岖……只要脚踏实地、勇往直前，就能一步一个脚印走下去。他打起精神向前走，走得很累很困时，他想就这样闭上眼睛，不要再睁开。唉！人生的悲哀，莫过于前途迷茫黯淡，但坚持催生着希望，跋山涉水也要向前走，他仿佛回到了从巴彦淖尔盟狼山县回清水河县的岁月……

1958年元旦，《人民日报》发表了"鼓足干劲，力争上游"的社论。之后，党中央制定了社会主义建设总路线，发动"大跃进"运动和农村"人民公社化运动"，举国上下展开了一场轰轰烈烈的社会主义建设运动。

那时，有一句流行的话："做好本职工作，党叫干啥就干啥！"

武汉鼎挑着简单的行李，一个人回到故乡清水河县。一路上，他感受到辽阔的祖国大地到处是"一马当先、万马奔腾、大干快变"的壮观场面。面对澎湃的激情和高涨的热情，他无数次想到自己的故乡。他们全家离开清水河县时，他还是个孩子；时隔10年返乡，他已是一名合格的集体兽医。小时候在故乡经历的一些事，虽不能全部回忆起来，但是故乡的山山水水，以及住在窑洞里的憨厚朴实的父老乡亲，是抹不掉的记忆。故乡是什么？有人说，故乡是你想哭哭不出的地方。在武汉鼎看来，故乡是心之所向、情之所往，是身心归依的地方。故乡熟悉的面貌，让他顷刻间有了归家的感觉，但那片沟壑纵横的黄土地和农民贫困生活的愁容，让他心里产生了无限惆怅。故乡的确没有多少迷人的风景，实在得就像一抔黄土。可多少年来，武汉鼎的心始终没有走出这片黄土地。

6500多年前，人类文明在这片美丽的土地繁衍生息，人们在这里依山而作、逐水而居，日出日落，穿越四季。清水河，位于内蒙古南部，跟黄土高原接壤，与陕北、晋西北搭界，紧挨着滔滔不息的黄河。左有银汞山，右有平顶山，两峡对峙中，一条终年清澈的淡水河穿城而过，清水河县也因此河而得名。抗战胜利后，国共争夺清水河县，历经"八进七出"艰苦卓绝的战斗，中国共产党最终取得了胜利，于1949年6月13日解放了清水河县。

清水河县是一座小山城，蒙汉杂居，以农业为主，习俗上蒙汉交融，兼具陕晋风情。站在故乡的土地上，武汉鼎想：我一个从农村走出来的孩子，能为父老乡亲做些什么？能为家乡建设做些什么？清水河县地处内蒙古高原和黄土高原的中间地带，也是农耕文化与游牧文化的结合带，畜牧业很重要，因此兽医工作也很重要。那就用自己的兽医技术和赤胆忠心，真正为家乡做一些实实在在的事情，报效家乡，报效父老乡亲！

1958年9月，清水河县成立了13个人民公社。武汉鼎被分配到城关兽医站工作，吃的是商品粮。1959至1961年，我国经历了三年困难时期，粮食大幅度减产，造成农村严重缺粮。于是，压缩城镇人口，减轻城市压力，部分人员下放基层。当时，城关兽医站有3个人，只留下陈锁堂一个人，张德明下放到五良太公社，武汉鼎下放到韭菜庄公社，他们下去的任务就是组建基层兽医站。

韭菜庄公社是清水河县较大的公社，有80多个生产队。武汉鼎来了以后，收了两个徒弟张虎亮和王茂华。当时，公社里没有兽医站，只能四处流动开展牲畜防疫工作。当地的百姓很贫穷，他自己也是饥寒交迫，常常为自己的无能为力而寝食难安。到了冬天没有棉衣，白天在院里给牲畜看病，冻得浑身发抖。晚上回了兽医站，只有半间土窑，睡觉连腿也伸不开。韭菜庄公社有个老干部杨四，看他可怜，经常叫他一起下乡。杨四和乡亲们关系好，他无论去了哪家，都给吃猪肉烩菜，武汉鼎才能吃上一顿饱饭。没有真正挨过饿的人，是无法体会那种困顿下的凄凉与绝望的。武汉鼎从杨四身上学到了联系群众的方式方法，也懂得了联系群众的重要性。杨四看见武汉鼎没有厚棉衣，就让供销社给他做了一件半大的白茬子皮袄。他白天穿着，晚上盖着，晴天毛朝外，冷天毛朝里。穿上这件皮袄后身上暖了，心里更暖了，有人关心照顾的感觉真好，他立志成为一个能帮助别人的人。

1962年3月，韭菜庄公社兽医站在疫病防治上取得了成效，被评为区级先进兽医站。后来，韭菜庄公社和盆地青公社分家，兽医站也面临着分家。武汉鼎知道，去盆地青公社就要重新组建兽医站，依然要过漂泊不定的生活，因此，他决定让徒弟张虎亮留下，自己带着徒弟肖瑞去盆地青公社，开始重新创业。

不知不觉中，武汉鼎翻山越岭徒步70多公里，只用了12个小时。回到席麻沟生产队时，天已大亮，雨也停了……

第九章

传遍乡里的"神医手"

武汉鼎被关在黑窑里半年之后，有人提议："这个人关不住，给牲畜看病离不开他。"之后，就把他放回家了。

1967年，清水河县境内的羊得了一种病，羊就像疯了一样，不断死去。只要羊死了，生产队不分青红皂白就把放羊人的工分扣掉。他们辛苦一年，一家人的生活却无法维持。有人来找武汉鼎哭诉，武汉鼎同情地说："以后再有羊死了的情况，你们来找我，我去看看是怎么回事。"

后来，有个生产队的羊死了。武汉鼎去了，将羊头割下来解剖，发现羊脑里长起一个鸡蛋大的囊泡，泡内充满了透明的液体，囊壁很薄，如水铃铛。武汉鼎知道这种病是羊脑包虫病，又称羊多头蚴病，是由多头带绦虫寄生于头脑和脊髓引起的疾病。这是一种常见的寄生虫病，主要侵害羊，特别是2岁以内的羊。羊一旦得了这种病，就会出现食欲下降、反应迟钝、头呆立抵墙、醉酒状站立不稳、神经症等症状。他告诉乡亲们说："因感染羊脑包虫病而死亡的羊，你们把死羊的头割下来扔在外面，被狗吃后寄生虫寄生于肠内，生出大量虫卵，而狗把屎拉在草上，像播种一样播出虫卵，污染了羊的草料，羊再吃了草，就又得了这种病。这种病狗是病源，它的防治方法很简单，一定要进行无害化处理。再死了羊，把头割下来深埋，对护羊犬要定期驱虫，这种病就不会传染了。"

武汉鼎找各生产队反映这件事，羊是因为得了病，并不是放羊人故意弄死的。他们不听，说他专门包庇坏人。

由于牛的用途单一，农户不愿养牛，而愿意养骡子。骡子分为马骡和驴骡，由公驴和母马所生称为马骡，反过来则称为驴骡。马骡力大无比，驴骡则善于奔跑。俗话说，驴骡像驴，马骡像马。说的当然不只是外表方面，内在品质上它们也各有特点。就拿驴骡来说，它不仅耐力很强、力量较大、食量一般，而且性情温顺，可以使用30年左右；而马骡的特点是力量很大，耐力很强，但性情急躁，且只能使用20年左右。骡子唯一的缺点是基本不能繁殖后代，它们多半没有生育能力，只有极个别母骡与马或驴交配后能生育。相比之下，因为骡既能耕种又能驮运，且省费用，所以农户更愿意养驴骡。

驴骡下崽时容易引发3种病，死亡率很高：一是骡驹尿血，二是骡驹破伤风，三是驴怀不生。为了治疗这3种病，武汉鼎下苦功，想办法进行排除，但效果不显著。他虚心向农民学习治疗经验，又在实践中总结提高，终于使这3种病不治而愈。

骡驹尿血。民间流传着一句话：骡驹尿血——没治了。武汉鼎想尽办法治疗这种病，可就是治不好。有农民告诉他，这种病不用治，去年下的骡驹尿血，今年换个种公马配种，就不尿血了。武汉鼎终于明白这是特异反应。以后遇到这种情况，他就在第二年配种时，换个种公马，有效控制了这种病。

骡驹破伤风，传统做法是立即人工断脐带。武汉鼎深入群众，调查研究病因。有的农民说："我的骡驹生下来就不给人工断脐带，等舔完血，一站起来，脐带自然崩断，就不得破伤风。"在以后的接生中，武汉鼎沿用了这种办法，使这种病得到了控制。

最难解决的是驴怀骡子不生。有一次，一头母驴因骡驹胎儿太大生不下来，打胎药灌进去就吐出来，打不下去。武汉鼎赶到时，驴已经死了。为了弄清病因，他对死驴进行解剖，发现草料把驴肚子撑得一层一层的，他猜想会不会是给驴喂了大草大料却不让动造成的。为了验证，他进行深入调查。后来发现，井儿沟有个叫吴二的饲养员，他养的母驴先后给生产队下了十几头骡驹，都没得过这种病。他的做法是：母驴怀上骡驹后，每天带出去活动三四个小时，再牵回来。

1975年，内蒙古自治区召开科技成果推广会。武汉鼎将驴怀骡子不生的研究成果写成材料报上去。他认为形成这个病的主要原因是产前运动不足，造成骡驹胎儿大，引起堵塞，吃进去的草排泄不出去，草就一层一层地把肚子撑满了，所以生不下来。但在会上，有科技人员反驳了他的说法，说："你一个基层兽医懂什么，这是妊娠毒血症，是中毒了，我们有化验报告。"

次年，山西省兴县召开科研协作会，武汉鼎也去参加了。会上交流了甘肃农业大学留美教授蒋次生关于"驴怀骡子不生"的研究报告。蒋次生教授在山区对母驴进行了分组试验：一组是让它们做产前运动，一组是产前不让动。结果是运动的母驴就不得此病，不运动的母驴就得了病。蒋次生说："由于当时制度的约束，只要母驴怀上，老百姓生怕它们出了问题，就给喂上好草好料，不敢让驴出去活动，久而久之导致了驴怀骡子不生。"

虽然武汉鼎的观点在一年之后才得到印证，但他早已按自己的方式有效防治了这3种病。

武汉鼎治疗和预防了多种疾病，因此"神医手"的绰号传遍全乡。大集体时代，大牲口金贵啊！只要骡马生病，方圆百里的生产队队长都会派人来请他给牲畜诊治。这不，腊月二十九深夜，和林格尔县的三保罗派两个人找上门来，说："公社的一匹枣红马肚疼得满地打滚，病得很厉害，我们慕名而来，无论如何请你去给看看。"

邻居刚好过来给他送吃的，就劝说："赶上年关了，你又感冒得这么厉害，快不要去了。"武汉鼎想想还是给马治病要紧，就强打起精神，跟他们去了和林格尔县。

武汉鼎边走边想：骡马肚疼这种病不好治，弄不好得做手术。生产队一头大牲口值几千块钱，是件大家当。做手术风险特别大，况且又没带一个助手，万一失败了该怎么交代？

等到了地方，有两个人从屋子里走出来，对他说："我们没有办法了，看你的了。"

武汉鼎这才知道他们已请了和林格尔县的兽医，实在看不了，才去请他的。武汉鼎说："我们都是同行，我感冒了不舒服，咱们就一起给治吧。"

进了屋，看见那匹枣红马已经不动了。武汉鼎二话没说，把手伸进肛门一摸，原来是肠子被粪夹子堵住了。他指挥那两个兽医在马肚子上顺着肠子向上推，他自己硬是用手掌将粪结块一点点揉碎。

他使出全身力气给马治好病后，已是累得站不起来了。

三保罗见武汉鼎没动刀子就把生产队的种公马救活了，很感激他，就派了两个人送他回去。这时已是五更天了，家家户户在接神。春节，俗称"过大年"，是中国人最为隆重、盛大的传统节日，贫富不弃，千古不衰。翻过盆地青的那道山梁，武汉鼎就让送他的两个人回家过年，他自己又走了5公里路，才回到盆地青公社兽医站。

武汉鼎一个人在兽医站过年，由于感冒后身体又受了累，只能在值班室的土炕上躺着。每逢过年，为了让徒弟们回家过个团圆年，十有八九都是他留下值班。为了工作，武汉鼎很少回家，老婆带着几个孩子日子过得艰难。想到渐渐长大的几个孩子，他感觉身上有了劲儿，从心里感觉出春节的气氛来。

第十章

为了乡亲割舍亲情

　　兽医站有了闲窑，武汉鼎为了便于照顾家人，把家搬回盆地青公社兽医站，结束了长达10年的两地生活，一家人真正团聚在一起。但是，居无定所、忍饥挨饿的日子，却永远留在孩子们的记忆里。家里的生活很拮据，父亲永远有干不完的工作，经常一两个月不见人影；父亲很少把工资花到家里，一家人的生活全靠病弱的母亲耕种一些薄田勉强维持。

　　春耕时节，三保罗为了感谢武汉鼎救活了他们的种公马，特意派人给他送来200斤"元月青"良种马铃薯。武汉鼎在自留地种了一些，可他的地是河滩地，马铃薯长不大。正无计可施之时，座峰村的支书王长福跟他说生产队给他留了2亩地，让他种那些马铃薯。秋收的时候，马铃薯大获丰收。

来年春天，有人打听到武汉鼎种的是良种马铃薯，就找他用莜麦换马铃薯去种。之后，他换回了500斤好莜麦，解决了一家人的吃饭问题。

春播前，摇铃沟村的村主任找到武汉鼎，说："我们存放的莜麦籽种捂了，发不了芽了，听说你有好莜麦，能不能换一下，我们实在是没办法了。"武汉鼎想也没想就答应了。他回家背起好莜麦就要走，没想到贾梅先趴在莜麦口袋上死活不让他走。她哭着说："这是我们全家人一年的口粮，你拿走了，我们吃啥？"武汉鼎开导她说："如果不把好莜麦兑换给他们，今年就没法种地，明年全村40多户人家就断粮了！你说我们能不管吗？我们大不了吃一年赖莜麦。"贾梅先拽着粮袋的手松开了，她毕竟是个善良贤惠的人。结果，全家人整整吃了一年又黑又硬又难闻的莜面。

盆地青兽医站办得越来越红火，常有一些领导和同事来参观学习，还有一些给牲畜看病的人。那时，兽医站没有食堂，只要来人武汉鼎就往家领。贾梅先当炊事员，天天为家中无菜无粮发愁，可是让她感到脸上无光的是土炕上的席子已经是补了又补，没法再用了。因此，她有了一个心愿，就是等哪天有了钱，要买一块大红油布铺在土炕上。

武斌高中毕业后，被安排在盆地青当民办教师，一年挣下300个工分，一个工分合9分钱，一年开了27元钱。他领了钱，就想圆了母亲的梦。他高高兴兴地去供销社买油布，选中的布却要27.5元。他只好回家和母亲商量，贾梅先从一个破包里翻来翻去，才凑足这5角钱。这块大红油布总算铺上了，全家像过年一样，高兴了好多天。

兽医站实行了合作保畜制度，经常有病畜送来诊治。为了不影响群众的生产，他们不用来人等着陪治，牲畜全由他们免费喂养。啥时候病好了，捎个话再来拉走。

入冬前，盆地青公社掌沟村生活困难的高德元老人拉着一头母驴，怀里抱着个骡驹子，火急火燎地来到兽医站。原来，母驴产下骡驹后，高烧不止，骡驹吃不上奶，饿得奄奄一息。武汉鼎在煤油灯下给母驴看病，诊断为产后热。高德元冻得缩成一团，蹲在地上唉声叹气，赤裸的双脚布满了血口子。武汉鼎看在眼里，疼在心上，劝他说："你先回去吧，不用犯愁，我有办法治好它们。"

武汉鼎给母驴灌完药，就让贾梅先找正在坐月子的大儿媳妇，挤了奶水，去喂小骡驹。贾梅先把奶水递给他，说："这骡驹子的命，比你孙子的命还重要。"贾梅先虽然嘴上这么说，但还是天天照办，她对自己的丈夫从来都是言听计从的。

经过武汉鼎一连四五天精心的诊治护理，母驴和骡驹全部脱离危险。

高德元来接牲畜时，武汉鼎拿出一双刚买的黄球鞋，让高德元穿上。他知道武汉鼎的家境也不富裕，死活不肯要。武汉鼎蹲下高大的身体，抓住他的脚，硬给他穿上了，说："天冷了，你光着脚会生病的。你穿上鞋好好搞生产，你富起来我就满意了。"

高德元老汉穿着新鞋，拉着驴，赶着骡驹，高高兴兴地回去了。武斌看到高德元脚上的那双黄球鞋，既羡慕又生气，羡慕的是那双鞋是他向往已久、想买又买不起的奢侈品，生气的是父亲从来没有给他们兄妹买过鞋。他越想越气，就找父亲理论："我们兄妹至今穿的都是母亲一针一线做的布鞋，破了补了又补。你给我们买过一双鞋吗？你对家人如此小气，对外人却如此大方，你是我们的亲爹吗？"武汉鼎耐心地开导他，说："你们穿的再不好，也有穿的，而他连一双烂鞋也没有，他比你们更需要。"

自古忠孝难以两全。武汉鼎把满腔热情投入到扶贫工作中，却把一个永远的遗憾藏在心底，那就是没有为父亲养老送终。时隔多年，武汉鼎说出了自己当时的心境："作为一名共产党员，我怎么能因为家里的事情离开不能脱身的工作？"武林久病缠身、日渐垂危的时候，武汉鼎为了改良当地畜种，正在山东引进种公驴。那时候没有电话，也无法联系。久病的老人似乎舍不得离开人世，气息奄奄，却在和生命做最后的挣扎，为的就是再见大儿子一面，最后却只能带着思念和牵挂撒手西去。大阳坪的父老乡亲帮助武汉义（武汉鼎的弟弟）将老人埋进武家的祖坟。为了省路费，武汉鼎一路上和毛驴挤在一节货运车厢里，行程数千里。下火车后，他又赶着毛驴翻山越岭，步行了170多公里。当他挂着一身驴粪渣子赶到家时，父亲已经去世半个多月了……武汉鼎跪在父亲的坟前号啕大哭，几天不吃不喝。

这就是武汉鼎的选择：工作岗位，他任劳任怨；扶贫帮困，他舍己为人。他尽最大的努力去改变生活在偏僻山区乡亲们的生活。

武汉鼎所走的路，就是中华人民共和国成立以来，一名普通劳动者命运变迁之路……

第二篇 殚精竭虑的"创新之光"

信条2 艰苦的工作就像担子,摆在我们的面前,看我们敢不敢承担。担子有轻有重。有的人拈轻怕重,把重担子推给人家,自己拣轻的挑。这就不是好的态度。有的同志不是这样,享受让给人家,担子拣重的挑,吃苦在别人前头,享受在别人后头。这样的同志就是好同志。这种共产主义者的精神,我们都要学习。

——毛泽东《关于重庆谈判》

　　实践出真知，苦难催硕果。武汉鼎虽然没有生长在盆地青，却把人生最美好的年华、最难忘的岁月都奉献给这里。他在兽医站工作20年（1962—1982），父老乡亲的冷暖疾苦看在眼里，痛在心里。为了让他们摆脱贫困，过上好光景，武汉鼎从履行职责、大胆设想、研究摸索、实实在在做事情，到富有预见性和超前性地走出一条合作保畜制度改革、畜种改良、防病治病的"以农养牧、以牧促农"的创新发展之路。他像"拓荒者"一样，顾虑、迷茫、失落的情绪萦绕于心，但心底的善良和骨子里的坚强，支撑着他勇往直前。

　　党的十一届三中全会的召开，向中国打开了命运之门，实现了历史性转折，吹来了改革开放的春风。"实践是检验真理的唯一标准"犹如一道闪电，让武汉鼎看到一片新天空，嗅到一股新鲜空气，精神为之一振。他已经45岁了，赶上这个新时代，多么好啊！世界上最可怕的两个词，一个是认真，一个是执着，集中体现在武汉鼎的身上。认真使他改变自己，执着使他改变命运！

第一章

党中央的回信像一缕春风

1978年12月，党的十一届三中全会刚刚结束，武汉鼎应邀出席中华人民共和国国家科学技术委员会、农牧渔业部、林业部"三部委"在北京怀仁堂召开的全国科技成果推广会。会上，他做了有关盆地青兽医站综合办站经验的报告，心情久久不能平静。这次会议，是他一生中最难忘的时刻，也是他一生中最骄傲和自豪的事情。谈到这次会议，他平静的脸上泛起激动的神情，"能获此殊荣，是党和人民对我的肯定"。在他的心目中，很多细节或许会随着时间变得模糊，但被重新燃起的脱贫攻坚的信心却始终激荡着。

武汉鼎能去参加会议实属不易。乌兰察布盟委的周秘书通知他参加会议时，县里一名畜牧局副局长却不同意让他去。周秘书说："现在要实事求是，见物见人，谁搞的就让谁去参加，你没搞，就没这个条件。"武汉鼎知道这个事后感动得流下了热泪。

在内蒙古科委主任陪同下，他们乘火车经过漫长的行程，到达北京参加会议。在北京开会的日子里，武汉鼎每一天都无比兴奋，每一刻都留下难忘的回忆。会后，他感慨万千：坚持这么多年的兽医综合办站的路子没有走错，它开创了中国兽医体制改革之先河……

20世纪60年代，盆地青公社书记高安成收到国务院办公厅寄来的一封信。他既诧异又惊叹，国务院的信函怎么会寄到乡里来？谁的胆子这么大？接着恍然大悟，一定是武汉鼎！他太了解武汉鼎了，武汉鼎是他从韭菜庄公社挖过来的人才。最后，他气不打一处来，连信也没拆，就大声叫道："马上去人，把武汉鼎给我叫来！"

武汉鼎的脚刚迈进门，高安成就大着嗓门儿问道："你是不是给国务院写信告状啦？"听高安成这么问，武汉鼎大吃一惊，突然想起自己和秦玉给中央人民来信来访办公室写信的事，就镇定地说："我没告状，只是反映了一些关于兽医管理制度改革的几点建议。"原来，经过3年的辛勤工作，盆地青的牛羊疥癣病得到了控制，武汉鼎想从土种羊改良入手，帮助乡亲们发展畜牧业，提高经济收入，摆脱贫困。武汉鼎和与他一起下乡的畜牧局干部秦玉说："农民养畜怕病，兽医为挣钱盼病，国家要求防病。兽医盼病、群众怕病的矛盾不解决，以病养医、坐堂等病的经营方式不改变，六畜兴旺就是一句空话。"秦玉说："要解决这个问题，只有给中央人民来信来访办公室写信了。"他们鼓足勇气写了信，提出了兽医管理制度改革的几点建议。

听武汉鼎说完，高安成心里的一块石头落了地，这才把信拆开，信中写道："你们在来信中反映的问题很重要，给今后基层畜牧兽医机构体制改革工作提供了参考意见，有待今后研究解决……"信上居然还有时任国家主席刘少奇亲笔批示的几条意见：一是解放生产力；二是改变生产关系；三是解决基层兽医管理制度，为生产服务，促进生产发展。

高安成看完，把信递给武汉鼎。武汉鼎接过信，心情异常激动。这信才寄出去10天，就收到了回信，足以看出，党中央、国务院对他们反映的问题的重视。等他看完信，高安成说："有了刘少奇主席的指示，不改也得改了，你提个实施方案吧。"

自从给中央的信寄出去后，武汉鼎就认真学习马克思列宁主义、毛泽东思想，为他想要进行的改革寻找答案。他认识到求变求新是社会发展的必然。这时，武汉鼎不慌不忙地谈了自己的想法："我们要在现有的基础上，用自己的方法解决自己的问题，那就是搞综合办站和综合服务。整体工作要分三步走：第一步，抓制度。实施'以畜收费，三包六免费'的合作保畜制度。'以畜收费'即全年大畜收1元、小畜收5角的服务费，用于兽医站的正常运转；'三包'就是包防疫、包治疗、包割骟，'六免费'就是免出诊费、免挂号费、免检查费、免针灸费、免注射费、免灌药费，为老百姓服务。第二步，抓改良。把土种羊改良放在首位，兼顾驴、马、鸡的改良，千方百计地发展畜牧业，增加老百姓的经济收入。第三步，抓防疫。预防、治疗牲畜的各种疾病，保证药物供应和使用，让老百姓全身心投入生产。"

高安成听后认为武汉鼎的计划全面而缜密，是经过深思熟虑的，就把兽医综合办站、搞综合服务的事情敲定了，之后又问他还有啥困难，武汉鼎说："准备甩开膀子大干，就是人手不够。"高安成说："8个行政村，每个村出一个人，你们兽医站从2人增加到10人，但是工资……"武汉鼎见高安成对他的工作这么支持，就说："我们兽医站一直是自负盈亏，我的收入每月100元，学徒的收入每月50元，你们说给多少就多少。"高安成说："以后你们每月拿固定工资，你按中专待遇每月降到37元，学徒降到25元，这样行吗?"武汉鼎笑着说："我没意见。"

武汉鼎的工资虽然降了很多，但如果能看到"以畜收费、三包六免费"的合作保畜制度在全县推广，贫困农民的经济负担大大减轻，心里还是十分欣慰的。

武汉鼎预感到一场气势磅礴的变革即将到来，盆地青老百姓的贫穷落后即将过去……

第二章

奋斗者的本色

1968年，武汉鼎因为一场土种羊改良，引火烧身。

武汉鼎被改良的想法纠结着，寝食难安。他爬上山去，站在山巅东望，远山含黛，近笼薄烟。不远处便是蜿蜒曲折的古长城，沿着起伏的山梁伸向远方。盆地青，村子不大，依山傍水。几十户人家散落在向阳的山坡上，一条小河从村前缓缓流过。村前的河湾也算一块开阔的盆地，河湾里田垄似田字格，墨绿的庄稼和野草散发着诱人的清香。成群的羊在草坡上啃食着青草。

武汉鼎在斑驳的树荫中坐下，点上一支烟，边吸边想着心事。盆地青流传着这样的顺口溜：山上和尚头，泥土沟里流，年年遭灾荒，穷得讨吃走。在这种困境下，搞土种羊改良谈何容易？盆地青公社位于清水河县东部，东、南与山西省右玉县、平鲁县接壤，西与杨家窑公社毗邻，北与和林格尔县交界，总面积161.3平方公里。这里山高沟深，水土流失非常严重，属于典型的黄土丘陵干旱山区。1956年，盆地青乡成立，建乡前此地属韭菜庄乡政府管辖；1958年，撤乡成立人民公社，全公社共有8个生产大队，35个自然村，1761户5540人。

在羊倌悠长的吆喝声中，一群羊在武汉鼎身边吃着草。这里的羊以四季放牧为主，多以户饲养，雇人合群放牧为主要方式，每个羊倌根据草场宽度可放100至200只羊，他仔细观察羊群的结构，经过3年的土种羊改良，现在各个生产队的羊群品种不一，有土种公羊，也有良种公羊。羊吃草时，土种羊边走边吃，而良种羊吃完一片才吃下一片。他想，现有的良种公羊基本都是乏羊，优势不大。而配种时，土种羊比良种羊配得多，照这样下去，改良终究会失败。怎么才能解决这个问题呢？虽然不少地方的科研工作几乎停滞，但武汉鼎从来没有停止过，仍默默地在兽医阵地上耕耘、摸索。

夕阳西下，太阳如熊熊炉火烧得天边云霞绚丽，一片红彤彤的壮观景象。暮色苍苍，远处传来羊倌悠长的吆喝声，羊"咩咩"地叫着挤在一起，如一片白色的星光铺地，缓缓地翻过山岗向村子的方向移动。

武汉鼎站起身，望望村庄上空飘着的袅袅炊烟，满怀希望地向山下走去。他决定去找专家探讨，为破解改良难题寻找答案。

专家的建议是一致的，也是唯一的。那就是下定决心将土种公羊全部去势，推广新技术，搞人工授精，否则改良注定要失败。

武汉鼎豁然开朗，只要能把人工授精站办起来，土种羊改良就有希望了。

创新之路从来不会是一片坦途。武汉鼎充满了改良的梦想和信心，但他已不是兽医站的站长。那些日子，武汉鼎的心里异常焦灼，他的嘴上裂开一道又一道的血口子。他找站长商量后，召集大家开了一次会。他在会上与同志们商量，说："我想对公社的土种羊进行彻底改良，咱们先把全公社的土种羊都骟了，每群羊只留两个试精公羊，把输精管切断，只能试精不能配种。你们看这个方法是否可行？"

武汉鼎的这个大胆的想法把在场所有人都惊得目瞪口呆。有人提醒他，说："1958年，盆地青就有人进行了土种羊改良。他们从外地引进种公羊，每天给喂上鸡蛋，却以失败告终。你再搞下去，只能是重蹈覆辙。"还有人强烈反对说："你在前兴泉搞的土种羊改良，不也是不了了之吗？"武汉鼎说："正是由于那次改良不彻底，现在才想接着进行下去。"公社的兽医为他着想，说："老武，这样搞你和公社说了吗？不说，如果搞不好，你的责任就大了，犯了错误会坐牢的。"武汉鼎想了想，说："干工作就要敢担当，否则工作就没法做。如果现在和公社说了，受制度约束，肯定不让搞，改良的事就泡汤了。你们别怕，如果出现不测，责任由我一个人来承担，绝不给你们添责，即使坐牢我也认了。"

说干就干，全公社50群羊，土种公羊被骟掉了250多只。没过几天，兽医站的问题就被反映到公社："武汉鼎把公社的土种公羊偷偷全给骗了，这是蓄意破坏畜牧业生产。"

高安成觉得事情重大，马上把武汉鼎叫去，说："你咋这么胆大，真有杀牛胆子啦！"

武汉鼎耐心地对高安成说："群众给我提意见属于正常现象，问题哪有那么严重呀！如果我真有问题，我会认真地认识错误和改正错误，不能有问题也不让大家说话。当然，反映问题也要实事求是，注意方式方法。眼下我是把羊骗掉了，最要紧的是如何把土种羊改良开展下去，要把人们的思想和精力集中到搞好今后的畜牧业生产上来，不能因为这些事情激化矛盾，人为搞乱人心，影响生产。"

武汉鼎还说："高书记，你不要怕，我有打算呢。把土种羊骗掉，咱们搞人工授精，只有这样，土种羊改良才能取得成功！"

高安成听他说要搞人工授精，知道他有很成熟的想法了，只好点头默认。

开弓没有回头箭，武汉鼎无论如何都要一鼓作气搞下去。但是巧妇难为无米之炊，综合办站要想取得成功，仅有一个总揽全局的规划是不够的，走好哪一步都需要钱。兽医站从窑无一间、地无一垄的"流动兽医站"起家，底子薄，现在也是"两间破土窑，墙上一张表（报表），桌上一个箱（防疫箱）"。他们能依靠的只有改革创新的决心和自力更生、艰苦奋斗的精神，逢山开路，遇河搭桥。

是年冬天，武汉鼎开动脑筋、想尽办法把人工配种站所需器材都弄回来。他计划在8个行政村搞16个人工配种站。一个人工配种站需要33

件器材，其中220倍显微镜，16个配种站就需要16台。这么多东西，怎么解决？武汉鼎先后到内蒙古改良站、清水河县改良站求助，总算把器材都弄全了。那时交通十分不便，为把器材弄回来，能坐汽车的坐车，不通汽车的就用肩扛上，全靠两条腿，翻山越岭，数十次送往各个配种站。生产队的干部们看见武汉鼎一次一次自己背着、扛着送器械，知道这些东西很精贵，就把社员家里最好的柜子腾出来放仪器。武汉鼎看到自己的工作得到了人们的支持，一股暖流从心底涌出，化作将改良羊进行到底的源泉和动力，积聚成冲天的干劲。

大规模的土种羊改良拉开了序幕。一个行政村2个配种站，等把种羊弄回来就可以人工授精了。这样一来，影响更大了。有人说，盆地青的羊要"守寡"了！他们真怕自己的羊守寡，就偷偷把羊倒腾到外面藏起来。一时间沸沸扬扬，说啥话的都有，最严重的是说武汉鼎带头破坏畜牧业。尽管"帽子"满天飞，但是武汉鼎从来没有低过头。有人告到县里，说："盆地青的羊要守寡了，要求彻底清查破坏畜牧业生产的敌人。"

有一天，清水河县的3个县委书记李长才、李耀厚、杜忠堂把武汉鼎叫到办公室，说："你搞人工授精，把全公社的种公羊都骗了，有人告你破坏畜牧业呢，这个问题大了。"

武汉鼎谈了他对土种羊改良的办法和决心。

他们又说："你的想法是好的，但是你也得搞好了，搞不好我们也不好替你说话。"

　　武汉鼎拍拍胸脯，说："3个月以后，你们下来考察，我要是没弄成，破坏了畜牧业，你们怎么处理我也心甘情愿，我承担全部责任。"

　　直到今天，提起这件事，人们仍为武汉鼎当年那种勇于教育和引导人们将思想和精力尽快集中到抓好生产建设上来的远见和胆识而敬佩和惊讶。在武汉鼎看来，无论做什么事情，只要肯努力奋斗，就没有不成功的。虽然受到指责但仍能坚持下去，这才是奋斗者的本色。在改革之初，他就做好了充分的心理准备：无论如何我都已经准备好承受任何风暴的袭击……

第三章

一心只为百姓圆梦

这一年，盆地青公社开展了轰轰烈烈的土种羊改良工作。

武汉鼎先开了技术员培训会，选拨了2名下放畜牧业干部王厚明和秦玉，他们是安徽农业院校毕业的大学生，负责搞人工授精技术培训。高安成那条老寒腿犯了病，疼得走不了路，他拐着一条腿，下来检查指导工作。所有参加培训的同志，学习认真，团结一致，一门心思想把土种羊改良工作做好。

万事俱备，只等种公羊了。

经过反复对比筛选，武汉鼎决定选用新疆细毛羊搞人工配种。这种羊产于新疆天山北麓，于1954年以"新疆细毛羊"命名，后被国家定名为"中国美利奴羊"，是中国自行培育的第一个毛肉兼用的细毛羊品种。新疆细毛羊高大雄伟，体质结实，骨骼健壮，全身洁白，毛质纤细，平均每只羊产毛5公斤。毛的细度、强度、伸长度等都达到很高的质量标准。主意已定，武汉鼎就从乌兰察布盟察右后旗种羊场，联系好100只新疆细毛羊，准备去接回来。就在准备出门时，家里却出了事。

那时候，家家都很穷，虽然武汉鼎在兽医站挣的是工资，但他天天在外面忙，发了工资没等拿回家，就接济了比他更穷的人。贾梅先虽身体瘦弱，但肩膀上担着一家六口人的生活重担，生活很清苦。贾梅先听说武汉鼎要去接种公羊，一走就是好几天。她想着他在外面肯定吃不好，准备给他做点好吃的。她从一个小口坛子里挖出一碗面粉，倒在盆里和成面团，准备做一顿面片。家里一年四季吃的是土豆糊糊里撒一把莜面，白面是稀罕之物，吃上一顿白面，就算改善生活了。

武汉鼎坐在土炕上的小饭桌旁，拿出他记事用的小本本，点上一支烟，边抽边看。100只细毛羊的款已汇过去几天，估计早收到了；从集宁包3辆车的车费也汇过去了，估计他们也在种羊场等着呢。等种公羊接回来，人工授精工作就能顺利进行了。想到这里，他仿佛看到漫山遍野的、雪白的羊群，他的脸上露出欣慰的笑容。突然，传来一阵碗盆打碎的声音。他抬头一看，正在做饭的贾梅先犯了癫痫病，打碎了面盆，脖子在锅边上划破了，人也晕过去了。接着传来几个孩子此起彼伏的哭声。

武汉鼎抱着贾梅先左右为难。正在这个节骨眼上，卫生院下放干部赵美兰听说这个事情，主动找上门来，说："武叔，你放心走哇！我姨的病我来看，孩子们我来照顾。"

赵美兰如及时雨，帮助武汉鼎解了燃眉之急。他把贾梅先放到炕上，说："我不去接羊还真不行，家里的事就麻烦你啦！"赵美兰说："我平时忙的时候，孩子都是我姨帮着带的。现在她病了，我照顾照顾她，也是应该的，你放心地去吧。"在公与私的天平上，他没有犹豫，把砝码压在了公事的一边。就因为这件事，还传出一股谣言，说武汉鼎不待见自己的老婆。听到这些闲话后，武汉鼎说："几十年的夫妻了，能不待见吗？可真正想搞点事业，也不能贪恋家呀！"

武汉鼎带着3辆汽车从种羊场把羊接上，浩浩荡荡地从集宁、凉城、南天岭一路走来。前面的车已过了和林格尔那道山梁，武汉鼎坐在第三辆车上，向外望去，把他吓出一身冷汗。一边是峭壁陡立，一边是万丈悬崖、深不见底。公路由砂石铺成，路边没有任何防护措施。路很窄，如果有汽车从对面开过来错车很困难，他从来没见过这么危险的路。他想，人生没有坦途，上坡时不得不俯首，下坡时不得不昂首。人常说，前途是光明的，道路是曲折的；人也常说，车到山前必有路。"一马平川""峰回路转"，这仅是一种理想的景致吧！

急转弯时，司机突然神色紧张起来，他嘱咐道："大叔，你一定要抓牢、坐稳。"车翻过山梁、抵达沟底时，司机刹住车，长长地叹了一口气，说："我终于刹住车了。"说完跳下车去检查，武汉鼎也跟着跳下车去。司机一边检查车一边说："好险！半轴就搭的寸长了。大叔，看来你也没有做过什么坏事，我们都是福大命大之人。车是没法往前走了。"

武汉鼎说:"虚惊一场。没事,你留下修车哇!"

武汉鼎将三车羊并成两车,直接送到大红城。他又雇了两个羊倌,把羊赶回了盆地青,保证了人工授精工作的正常开展。

这次有惊无险的引进种公羊之旅,就是武汉鼎一心只为百姓圆富裕梦的切实行动。事实证明,无论做任何事情,都要执着和坚持。当你坚持的时候,连上苍都会眷顾你的。

第四章

创造了一个奇迹

盆地青公社土种羊改良进行3个月以后，高安成接到通知，说李长才、李耀厚、杜忠堂3个县委书记要来检查土种羊改良情况。他心里忐忑不安，把武汉鼎找来，嘱咐道："3个县委书记要来，你陪他们下去吧，你的改良工作成功与否，就让他们来评价吧。"

武汉鼎陪着3个县委书记先后去了5个生产大队，10个生产队。无论走到哪里，乡亲们都高兴地说："今年的羊全配成了良种羊。"3个县委书记听了特别高兴。

到了首次搞改良羊试点的前兴泉村，武汉鼎和生产队队长商量，杀一只两年的对牙羊，一称重70斤，放在一张三屉桌子上，把桌子占得满满的。

李耀厚看完高兴地说："去了单台子公社的3个干部回来汇报说，我们3个人吃了一只羊，犯了错误，李书记，我们给你做检查。"

李耀厚说的时候，武汉鼎也没有细想。等他们走了以后，武汉鼎仔细琢磨他的话，心想："原来这是在讽刺清水河的羊小呢。清水河的羊小，一张报纸就包住了，我现在的改良羊让他们来30个人都吃不完。"

3个县委书记考察完，回到县里做出决定：在全县推广土种羊改良的经验，哪里搞改良，就用县委的车去接送良种公羊，并号召全县向盆地青兽医站学习。

不到两年，盆地青的羊全部实现了改良。为此，在盆地青召开了一次现场会。武汉鼎总结了改良羊的成功经验，一是将全公社的大小土种羊全部阉割，良种公羊由专人饲养管理，不准跟大群；二是为了提高畜种的利用率，全面开展人工授精，在全公社建立16个人工配种站，培训人工授精配种员30多人；三是改良羊单独组群，单独放牧、管理，夜间补饲。在加强饲养管理的同时，采取"三缩短一延长"的改良措施，即缩短配种期、产羔期和羔羊哺乳期，延长母羊的膘情恢复期。

县委书记李长才在全县召开公议，说："武汉鼎引进新疆细毛羊对盆地青土种羊进行改良后，使过去只有20多斤重的土种羊体重飙升至六七十斤，改良羊羊毛比改良前的土种羊羊毛产量提高了33.3倍，产值增加5.2倍，创造了一个公社1万只羊收入超过全县19万只羊收入1.6倍的奇迹，盆地青公社成为全县家畜改良的样板公社。"他还算了一笔账：改良羊羊毛是县供销社收的，盆地青1万只羊一年收羊毛36万元，全县其他地方19万只羊的羊毛收入加起来不如盆地青的收入多，盆地青畜牧业由改良前每年的产值不足3万元增加到50万元。

1976年，清水河县首次进行大规模引进种羊工作，至1983年引进良种羊3000多只。之后，清水河县首次在五良太公社石庄子村建起了地方国营种羊繁殖场，部分公社也自筹自建了种羊繁殖场，弥补了全县引进种公羊不足的问题。盆地青、韭菜庄、王桂窑、杨家窑等公社基本实现了羊的改良化。

1981年，盆地青公社同改良站联合召开全县首次绵羊成果经验竞赛大会（简称赛羊会），在内蒙古地区尚属首次。到会40多只羊，受奖20只，其中一等奖7只、二等奖4只、三等奖9只。

武汉鼎通过对盆地青公社牲畜进行改良，有效增加了牲畜的产肉量、产羊毛量，给全公社人民带来了很大的收益。按每年增加50万元计算，20年收入就是1000万元。

在土种羊改良的过程中，武汉鼎的思想是激情洋溢的，工作是跌宕起伏的，生活是酸甜苦辣的，追求是永无止境的。所以，要想活出生命的本质，对于生命的经营既不能投机取巧也不能偷工减料，该付出的必须付出。正如哲人所言：眉毛上的汗水和眉毛下的泪水，只能选择一样。

第五章

接受新生事物也是一场革命

对于人的成长来说，失意不一定是坏事，只要你善于从挫折和教训中学习，失意还会成为你最好的老师。

正当武汉鼎综合办站的事业风生水起、踏上坦途的时候，公社书记高安成把他叫到办公室，说："老武，你那个畜病合作医疗制度改革就暂时不要搞啦！"

听了这句话，武汉鼎惊得如半截木头般愣愣地站在那儿，望着这位一直支持自己工作的老书记。过了一会儿，武汉鼎才问："刚见了成效，咋就不搞了呢？"

高安成极其为难地说："下面有些不好的反映。"

就在刚刚结束的党委会上，有人向高安成发起了进攻，说他与"地主子女"同流合污、政治立场不坚定等。高安成于1962年就被调到盆地青公社工作，他坚持原则，实事求是，关心群众生活，一心一意谋发展。就是这样的好干部，有时也会被扣上各种帽子。现在他这样做不仅是为自己好，更是对自己得力下属的一种保护。

武汉鼎对高安成是十分尊重的，但今天他无法执行这个决定。武汉鼎有些生气地说："让人接受新生事物也是一场革命。"说完掉头就向外走。

高安成望着他的背影，摇了摇头，并没有叫他回来。他知道武汉鼎是一个热爱事业、工作热情很高的同志，绝不会因为自己的一句话，就停止探索前行的脚步。

武汉鼎连家也没回，走到村边的一棵大树旁，倚树坐下，神情严肃得像一块青石板。他从衣袋里掏出一包烟，抽出一支，划了一根火柴点上，深深地吸了一口。他没有什么别的不良嗜好，就喜欢抽烟。高兴的时候、忧郁的时候、沉思的时候，他都会抽烟。他边抽烟边想：人生如棋，似乎每天都在生活的"楚河汉界"厮杀，你攻我一"车"，我打你一"炮"，得失自在其中，彼此一时也分不出谁优谁劣、谁高谁低。不管过场是冷冷清清还是轰轰烈烈，结局关键在于最后的一"将"。站着的是成功者，倒下的是失败者，但"笑到最后"的才是胜利者。历经千辛万苦，土种羊改良终于按部就班地走到全面落实畜病合作医疗制度改革措施这一步，他不相信每年每头大畜只收1元、小畜只收5角钱，就能包付全部医疗费用，这样的好事情会有人不干。

想到这里，武汉鼎将手中的烟头掐灭，忽地站起身来，从他忧郁的眼神里，迸发出一种坚决的光芒。他昂首挺胸、迈开大步向村外走去。

3天后，武汉鼎回来了。他笑容满面地走进高安成的办公室，说："高书记，你看看，这不是全都同意搞嘛！"他将手中的材料递给高安成。高安成打开材料，上面有全公社34个生产队队长的签名盖章，表示同意和支持实行畜病合作医疗制度改革。

面对这位事业心极强的同志和他调查研究得来的铁证，高安成不仅点头同意，还鼓励他好好干！请相信，当一个人失意的时候，一句恰当的鼓励、一声关爱的责备、一个小小的帮助，都可能重新燃起失意者自信的勇气和追求的愿望。

那年，全区兽医站站长会议在凉城县召开，会议召开两天后，武汉鼎才接到通知。虽然他不是盆地青兽医站站长，但让他在会上交流盆地青公社实行畜病合作医疗制度的经验。武汉鼎及时赶到，在汇报中说："盆地青公社的兽医工作重点已由'重治轻防'转向'以防为主'。在不断总结完善的基础上，盆地青的畜病合作医疗制度已发展为'五包、一扶持、三指导'，即包防治、包治疗、包药物、包去势、包检疫；对因猪三病（猪瘟、猪丹毒、猪肺疫）死亡的予以经济扶持；指导种植人工优良牧草，指导家畜改良，指导科学管理。牲畜各类疾病的预防密度平均在95%以上，大、小畜因病死亡率下降到6.5%。"

听完武汉鼎的汇报，内蒙古畜牧兽医站党委书记纪文生高兴地说：

"你们干得好！盆地青兽医站就是我们的典型。"

纪文生是冀中平原的老八路出身，有一股说干就干的作风。散会不久，他就带人到盆地青兽医站进行调查研究，并对兽医站的工作做了具体指导。

盆地青的畜病合作医疗制度得到认可，人们让武汉鼎谈谈感受，他说出几句发人深省的话："只要你全神贯注，只要你坚持，只要你为了心中的信念，不达目标誓不罢休，即使全身伤痕累累，心中也感到一种满足和快乐！"其实，对武汉鼎来说，聪明的资质、内在的动力、勤奋的工作态度和坚韧不拔的精神，都是他改革之路成功的必备条件。

第六章

有志者自有千计

盆地青兽医站的土种羊改良完成之后，一个比综合办站中的经济问题、技术问题压力更大的问题摆在武汉鼎面前，那就是改良羊的"羔羊痢疾"。

改良羊比土种羊个体大、产量高、毛细、肉多，但唯一不足的是改良羔羊比较脆弱。羔羊痢疾，俗称红肠子病，是新生羔羊的一种毒血症，由多种病原微生物引起，其中主要是大肠杆菌、产气荚膜梭菌、沙门氏菌、轮状病毒、牛腹泻病毒等。患病的羔羊会出现精神不振、没有食欲、腹泻、逐渐消瘦的症状，特征为持续性下痢和小肠发生溃疡，死亡率高达30%。当时，用于治疗的青霉素及多种抗生素药物价格高、数量少，严重影响了此病的治疗，也影响了养羊业的发展。

武汉鼎想通过自己的努力，研制出一种便宜的特效药。有一次，他去山西忻州参加华北地区中兽医科研协作会。通过学习，他选定了采用中草药治疗羔羊痢疾这一科研项目。研制工作是在盆地青兽医站那几间简陋的工作室里进行的。经过反复试验，他把目光集中在马齿苋和杨树花上。

马齿苋，也叫马蛇菜，一年生草本植物，叶互生，叶片扁平、肥厚，似马齿状，具有清热利湿、止痢消炎等功效。它对痢疾杆菌、大肠杆菌等多种细菌都有强力的抑制作用，有"天然抗生素"的美称。杨树花，也叫梧树芒、杨树吊等，是杨树的花絮，有药用价值，可直接抑杀病原体。它能提高机体的抵抗力，调节机体的免疫功能，有效缓解畜禽发病期间的各种应激反应。这两样东西在当地是唾手可得的。马齿苋是农村常见的野菜，长在地里、地边上，有顽强的生命力。武汉鼎经常带领肖瑞、张贵荣、蔡玉兴、张铎等几个徒弟背着筐子、拿着铲子去采，沿着地面一铲，整棵就铲掉了。杨树花，要在春季现蕾开花时，分批摘取雄花序，鲜用或晒干。这两种草药原料虽然得来容易，但制作工序比较复杂，需要一次又一次清洗、煮沸、过滤、消毒。

在偏远的山沟里，在简陋的条件下，武汉鼎和徒弟们不知熬了多少个日日夜夜。经过反复试验，于1976年，一种有效防治羔羊痢疾的中草药——马杨止痢注射液，终于试制成功了！此药采用中草药马齿苋和杨树花合煎制成，经济实惠且疗效佳，也可用于仔猪白痢（仔猪的一种肠道传染病）。

在乌兰察布盟科委的支持下，武汉鼎在四子王旗、达茂旗、丰镇、察右中旗等8个旗县的牧区进行试验推广，效果良好。又通过对82例羔羊痢疾治疗观察，治愈率达97%。据内蒙古畜牧研究所化学分析和药品对比检验，马杨止痢注射液的疗效略低于增效磺胺，但高于正牌的止痢散。1978年，这项科研成果分别获得内蒙古自治区科技大会荣誉奖、乌兰察布盟科学大会集体奖和个人奖，对清水河养羊业发展起到一定作用。

为了使马杨止痢注射液批量生产，武汉鼎付出了艰辛。他跑农业部药品检验所鉴定，却被拒之门外；到兰州兽医药品检验所鉴定，几年杳无音信。直到1987年夏天，在内蒙古农牧学院科研所李继光先生的鼎力帮助下，内蒙古药检所才批准了此药的生产，内蒙古大青山制药厂正式承担了这一生产任务。

马杨止痢注射液研制成功后，武汉鼎仍没有止步，他决定办一个小型制药厂。没有经费怎么办？清水河的鹰嘴山像老鹰啄食，领鸡山如凤凰立地，摩天岭峰插云天……这些大山就是中草药取之不尽、用之不竭的天然宝库。武汉鼎不断学习中草药知识，并按照药农口口相传的歌谣——春秋挖根夏采草，浆果初熟花含苞。一年四季，带领几个徒弟，经受酷暑严寒，手拿药物标本，攀崖上壁，在野草丛生、怪石嶙峋、海拔1600多米高的鹰嘴山和领鸡山上采集不同的中草药。饿了，啃几口随身带的干粮；渴了，喝几捧清澈的山泉。他们早出晚归、披星戴月，不辞辛劳。

　　功夫不负有心人。几年下来，他们采集了3000多斤中草药，共198个品种。他们还在兽医站下面的沟坡地和院子里种了8亩药材，基本上实现了中草药的自给自足。

　　要买器械了，钱不够。武汉鼎跳进猪圈要把贾梅先一把糠一把菜、辛辛苦苦喂养大的那头肥猪卖了。猪是最值钱、最容易变现的资产，但它还没长到200斤，还是猪苗子，现在长势正好。贾梅先哭了，这头猪寄托着她和孩子们的希望啊！没了这头猪，拿什么给孩子们买过年穿的新衣服，拿什么给他们过年吃上一顿好饭。武汉鼎顾不了那么多，他急需用钱，又没有别的办法，还是把猪卖掉了。医疗器械大小200多件，都是他亲自背回来的。

　　正当武汉鼎为没钱办制药厂而一筹莫展时，发生的一件事给他的事业带来了转机……

　　那年，武汉鼎在伊克昭盟参加会议。开会期间，有个领导干部胃出血，急需输血。武汉鼎听说后，找到医生说："我是O型血，万能输血者。我想给这位老同志献血。"这位老同志听说后，坚决不允许开会的人给他献血。

　　已是深夜12点，老同志的血源问题还没有解决。这时，一位领导找到武汉鼎，说："解决不了血源，你来给他输血，但是得保密，老同志不让开会人员给他输血。"武汉鼎当即给老同志输了400毫升血。

　　第二天散会后，会务组要派车送武汉鼎回清水河，武汉鼎说："我的身体没问题，我自己能回去。"

半个月后，一辆来自呼和浩特市的车来接武汉鼎。原来，他给献血的老同志在伊克昭盟医院住了半个月，病情好转后，给他陪床的女儿告诉他："是盆地青兽医站的武叔叔给你输血，救了你的命。"老同志说："为什么不早点告诉我？"女儿说："当时你不让人家给你输血，最后还是保密输的血。"

汽车直接把武汉鼎送到那位老同志的家，武汉鼎这才知道，他是内蒙古兽医站副站长巴达仁贵，是个马兽医。巴站长握住武汉鼎的手亲切地说："你救了我的命，我身上流着你的血，咱们是蒙汉民族团结一家人，你的兽医站有什么困难，我可以帮你解决。"武汉鼎把盆地青兽医站的困难说了之后，巴站长当即派了两名干部前往盆地青兽医站蹲点，并且为兽医站配备了制药设备。兽医站的困难及时得到了解决，武汉鼎的兽医事业踏上了坦途。

小型制药厂办起来了。分装自制的青霉素、链霉素、磺胺嘧啶、柴胡、马杨、大麻注射液等有22个品种10万多支，制粉剂1000多公斤，制片剂5万多片。自制自用药品量，占全年用药量的70%以上。

小型制药厂极大地满足了牲畜疫病防治的需要，使盆地青公社的畜牧业发展走上了良性循环之路。

第七章

梦想是现实的种子

在兽医综合办站的过程中，武汉鼎始终有一个梦想，就是建成一个大畜人工配种站。这个梦想就像一粒种子，深埋在现实的土壤中，它的生发和破灭都是从种公驴之死开始的。

清水河县的牛、马、驴、骡等耕役畜，历来以舍饲为主、放牧为辅，一般春秋冬季在农家圈中喂养，仅在夏锄时进行放牧。村民们把大畜拉到草地或附近的荒坡上，将一个木橛打入地里，再用一根绳子连接笼头和木橛，牲畜在绳子的长度范围内吃草，周围的草吃完了，拉畜另换地方。盆地青依山傍水一道长滩，河从村中过，年年山洪暴发，冲走人们的牲畜不说，还会冲走滩里许多好地。有一年夏天，盆地青兽医站站长将站里饲养的种公驴拴在一个河湾里，突然发了洪水，站长吓得不敢去跟前，眼睁睁地看着种公驴被活活淹死。这可是兽医站唯一的种公驴呀！武汉鼎心痛之余，想的最多的是兽医站没钱买驴的问题怎么才能解决！

武汉鼎让徒弟们把驴肉洗涮干净，用兽医站的调料炖了一锅肉，说要请下乡来开会的同学贾治微吃饭。贾治微说："李长才、李耀厚和杜忠堂3个县委书记也在盆地青考察，我去问一下他们来不来。"

武汉鼎一听正中下怀，就去供销社灌了一瓶散装白酒。3个县委书记来了之后边吃边喝，李长才问他："老人们说，驴肉香，马肉臭，打死不吃骡子肉。老武，这驴肉炖得好吃。"

武汉鼎说："还有一句话——天上龙肉地上驴肉，一听就知道驴肉有多美味啦。"李长才又问他："我在想，这驴肉是哪来的？"武汉鼎说："洪水遭灾把种公驴淹死了，现在我最大的问题就是没钱买种公驴。"

之前供销社要买大胶车，一辆车需要三头马骡，盆地青公社缺的就是大骡子，武汉鼎就去和林格尔县买回一头驾辕骡子，生产队的人见了都想要。武汉鼎想发展大骡子，可没有种马不行。武汉鼎又去种马场和场长谈买种马回去下马骡的事，场长痛快地说："我的种马你想要哪匹要哪匹，马驹子也给你带上。"武汉鼎带了5个清水河人去马场套马，套了20匹母马，带了14匹马驹。他一个人拉5匹母马，其他人不敢拉，只好雇当地人，送一程20元，才回了盆地青兽医站。有了母马就能下马骡，周围百里的生产队都要来盆地青兽医站配种。在这个节骨眼上，种公驴被淹死了，这可怎么办？刚刚办起的配种站，配种却成了问题。

3个县委书记听完，说："咱们给出点钱，让他们再买头种公驴吧。"

过了不久，县里给拨了5000元钱。武汉鼎拿上钱和下乡干部王厚连，同去陕西省武功县买种公驴。驴买好了，包车从武功县到山西省朔县（今山西省朔城区）就要1000元，掏不起这些钱，两人只好牵着驴去坐30元的零担车。零担车就是车上有人有牲畜，不定时有下车的人。等了两天没零担车，王厚连说："跟上你把罪受尽了。"第三天才等到零担车，坐到郑州，车就不走了。下一辆车不知要等多久。武汉鼎急中生智，找到铁路上管事的人，说："我的驴发高烧，等的时间长了不行。"那人说："你到编组站说一下，让他们把零担车换成整车牌子，天明你就能到朔县了。"到朔县下车后，拉驴驴转圈子不走。铁路过来人说："老同志，你不懂，你的驴在车上待的时间太长，眼睛看不见了，拴在那儿让它适应一下再走。"王厚连有事先坐车回去了，武汉鼎一个人拉着驴、背着草料去住店，哪里也不让住。好不容易找了个店，他和店主商量说："我歇一会儿，吃点饭，等大胶车回来我就走。"历经辛苦，武汉鼎终于把种公驴接回来了。

后来，武汉鼎又想方设法购进一头良种公牛。

全县第一个大畜人工配种站终于建起来了，开始大畜人工授精。盆地青兽医站门诊室前边的木桩上拴着体型高大肥壮的种马、种牛、种驴。几个身穿白大褂的兽医不是在给牲畜配种，就是在给前来看病的牲口诊病；不是拉着牲口的头看口舌，就是从肛门拔出体温计看体温，或是从牲口的耳背上取血做化验……武汉鼎的徒弟们在他的言传身教下，不仅工作热情高、干劲大，而且医术精、品德好，个个都成了兽医站的全能医生。兽医站医生的出诊次数比较多，不仅是给牲畜看病，还有劁猪割卵巢、人工授精、牲口下仔、难产手术等病症。是年，共配马、驴91匹，受胎率在60%以上，既填补了清水河县没有大畜人工授精的空白，也配种下了马骡。盆地青公社每个生产队配两辆大胶车，促进了生产的发展。

经过不懈努力，武汉鼎的梦想终于变成了现实……

第八章

细微之处见真情

　　在全公社的大畜和小畜全部进行改良之后，武汉鼎又把主要精力放在鸡种改良上。为了帮助乡亲们脱贫，武汉鼎绞尽了脑汁。

　　养鸡，是清水河县的一项重要副业，鸡种以土种为主，主要品种是边鸡，每个月才下十几颗蛋。乡亲们舍不得吃，将鸡蛋卖给供销社挣几个钱维持生计。武汉鼎知道要让母鸡多下蛋，首先要选择好鸡种。因此，他在良种鸡的选择上，颇费一番功夫。当时，清水河县从各地引进的良种鸡有"九斤黄""来亨鸡""二八八蛋鸡"和"芦花鸡"等。市场上卖的都是染了色的小鸡，有用公鸡假冒母鸡卖的，好不容易养大却只打鸣不下蛋，那时才知上当受骗，但也毫无办法。为了弄清楚哪种鸡产蛋量高，武汉鼎专门去了一趟内蒙古畜牧研究所，了解鸡种情况。科技人员向他介绍说:"来亨鸡(也译成'来航鸡'),是卵用鸡的一个知名品种,原产于意大利的来亨港。常见的来亨鸡羽毛纯白色,嘴和脚都是黄色,耳垂白色。年产蛋量最高纪录接近400颗,也就是说,从开始产蛋之日起一年之内,不仅每天都下蛋,有些日子还一天下两颗蛋。"讲完之后,知道他是为农民来买鸡的,就卖给他350只来亨鸡。

武汉鼎把鸡运回兽医站养上,鸡下了蛋,到孵鸡时,才发现没有电,孵鸡成了问题。他又多方打听,终于得到大同市新云乡用煤油灯孵鸡的事。他迫不及待地前往丰镇兽医站,请求他们的帮助。他找到站长,说:"给我找一个会绘图的人,用摩托车带我去一趟大同新云乡,考察一下煤油灯孵鸡的事。"站长很支持。

武汉鼎坐着摩托车去了新云乡养鸡农户家里,又看又问,终于弄清楚了。煤油灯孵鸡法是在电气孵化法的基础上发展而来的,利用煤油灯发出的热量供给保温箱,通过人工调节温度和湿度,并采用三节式循环生产流程,具有孵箱制作简单、孵鸡量多、出雏率高、成本低廉等优点,适宜于无电或供电不正常地区应用。农户还告诉他,用此方法大批孵化雏鸡,出售小鸡,是一项很快见利的致富经营方式。煤油灯孵箱由隔层保温板3块、蛋盘3个,以及进、出气管组成。隔层保温板的板面由三合板(也可用纤维板或硬纸板),中间填锯木屑(不能装糠,因糠会生虫)。孵化箱外长200厘米,正面高103厘米,侧面高108厘米,宽106厘米,隔板厚6厘米,顶盖用棉絮盖严。4个进气管和4个出气管分别装在两侧,进气管距地面12.5厘米,两管间隔60厘米,进气管口分别放一盏煤油灯供热，气体可以从东面进西面出，也可以从西面进东面出。孵化时若发现排气管出黑烟，应立即采取措施排除黑烟，以免影响孵化。蛋盘长78厘米，宽34厘米，每个蛋盘放种蛋512颗。

回到盆地青后，武汉鼎找食品公司，照他拿回来的图，通过他的改造，做了一个孵化箱。他回去做了2个煤油灯，用煤油灯给水箱加温水至50℃，还在水箱上面放了一个温度计，水箱温度不够时添加热水调节，6个盘子放了200多颗鸡蛋。

孵化开始后，每隔21小时查一次箱内温度，每隔4小时翻一次蛋盘（放置蛋盘时要有一定的倾斜度）。晚上他值班，白天安排年轻女孩子值班。孵化开始后第21天真的脱壳出雏了，有的乡亲知道了就自己来捉鸡，有的贫困户让捉也不来捉，他就让女儿挑着担子送上门给他们养。结果，不养不知道，一养才知道。有人跑来告诉他，一只来亨鸡一个月下了25颗蛋，本地鸡才下10多颗蛋。

武汉鼎还把二女儿武凤英送去畜牧局，学习鉴别公母鸡的方法。之后，专门把母鸡送给乡亲们养，好多下蛋、多卖钱。

武汉鼎养鸡、孵鸡，也是受革命老区人民爱国思想的感染，他们知道，没有国家就没有他们的小家，他们顾全大局的思想对他的影响非常深。村民们不知道，这些小鸡，是武汉鼎买回良种鸡下了蛋后用煤油灯孵化的；也不知道，他到底熬了多少个日夜，孵了多少笼小鸡，接济了多少父老乡亲……养鸡、孵鸡，看似小事，却让贫困乡亲感受到他的真情。看到乡亲们脸上的笑容，他十分欣慰地说："老百姓的困难，就是我的困难。我做不了多么伟大的事情，但我会尽自己最大的努力为他们解决困难。"

武汉鼎用煤油灯孵化箱孵了3年来亨鸡，彻底改变了盆地青公社的鸡品种结构，使乡亲们养的鸡实现了良种化，既解决了老百姓的生活困难问题，也为支援国家建设做了贡献。

第九章

汗洒千家无怨悔

兽医综合办站之初，有人劝武汉鼎，说："人家是放着不做，你却揽了一盘磨。"这种说法让他感触颇深，他说："无论我是不是党员干部，就算我只是一名普通兽医，只要我在这个岗位上工作，就要尽心竭力地为穷苦乡亲服务，就要时时处处关心他们的生产生活疾苦，特别是让那些贫困家庭能过上有饭吃、有衣穿、有尊严的好日子。"为此，武汉鼎背着那盘磨，在兽医体制改革这条路上负重前行了20年，所付出的艰辛和磨难、困扰和喜悦，只有他自己心里最清楚。人，只要有一种信念，有所追求，就什么艰苦都能忍受，什么环境都能适应，必将沿着自己选定的路坚定地走下去。

1976年春天，随着惊蛰后的第一声春雷如期来到黄土高原上。盆地青公社前所未有地沸腾起来了，对看惯了土窑、石窑的清水河人来说，真是耳目一新，无不感叹："这青砖红瓦的礼堂，在清水河县城都少有。"此刻，礼堂里聚集了200多人，参加正在召开的"盆地青公社兽医综合办站先进经验交流会"。会上，武汉鼎做了经验介绍，20年所做的工作，如数家珍，兽医合作医保、牲畜改良、家禽改良、牲畜病防治、创办小型制药厂等，条理清晰，寓意深刻。与会的同志无不惊讶：在那个特殊年代，能做出这么缜密且卓有成效的改革，需要多么大的毅力和勇气？！会后，代表们参观了盆地青公社兽医站，30多孔石窑，整齐又漂亮，有大畜配种室、诊室等，还有8亩沟底湿地，种着黄芪、党参等药材，一派欣欣向荣的景象。内蒙古畜牧厅厅长赵振北决定在全区推广盆地青公社兽医站综合办站的经验。

盆地青公社兽医站先后搬了7次家，最后也只有坡梁上的两间破旧土窑。20世纪70年代，武汉鼎开始给兽医站安家。他带着肖瑞、张贵荣、蔡玉兴、张铎等几个徒弟，白天有活就干活，没活就上山搬石头，自己动手碹石窑，每年义务劳动100天以上。张贵荣以前当过窑匠师傅，懂测量、拉线，正好派上用场。他们自己动手碹好了5孔窑，总算给盆地青兽医站安了家。

俗话说：众人拾柴火焰高。听说兽医站要碹窑，各生产队不忘自己队里的大胶车都是武汉鼎帮助他们配备的。于是，农闲时就派大胶车义务拉运石头。在乡亲们的帮助下，通过几年的努力，兽医站陆续碹起了前后两排十几间窑洞，后来又圈了几间下窑，因为地处东边，所以叫

"东下窑"。同时，为种公畜盖起几间房，还盖起一个砖木结构的大礼堂，为公社兽医站建了不错的"家"。

会议之后，盆地青公社兽医综合办站经验，开始在自治区全面推广。畜病合作防治制度的成功实践，宛若开放在武汉鼎心中的一束鲜花，他坚持科技扶贫的信念更加坚定了。

在兽医站一边当站长一边当饲养员的老同志退休后，武汉鼎当了站长，他说："生产中的难题，就是我要研究解决的课题。看着农民连个温饱也解决不了，我实在是睡不着觉哇！农民贫穷，更需要我们帮助他们找到脱贫致富的门路。"

1978年，实行家庭联产承包责任制以后，盆地青兽医站的服务对象由原来的38个自然村变成了1070个农户。为了适应这种新情况，武汉鼎对合作保畜制度进行改革，实行分片包干、责任到人、单独核算、按劳计酬的管理办法，再次将技术者和生产者的利益捆绑在一起。

然而，改革之路从来就不是一帆风顺的。像许多实干家一样，武汉鼎无意之中得罪了不少人。那些把土种羊改良当儿戏的干部自然受到他的批评，那些妄想从中捞到油水的人受到他的无情指责……多少年来靠指手画脚过日子的，只图清闲、不干实事的，都看他有些别扭。报纸上每宣传报道一次武汉鼎，他们就觉得自己像当头挨了一棒。至于那些当年整过他而又不肯认错和改正的人，更是把他说得一无是处……

武汉鼎的优点、缺点、成绩、问题，都被持有不同态度的人直接反映到县里，反映到上级有关部门。整天埋头奔波在乡间的武汉鼎，有口难辩，苦不堪言，但他的信念是汗洒千家无怨悔。

有一次，武汉鼎去内蒙古畜牧厅办事，就碰到了去告他状的人。赵振北厅长怕他有想法，当时就派人告诉他："别人说什么，你都不要往心里去，你没有做错什么，不用怕。"

1980年，清水河县新来了一位县委书记张茂威。当时，全县14个公社，124个大队，近千个自然村，生息着十多万人口。由于长期水土流失，造成千沟万壑、纵横交错，人畜饮水十分困难。1978年，全县农民人均收入仅有42元，连续12年吃国家返销粮超亿斤，全县吃粮靠返销、生产靠贷款、生活靠救济的"三靠队"达80%，成为国务院首批确定的重点扶持贫困县之一。在这样一个地方做到"为官一任，造福一方"谈何容易啊！张书记只身一人带着行李，从集宁出发，一路坐火车换汽车，风尘仆仆地来到这个偏远的地方。他上任那天，既没有召开党委会也没有组织听汇报，而是带了几个人下乡去了。他要到群众中去，调查研究，发现问题，解决问题。

武汉鼎被张书记自律朴实的精神所感动。因为作为一名县级官员，旧时出门是要坐八抬大轿的，就是今天也会是大车小车接送的。可张书记是一个人带着干粮悄悄来的，而且一来就上手工作，像这样雷厉风行、勤政务实的领导干部真是不多见了。

张书记在深入乡村、深入群众的过程中，听到人们对武汉鼎的各种议论，便亲自来找武汉鼎核实情况。

武汉鼎感激这位领导对自己的负责，但他没有向张书记做过多的口头汇报。他径直朝前走，一直把张书记领到前兴泉村。他从羊群里拉出一只羊，杀后一过秤，61斤。

张书记高兴了。他在这个被外人讥笑为"一张报纸能包一只羊"的县里，头一回见到这么大的羊。

一切都明白了！张书记快人快语，他拍着武汉鼎的臂膀认真地说："老武，别让那些流言蜚语干扰了你的工作情绪。琢磨事业的人被人琢磨也是常有的事，你要振作起来，继续当好这个农民脱贫致富的领头雁啊！"

不久，县里就做出决定，全面学习推广盆地青公社土种羊改良的成功经验，并将武汉鼎调任为清水河县畜牧兽医站站长。

武汉鼎兽医综合办站的经验，多次在我国其他省市推广。1981年5月，全国公社兽医站经验交流会议在杭州召开。武汉鼎作为内蒙古自治区唯一的基层代表，在大会上做了题为"坚持畜病合作防治，促进山区牧业发展"的发言。1983年7月，全国三站工作会议在山东泰安召开。武汉鼎在大会上做了"改革兽医体制，加快山区畜牧业发展"的发言……

武汉鼎他们这代人，作为清水河县最早的开拓者和奋斗者，对家乡这片热土的归属感和自豪感，比我们想象得要深刻和厚重。改革开放以来，在社会生活各个方面已经发生深刻变化的今天，人们对这一历史潮流已无可非议。但武汉鼎在自身难保的情况下，能对基层畜牧兽医制度的改革提出意见，并殚精竭虑地投身改革实践，可以说是对盆地青乃至清水河县的经济发展和社会进步做出了贡献！

第三篇 爱心点亮的"惠民之光"

信条3 我们应该深刻地注意群众生活的问题,从土地、劳动问题,到柴米油盐问题……一切这些群众生活上的问题,都应该把它提到自己的议事日程上。

——毛泽东《关心群众生活 注意工作方法》

　　清水河县属"老、少、边、穷"地区，也是国家级贫困县，贫困人口比例占全县的20%以上。贫困发生率高、贫困程度深，而且基础条件薄弱、致贫原因复杂、发展严重滞后、公共服务不足，脱贫难度很大。

　　1985年，年逾五十的武汉鼎，实现了一个里程碑似的"转变"。他辞去清水河县兽医站站长的职务，走上了下乡蹲点的扶贫之路。他始终把没有解决温饱、生存存在绝对困难的贫困户作为扶贫工作的主要目标，履行消除贫困的责任和使命；先后辗转暖水湾、大阳坪、老牛坡等村，与乡亲们同吃同住同劳动，把准脉搏，因户施策，真扶贫、扶真贫。经过努力，武汉鼎带领父老乡亲改变了"吃水靠人背驴驮、照明靠煤油灯、交通靠两条腿"的状态，为贫困乡亲拼出一个有吃、有穿、有尊严的好光景，成为脱贫致富的"贴心人"。

第一章

一个灵魂的觉醒

有人说，人有两次生命的诞生，一次是肉体的出生，一次是灵魂的觉醒。当你灵魂觉醒时，你将不再寻找爱，而是成为爱、创造爱，才开始真实而真正地活着。

1985年，是武汉鼎人生中的重要转折点，他辞职去乡下蹲点扶贫。他摆脱了轻松舒适的生活状态，依靠创造的力量，开始寻找精神的栖息地，去实现自己的生命价值。

人生在世，会面临许多选择和决定，也会遇到疑惑、困难和挫折，皆需要信仰和智慧的力量支持。在一切力量中，最不可或缺的一种内在力量，就是觉醒。觉醒是人人可以开发和拥有的力量。外在的力量可以使你获得权力、金钱、名声和地位，唯有内在的力量才能使你活得有意义。人生中有真信念，事业上有真兴趣。

在武汉鼎的人生中，始终有一个超越自我的立足点，这个立足点正是信仰和智慧赋予他的。他当基层兽医20多年，行走在沟底坡梁之上，他总会想到生他养他的家乡清水河。由于长期受到流水的侵蚀和切割，高原面貌被破坏，造成地表千沟万壑，呈现波状起伏的低山丘陵地形。全县3公里以上的大沟约630余条，支沟、毛沟不计其数，且多为季节性泄洪河谷，是黄河中上游地区水土流失最严重的旗县之一。他总有一种担忧，如果不加以保护，清水河就是第二个沙石峪。

20世纪60年代的沙石峪，是个"土如珍珠水如油，漫山遍野大石头"的穷山沟，每年需要国家返销粮十几万斤。党支部书记张贵顺带领村民锤砸、镐撬、手掏，十几天时间造出一亩样板田，成为"农业学大寨"的艰苦奋斗的模范村寨，成为当时升起的一颗璀璨的新星。1975年，武汉鼎参加完一次会议，有幸去河北省遵化市沙石峪村，学习和感受他们的"活愚公"精神和中华民族艰苦奋斗的精神。临行前，领导进行动员讲话："凡是到沙石峪参观者，必须每人带一袋土。他们有个村规，社员出门不空手，每人都要带点土。"还说周恩来总理和霍查总理去的时候也同样带了土，那是给予沙石峪最好的礼物。

1966至1971年，沙石峪人开凿土石方1761万立方，将780亩山地改造成1200亩大寨田。当时，有首流行歌曲中唱道："沙石峪，山连山，当代愚公换新天。万里千担一亩田，青石板上创高产。"

时隔多年，武汉鼎还记着当年"冀北大地上的明珠——沙石峪"，让他触目惊心的是，这个贫瘠的小山村，由于土地流失，最后要从石头缝里取土，在青石板上造田。每当想到这些，他就蠢蠢欲动，绝不能让悲剧重演，不能坐以待毙，他要到农村去，为家乡尽一点微薄之力。

武汉鼎担任清水河县兽医站站长3年期间，控制了清水河大畜1万多、小畜19万的疫病，连续3年受到乌兰察布盟的表彰，连年完成县里的畜牧生产任务、科技项目、动物防疫、动物检疫和动物卫生监督管理工作，不断开展业务技术培训，进行畜牧科技示范和畜牧生产发展的指导，使畜牧业生产发展步入规范化、法制化轨道。他是个闲不住的人，无论在哪里他都以站为家，鼓励更多的人为百姓的幸福竭尽所能。他常常想起那个蜷缩在大山沟里的暖水湾村，又冒出下乡扶贫的念头来。清水河县境内山峦起伏，沟壑纵横，土地瘠薄，地下水奇缺，是典型的旱作雨养农业县，暖水湾村就是典型代表。当地流行着这样的顺口溜：家在深山沟，穷山烂石头；吃水贵如油，天天为水愁。在我国经济已经飞速发展的今天，清水河县仍有许多像暖水湾一样的山村，他们居住在破旧的土窑里，过着"食不果腹，衣不遮体、房不蔽风雨"的生活，让人感到心酸和心痛……虽然造成贫困的原因是多方面的，但影响和阻碍了全县的均衡发展是不容置疑的。

扶贫，是党中央发出的伟大号召，是我们亲爱的祖国立志要完成的重大历史使命，也是帮助贫困户走出贫困的一个长期稳定的出路。形势逼人，形势不等人。武汉鼎作为农民的一分子，从当兽医的那天起，他就虚心向农民学习，与农民交朋友，以自己的一技之长，找准发挥作用的切入点，从最受农民喜欢的具体事情做起。他听从号召，不辱使命，积极参与，做真正的践行者，帮助贫困百姓改变贫穷、落后的面貌，教育他们感恩党和社会的帮助，同时鼓励他们自力更生，创造美好的生活。

武汉鼎要辞掉站长职务，极力推荐刘凤林当站长。许多人不理解，有人说："县兽医站站长，别人想当还当不上，你当上了还不当。"他主动找领导谈了自己的想法："百姓的生活还很困难，我所从事的兽医工作，只有深入农村，才能帮助他们排忧解难，我要求到暖水湾村下乡扶贫。"

武汉鼎走上了真正的扶贫之路，他说话不靠书本子，办事不摆花架子，真心实意为乡亲们做好事、办实事。他随时准备着，历经艰辛、坎坷与希望，甘愿化作一束束光，照亮贫困百姓的致富路……

第二章

情满暖水湾

暖水湾村，是一个典型的"人畜缺水喝、农民收入少、灾情年年多"的贫困村，也是武汉鼎下乡蹲点扶贫的第一村。为这里的贫困百姓做点实事、好事，是他的初心。

3年前，武汉鼎因给牲畜诊病第一次来到暖水湾村。从清水河县城到暖水湾村只有24公里，但公路只通到韩庆坝自然村的村口，剩下的5公里无路可走。他看见沟坡上有一条起伏不平的羊肠小道，就把自行车扔在路边，背起药箱走下沟底、爬上沟坡，一直向前走。无树、无草、无路，这个村庄究竟有多么穷？翻过两道山坡，居然累出一身汗来，衣服都湿透了。他爬上最后一道山梁，放眼望去，台墩山的阳坡地，高低错落的窑洞，像给黄色的土山装上了无数眼睛；山梁上的梯田，一层层盘到山顶，远看就像一张巨大无比的油旋饼。这个地处海拔1500多米的高寒干旱贫瘠的小山村，村民的院里没畜、地里没肥、仓里没粮，全村26户人家蜷缩在沟底的破旧土窑里，厮守着贫穷。从那时开始，暖水湾村就成了他的牵挂，如今终于可以如愿以偿了。可令他没想到的是，当他扛着铺盖卷，翻山越岭来到朝思暮想的暖水湾村时，老百姓却根本不买他的账。

村民们听说来了一个扶贫干部，便放下手中的活儿都跑出来围观：他看上去50多岁，身材高大魁梧、敦敦实实，往那儿一站，好像半堵城墙竖在那儿，一双大眼炯炯有神，说话声音像敲钟，走起路来健步如飞，显出久经劳动锻炼的一股劲。有的人当着他的面说怪话："他一不掌权，二不管钱，除了添乱，还能帮我们做什么？"

村主任高元出来为他解围，说："老武是方圆百里有名的兽医，他来了，最起码能给牲畜看看病。来都来了，就住我家哇，有事好商量。"

高元和武汉鼎年龄相仿，是一名优秀共产党员。他曾接待过不少前来帮扶的领导干部，这样进进出出的，有谁会真心实意留下来？所以，此番对武汉鼎来村扶贫的举动，他和村民们的态度相同，就是"骑驴看唱本——走着瞧！"

武汉鼎说："我来的目的就是和你们同甘共苦，为村里做点好事、实事，今后的工作还得你支持啊。"

高元笑着说："今天，你带着行李进村扶贫，这是我们全村人的荣幸，但愿你能成为改变我们村面貌的贵人。"

当晚，武汉鼎就在高元家住下了。晚上躺在炕上睡不着，两个人就闲聊起来。

俗话说：乱世出忠臣，家贫出孝子。他们的童年都是在兵荒马乱中度过的，常常忍饥挨饿。正是儿时的贫穷和难以忍受的饥饿，给了他们劳动人民本色的熏陶，使他们受用终生。多少年过去了，好多东西都从他们的记忆中消失了，但是唯有贫穷、饥饿不能忘——因为它真实地存在于过往的生活中。

高元问他："你特意来扶贫，想从哪里开始扶？怎么扶？"

武汉鼎说出自己关于暖水湾村的设想：将26户村民从旧村迁到三道梁上。高元被他神奇的想法惊得目瞪口呆。迁村？这么大的事是他没想过也从来不敢想的。于是，他问迁村的理由。

武汉鼎胸有成竹地说："村子在沟底，所住土窑洞年久失修，出村的路崎岖难行，只能过一辆驴车，运输方式仍处在人背驴驮的原始状态。严重缺水，生活条件艰苦。早年人们居住在这里，是因为沟底有一眼暖泉，一年四季水流不断，冬天流出的泉水还冒着股热气。如今暖泉已断，造成了吃水困难。村西南相距1公里的三道梁，地势开阔，北靠台墩山，面对阎王鼻子山下的一条沟，窑洞可依山建在阳坡地，坡沟之间可修一条通向村外的村道，通水、通电都方便。"

高元不得不佩服武汉鼎想得周到而齐全，自己当了十几年的村主任，可村民的生活始终没有摆脱靠天吃饭的窘迫状态。人畜饮水，主要靠旱井和水窖里贮存的雨水。水源大部分是空山水、渗沙水和地表过水，平时点滴渗流，旱时枯竭。每逢干旱之年，就会发生水荒，村里用30%的劳动力、35%的畜力和30%的时间来解决吃水问题。取水点远则15公里，近则二三公里。即使是这样，村民们也不愿意离开生养他们的这块土地，迁村谈何容易！武汉鼎说："我看了，你们这个村，全是坡梁旱地。要想翻身，迁村之后，必须搞好种植业和养殖业。"

高元召开了一次村民会议，宣布了武汉鼎的迁村计划，支持和反对的各占一半。暖水湾村大都是塌墙烂院，一般村民要碹新窑，简直想也不敢想。不过，从那天开始，就有人在沟坡下开石场、采石头，动手在三道梁的坡地上碹石窑了。几个月之后，有不少村民喜迁新居。

窑洞是中国西北黄土高原上最具代表性的民居，保留着北方民族穴居的遗风。清水河县700多个自然村的居民，几乎全部是窑洞建筑风格。其窑洞有4种类型：靠山土窑洞、石料接口窑、平地土坯窑和平地石砌窑。暖水湾的村民原本住的是靠山土窑洞，新村碹的都是平地石砌窑。窑洞丈二深，夏天凉来冬天暖。新村依山而建，筑于阳坡地，形式多样，美观大方，鳞次栉比，蔚为壮观。石窑洞再配以石头垒砌起来的院墙，整个村子变成了一件石头垒砌的艺术品。石头村巷，曲曲弯弯，向左右拓展，向山顶延伸，增添了村落的层次感和纵深感，如诗如画，再加上家家户户拴在院墙内外的牲畜，更显得生机勃勃。

为了尽快转换角色和适应新环境，武汉鼎除了认真自学以外，还在村里办起了夜校，带领村里的党员干部学习党的方针政策，让干部"换脑"，让乡亲们"开窍"，帮助他们转变观念，形成脱贫致富的核心力量，拓宽致富途径和渠道。用武汉鼎的话来说，就是"只有打开乡亲们的心锁，他们才会打开大门上的锁"。这就需要从解决他们的热点和难点问题入手，清"淤"排"障"，拆"墙"填"沟"。

从此，在清水河县城到暖水湾村的山路上，人们经常看到一位身材高大、头发花白的老汉，推着一辆自行车，带着鼓鼓囊囊的麻袋、布包，行走在崎岖的山路上。无论寒冬盛夏，无论风吹日晒，他总是神情坚定，步伐有力，一路前行。

1985年，清水河县偏远的山村，仍处于无水、无电的状态。暖水湾村也是"电灯不亮、广播不响、吃水没井、公路不通"，一到晚上就像"无人区"。用上电灯、看上电视、用上家用电器、吃上自来水，这些再普通不过的日常生活，对村民们来说，还是天方夜谭。

等大部分村民迁到新村后，为了出行方便，武汉鼎动员家家户户出人出力，从村前到韩庆坝自然村修了一条2米宽、5000米长的沙石路。有了路，运送材料的车辆就可以进村了。走在这条亲手修的路上，武汉鼎心里无比感慨。为乡亲们做了实事后，发自内心的喜悦挂在他的脸上，也藏在他的心里。

随后，解决了通电问题。通电那天，整个小山村像过年一样，热闹非凡。望着乡亲们激动得泪流满面的样子，武汉鼎觉得自己的选择没有错。

接着解决了吃水问题。武汉鼎在沟底水源充足的地方，打了一眼60

多米深的机井，利用浅层水，配备潜水泵或离心泵，抽水饮用，顺利解决了人畜饮水困难的问题。

1996年，清水河县被列为内蒙古自治区人畜饮水"380"工程项目之一。人畜饮水"380"工程是指按照国家解决农村牧区人畜饮水的有关规定，"九五"期间为基本解决自治区农村牧区380万人口、1020万头（只）牲畜的饮水困难和防氟改水而兴建的各种供水工程。全县采取以机电井、引水工程为重点，集中连片解决人畜饮水等方法，经过3年工程实施，加快了全县解决人畜饮水进程。在暖水湾村也打了一眼机井，距武汉鼎打的那口井，已经过去了10年。

暖水湾村通过拔穷根、挪穷窝、改穷业，村子的面貌彻底改变了，乡亲们的反应极为强烈，他们感慨地说："路通了，心气就顺了；环境好了，心情就敞亮了，积极参与的热情也高了。"带领暖水湾村走出一条"转变观念、找出路、创收入、整村貌"的脱贫之路，也是武汉鼎对扶贫工作的探索和经验积累。他不仅要解决贫困户的基本生活问题，还要通过科技扶贫解决"粮袋子"和"钱袋子"问题，让乡亲们真正富起来。

第三章

爱洒大阳坪

大阳坪村村民武党在从村里的大喇叭听到了武汉鼎在暖水湾村扶贫的事迹，他就和人们商量："武汉鼎出生在咱们大阳坪村，虽然多年忙于工作没有回来过，但这里是他的故乡，不如我们请他来帮助咱们共同致富。"

大阳坪，是清水河县一个不起眼的村庄，也是武汉鼎小时候生长过的地方。1995年，武汉鼎踏上了家乡这片热土。望着起伏的山梁、陡峭的坡道，还有熟悉的窑洞，他的眼睛湿润了。山川面貌依旧，乡亲们还在贫困中艰难度日，他觉得自己有责任帮助乡亲们过上好日子。

武汉鼎进村时，村里正在唱大戏。他知道村里有个习俗，无论出了什么事，都会请戏班子来唱戏。久而久之，真诚质朴、大方热情的乡亲们就养成了爱听戏的习惯。武汉鼎认为想必是谁家有了喜事特意唱戏热闹热闹。他找人一问，才知道村里陆续死了100多只羊，这已经是唱的第三场大戏了。那时，在偏僻的山村，羊死了，人们不懂得请兽医给羊看病，而是讲迷信，唱戏就等同于上香叩头，结果是钱畜两空。武汉鼎知道，乡亲们请人唱戏，不仅是为了把牲畜救活，更是为了调节心情。他们只要一看戏，就会把一切忧伤和痛苦都忘掉。

武汉鼎进村后做的第一件事，就是给羊治病。他说，村子里流行的是羊肠毒血症，这病得治，不然唱八台戏也不管用。羊肠毒血症是发生在绵羊身上的一种"怪病"，主要表现是羊拉血便。这种急性病是由魏氏梭菌在羊肠道中大量繁殖产生毒素所致，发病羊多以对牙以上的绵羊为主，呈散发性，多在春季或秋末发病，极易致死。武汉鼎通过给病羊打针、灌药，使疫情得到了控制。他又通过夜校讲课，普及预防知识：保证饲料的卫生和水源的健康，注意羊圈的干燥。在每年春、秋两季分别进行一次"羊三联四防"的疫苗接种。一旦发现羊拉血便，及时隔离并治疗，防止羊死亡，减少经济损失。

村里的疫病得到控制后，武汉鼎思来想去认为，上电上水仍是解决村民脱贫致富的两大关键。目前，当务之急是要解决电的问题。其实，大阳坪离乡变电所只有2公里，多少年来人们望电、盼电，可就因为没钱拉不来电。

武汉鼎多次跑县、乡有关部门，主动找当时包扶这里的自治区卫生厅有关领导，动员乡亲们有钱出钱、有力出力，多方筹集资金，终于使这个小山村通了电。当光芒四射的电灯像颗颗珍珠挂在大山深处时,当村里第一次响起加工米面的隆隆机声时,村里传出了一片欢声笑语。

之后,武汉鼎又帮助离大阳坪村不远的长门沟村,从这里接了电线,解决了该村的照明问题。

通电之后,武汉鼎着手解决缺水这一最大的难题。对于大阳坪村来说,从1980年开始,由于连年干旱、人口增加、水利工程老化失修,导致人畜饮水严重困难。村民们为盼水找水耗尽了心血,流尽了泪水,常常是"鸡鸣三更去找水,日落西山不见归"。在这里"水贵如油"的说法毫不为过。如今60岁以上的老年人,脊背上都有一个高高凸起的疤,就是常年背水留下的烙印。

生活在这里的父老乡亲,每家都有一眼旱井或水窖,饮牲口、洗衣服、做饭都用旱井水窖沉淀过的水。下雨了,旱井水窖里漂着羊粪、杂草;遇上干旱,只能走2.5公里山路到杨湾村去背水。铁箍的空木桶有20多斤,加满水就是100多斤,水背回来,背上也磨破了皮。日复一日地背,背上磨出了一层老茧。有驴的人家,可以在驴背的鞍架上装两只木桶,去5公里外的长门沟村去驮水,这里的人们祖祖辈辈就是这样过来的。

旱井水窖里的水到底能不能吃呢?内蒙古农业大学的学生"三下乡"进村之后,武汉鼎专门让他们用瓶子装上旱井水窖里的水样,拿回学校化验,结果不合格。大学生们通过给水利厅写信,在内蒙古广播电视台做节目呼吁,为革命老区人民解决吃水困难问题,产生了很大的反反响。

武汉鼎在村里走访时，听说1966年夏天，有一个钻井队来村子里打过井。村民们回忆，当时井架高耸、机器轰鸣，还有辆深绿色的解放牌汽车。每到晚上灯火通明，村里的男女老少都去看钻井杆的旋转、泥浆管的摆动和钻井队师傅们的操作。可他们打了一眼找水探测孔，没打出水来，就匆匆撤走了。武汉鼎带着村里的老年人寻找这个探测孔，结果没有找到。他想，既然是上面来的打井队，那他们肯定会有当时作业的水文地质资料，只要找到这些资料，大阳坪有水没水就全明白了。可村里的老人们谁也不知道来的是哪个打井队，只听说是从呼和浩特市来的。

为给祖祖辈辈靠旱井生存的家乡打井，武汉鼎三番五次地跑到呼和浩特市找地质勘探队，一家一家地问，仍没有找到当年大阳坪打井的相关资料。后来，在内蒙古卫生厅扶贫队的帮助下，他终于打听到回民区还有一个打井队。他跑去一问，正是当年去大阳坪的打井队。他喜出望外，说尽好话，终于在这个单位尘封的档案库里，找到了1966年打井的水文资料，查到了大阳坪探测孔最原始的水文记录：探测孔153米，出水层60米。

"大阳坪有救了！"兴奋之余，武汉鼎又四处求助，最后找到自治区水利厅废品利用队，央求人家进山帮助修复废弃30年的探测孔。

探测孔虽然找到了，但早已被石头泥土堵死了。

钻机架立起来了！武汉鼎准备利用村口这个水文地质测量坑打一眼

井。又是灯火通明、观者如潮、机器轰鸣、人声鼎沸，一卷卷钻出的岩石棒整齐地码在井场。大阳坪人欢呼雀跃，满怀着希望。一个月后，打成了一口60多米深的水井，装上了铁质的井管。一合电闸，深藏在大山腹中的清水瞬间喷涌而出，大阳坪沸腾了！乡亲们从家里拿来脸盆，用铁勺拼命地敲击着，眼里含着泪花，脸上绽放着笑容，他们振臂高呼："大阳坪人终于吃上自来水了！"

心平气和、乐于助人、富有能力的人常会得到人们的热爱和敬重。武汉鼎就像一棵烈日炎炎下为乡亲们撑起一片绿荫的大树，乡亲们离不开他，他也离不开乡亲们。

在武汉鼎的帮扶下，大阳坪村民的生活发生了翻天覆地的变化。新建的石窑像雨后春笋般从一片片破旧的小土窑堆中冒出来，家家户户积极发展养殖业，栏里有鸡鸭，圈里有牛羊，坡道上种了花果树，村民们走上了脱贫致富之路。

第四章

心牵老牛坡

相传元朝末年，有一山西人来此耕居，靠一头老牛在山坡上垦荒，后发家致富，故此地得名老牛坡。老牛坡总面积36平方公里，辖6个自然村，共365户1235人，常住户数182户465人。1937年10月，在中国共产党的领导下，蒙晋交界地区最早的农村党支部——老牛坡党支部成立了。它是绥南地区抗日斗争的前沿阵地，是引领当地革命斗争的一面旗帜。从此，拉开了清水河抗日斗争的序幕，掀起了清水河革命斗争的高潮，留下了可歌可泣的革命故事，形成了"爱国爱家、依靠群众、百折不挠、敢于胜利"的老牛坡精神。

老牛坡的人在抗日战争和解放战争中，参军参战39人，为保卫祖国流血牺牲的烈士有12名，革命先烈抛头颅、洒热血为国家做出了贡献。

中华人民共和国成立后，虽然政府没有忘记革命老区的人民，但是这里的老百姓仍面临吃水困难的问题。虽然村南有一口水井，但供水量不够全村人吃，每天晚上12点还有人在那里刮水。有三轮车、毛驴车的人都去北堡乡或水泉乡拉水。因为村里缺水，青壮年不能外出打工，村民也无法发展养殖业。对老牛坡来说，如果不先解决吃水问题，脱贫致富、增产增收都是纸上谈兵。

内蒙古自治区扶贫办了解到这个情况后，请人民解放军北京军区给水工程团团长李国安来这里打井。1997年4月，打井队开进了老牛坡。有些村民说："打下井也吃不上，几十米深，有水也吊不上来。"因此，大家都持观望态度。打井队打了3口井仍没有出水，部队准备撤离。李国安说："给革命老区打井，我们是带着感情来的，打不出水绝不收兵。"打井队吃了定心丸，终于打出了一口机井。

武汉鼎来老牛坡扶贫，也是带着感情来的。他来的时候，李国安给水团官兵正在撤离。

11月28日，举行了自来水入村剪彩仪式。入村的主管道由政府和社会扶贫单位负责，已经铺好了。村委会要求自来水管入户，安装费、挖自来水沟、入户水管要农户自己出工出钱。没过多久，通上了自来水的村民家家户户都笑逐颜开。

有一天，武汉鼎正在一户人家了解情况，看见一位老太太踮着小脚、提着水桶到这家人的水管上接水。武汉鼎问她："你来别人家接水，你家没有接上自来水吗？"老太太说："我家里穷，没有钱买水

115

管。"

这位老太太名叫刘改凤，已经90多岁了，看起来很瘦小，满脸的皱纹刻着岁月的沧桑。她有一双小脚，走路还有些不方便。让武汉鼎感到惊讶的是，她的眼神依然明亮，口齿也很清晰。刘改凤望着武汉鼎慈善的面容，直觉告诉她，这是一位古道热肠、可以倾诉心声的好人。

刘改凤从小就生活在老牛坡村。抗日战争时期，这里是连接大青山抗日根据地和晋绥抗日根据地的重要节点，是革命圣地延安通往蒙、俄的重要通道，是晋西北抗日斗争的前沿阵地，曾被日寇先后3次放火屠村。村里的窑洞被烧得连门窗都没有了，村民们无法生存大都逃走了。刘改凤一家因为没有钱，仍住在村子里。那时，八路军的伤员需要从这里转移，她和妇救会成员一起，推碾子磨莜面做饭，救治伤员，洗绷带，做军鞋，支援前线。武汉鼎知道她是一位革命老人，她的儿子郭六小身有残疾，还有一个小孙子，生活十分贫困，就主动帮助她。

刘改凤家离供水管道有40多米远。为了让她家吃上自来水，武汉鼎就去县城帮她买了40多米长的6分水管。武汉鼎亲自动手挖沟，刘改凤也帮着挖，两人挖了一天也没挖多少。武汉鼎看她也挺辛苦，就掏了240元雇人把管道沟挖到了家里。安装水管的工人把通向家里的管道接好了，但入户的管道安装需要用户交200元的费用。武汉鼎买了管、付了人工费，身上没有钱了。他和工人们商量说："你们先给装好，我取上钱再给你们。"工人们二话没说，转身走了。刘改凤只好把家里的管道沟，用几根木棍搭住，上面放了个纸片。晚上小孙子回来，一脚踩空掉进坑里，昏迷不醒，刘改凤急忙叫来了武汉鼎。武汉鼎赶紧把孩子抱出来，一手托住屁股，一手掐住人中，过了一会儿，孩子才哭出声来。

刘改凤家里本来就很穷，一家人一年四季吃的都是莜面糊糊，见不着一点荤腥。别人家杀鸡把内脏都扔了，郭六小就把鸡胗悄悄捡回来洗涮干净，放进莜面糊糊里煮，算是改善了生活。现在穷得连自来水都装不起，还要给小孙子看病，刘改凤急得直抹眼泪。

武汉鼎把刘改凤家的情况反映到北堡乡。他的二女婿王再民当时是乡长，听说这件事后，立即派人进行了妥善处理。

在武汉鼎的帮助下，刘改凤一家终于吃上了自来水。为了让其他几户贫困户也能吃上自来水，武汉鼎找到老牛坡村支部书记韩朴生，说："脱贫路上，不能让一个人掉队，让村民们共同受益才能体现和谐美好。"武汉鼎的情怀深深地感动了韩朴生，韩朴生帮助其他贫困户解决了吃水问题。家家户户吃上了自来水，再不用翻山越岭地背水拉水，人们激动得热泪盈眶，说："感谢党的好政策！"

从那以后，武汉鼎指导刘改凤家养鸡，增加家庭收入。他只要来老牛坡村，就买上肉、米、面、油、衣物等给刘改凤家送去，接济她家的生活，刘改凤感激不尽。有一天，天刚蒙蒙亮，武汉鼎准备回县城去。他走下一道坡，看见刘改凤提着一个小篮子等在路边。看见武汉鼎走过来，她说："我准备攒20颗鸡蛋感谢你，听说你今天要回去，我只攒了19颗，请你无论如何要收下，这是我的一片心意。"说着把手中的篮子递给他。武汉鼎心里清楚，老人家里每月就靠这篮子鸡蛋卖钱补贴生活！他无论如何都不会收，可又怕伤了老人的心，他只好含着眼泪从篮子里拿了两颗鸡蛋，攥在手里。望着刘改凤老人颤颤巍巍的背影，武汉鼎百感交集：多么好的革命老区百姓啊！他们虽然生活贫困，但朴素和善良的传统一直没有丢。只要你心中揣着老百姓，老百姓就会把你放在心坎上。只要能让老百姓过上好日子，我吃多少苦都值得！

老牛坡村通了自来水后，武汉鼎发现离他们村1公里远的新村，吃水也很困难。新村是清水河县最穷的行政村之一，由新村、井儿沟和板申沟3个自然村组成。其中，井儿沟村就是武汉鼎初来盆地青公社，住了一冬天，防治牛疥癣病，救助了10头耕牛的井儿沟生产队。他对这个村有很深的感情，想方设法帮助他们。他带领"三下乡"的大学生，通过实地考察测量，协助村里建成了水塔，使新村的乡亲们都吃上了自来水。

有一天，武汉鼎从清水河县城坐车去老牛坡。他一上车就被一个人抱住了，那个人说："武大爷，你是我的大恩人，我要好好感谢你哩！"武汉鼎一看，他是新村的唐晶，就问："为甚？"唐晶说："以前，我们村没有水，连一头猪都不敢养。自从你给我们村通上自来水后，我不仅养了几头猪，还养了一群羊，每年的收入都好几万呢。我不感谢你，感谢谁？"

村民们正是从这样一件件的"小事"中，看到了武汉鼎"不带私心搞扶贫，一心一意为百姓"的内心世界和崇高品格。他们交口称赞："武老汉是党的好干部，是咱们百姓的贴心人。"

第五章

贫穷是一场无声的危机

暖水湾村的村民们特别能吃苦，用当地的土话来说，就是特别能受（苦）。他们的骨头是硬的，山压下来也能撑得住，张觅成夫妇就是其中最好的代表。

当年，张觅成家穷得娶不起媳妇。后来，好不容易从三道沟说下一门亲事，女方叫张美莲。张觅成借下一河滩的债才将她娶过门，没有钱碹新窑，只能住在沟底借来的土窑里，连做饭用的锅都是借来的。成亲以后，夫妻俩起早贪黑，在黄土地上挥汗如雨，辛勤耕种那18亩薄田，到头来还是填不饱肚子。后来，生下3个孩子，日子过得更艰苦。张美莲生第四个孩子时，大女儿对她说："妈妈，你不要再生孩子了，咱们家的碗都不够用了。"有一年春节前夕，好不容易买回一块肉，张美莲没舍得吃，准备大年三十晚上包上一顿饺子。他把肉挂在窑窗上，半夜被野狗叼走了。真是人穷，连狗也来欺负。过年了，别人家的孩子都能穿上新衣服，他家的孩子穿的是用旧衣服改的或救济的衣服。

每年夏、秋、冬三季虽都很苦，但最苦的还是春天。瓮里的粮食吃光了，窖里的山药也取完了，而地上的青苗正绿着，正是青黄不接的时候。自然是恩赐穷人的，张美莲只能去挖苦菜和蒲公英，那些可是庄户人家填饱肚子的好东西。俗话说：人是一盘磨，睡着就不饿。实在饿得不行了，只能一家人躺在炕上不动。

张觅成无疑是暖水湾村最典型的贫困户，别人都碹起新窑，迁到了新村，他仍住在破旧的土窑里。命运不会因为穷人的困窘而心生悲悯，对你另眼相待，相反，你迎来的很可能是祸不单行……

那年夏天，阴雨连绵。有一天，武汉鼎正在夜校给乡亲们上农业技术推广课，突然听见"轰隆"一声巨响。知道不妙，他拔腿就向外跑，教室里的村民们也跟着向外跑。不远处的沟底黄土飞扬，跑过去一看，是张觅成家又破又旧的土窑踏了。张觅成带着两个孩子也在夜校学习，看见是自己家的窑踏了，他拼命冲下土坡，跑到窑前，看见张美莲抱着吃奶的孩子，站在窑门前安然无恙。

武汉鼎跑到窑前问："没伤着人哇？"张美莲这才放声哭起来。原来，她正抱着孩子坐在炕上喂奶，突然看见窑顶上往下掉土，窑顶那条裂纹越来越大，她感觉情况不妙，于是抱着孩子、光着脚就向窑口跑，背后传来惊天动地的一声巨响，窑塌了。锅碗瓢盆都被砸烂了，连家里最值钱的东西——结婚时打下的红躺柜也被砸烂了。张觅成抱着头蹲在地上，叹了口长气，说："那口锅还是借来的，这日子没法过了！"

窑塌了，修窑又没钱。张觅成思来想去，只能去沟底砍了两棵手腕粗的小树，找来一块木板从下面把窑顶的窟窿遮挡住，准备凑合着住。第二天，他砍树的事情被村委会知道了，罚了款。当时武汉鼎不在村里，为了帮助张觅成，他连夜赶回县城，去扶贫办说明情况，给他申请到500元补助金做安家费。给张觅成送钱时，武汉鼎知道了罚款的事。他找到村主任高元，说："他砍树不对，应该罚款，可是他穷成这样，更重要的是想办法帮助他。"当时，村民们从旧村迁到新村，腾出许多旧窑，张觅成一家无家可归，只能搬到别人家腾出的闲窑里。

没想到，比窑塌更严重的事情发生了。有一天，张觅成的大儿子和小儿子在一座闲窑外玩耍，就用木棍掏土窑的墙，结果掏了一个很大的洞。大儿子伸进头去看时，窑墙垮蹋，把他埋在了土堆里。在不远处放羊的小羊倌看见了，急忙跑过来把他挖出来，但已经不省人事了。张美莲抱着儿子哭天喊地，张觅成一筹莫展。武汉鼎说："救孩子要紧。"他找来一辆三轮车，把孩子送进县医院。后来病情严重，连夜转入内蒙古人民医院。看病要花钱，没钱怎么办？武汉鼎号召村民们捐款相助，自己带头捐了1000元。消息在村子里传开了，乡亲们虽然都不富裕，但一方有难、八方支援，人们纷纷伸出援助之手，30元、50元……捐款合计2000多元。武汉鼎将捐款送到医院，张觅成激动得热泪盈眶。他立志要摆脱贫穷，回报父老乡亲们。经过一个月的治疗，孩子得救了，但右耳失聪，右侧眼角和嘴角留下了永久的疤痕。

从那以后，武汉鼎把张觅成列为重点帮扶对象，帮他一步一步脱贫致富。"输血式"扶贫简单粗放，在短期内贫困户的收入确实会明显增加，但这就好比打肿脸充胖子，迟早会有露馅的一天。"输血式"扶贫不仅不能有效解决贫困群众的问题，反而是饮鸩止渴，容易滋养出一批"等靠要"坐等吃政策饭的懒汉，以致某些地区出现群众争当贫困户、"我贫困我光荣"的滑稽现象。因此，武汉鼎要对他进行"造血式"扶贫，将"扶技""扶业"和"扶志"相结合，实现贫困乡亲由"局外人"向"局内人"、由"要我脱贫"向"我要脱贫"的转变。武汉鼎想，清水河县传统养殖的家畜是鸡和猪，几乎家家都有喂养，除少量自食外，大部分出售，成为许多农户的主要家庭收入。他先给张觅成家送来10只来亨鸡，教他养鸡。鸡养大了，卖鸡蛋，补贴家用。后来又给他家买了一头良种母猪。武汉鼎带着小母猪，班车不让上，只能用自行车带到韩庆坝村，再把自行车放下，背着20多斤重的小母猪步行走山路。每次走山路他都是汗流浃背，这次负重走，双腿更像灌了铅一样，每一步都十分艰难。他爬坡下沟，跌跌撞撞，总算把猪送到了张觅成家，开始教他喂猪。喂大了母猪，卖猪崽挣了钱，武汉鼎又让他买回一只杜泊羊，指导他养羊。

杜泊肉用绵羊，原产于南非，较适应寒冷的气候条件，这种羊整个身体犹如一架高大的马车。因为它的毛自行脱落，所以不用剪毛。这种羊生长迅速，三四个月左右体重可达36公斤，成年羊的体重在60公斤左右。它的生命力强、繁殖期长，在任何时候都能产羔，有的一年能产2胎。杜泊羊以产肥羔肉见长，胴体肉质细嫩，多汁、色鲜、瘦肉率高，在国际上被誉为"钻石级肉"，因此是养羊致富的首选。

张觅成掌握了科学的养殖方法，很快从一只羊变成了一群羊。他手里有了钱，武汉鼎又找土地局，给他批了一块宅基地。听说他家要碹窑，全村的壮劳力都来帮忙，终于碹起了石窑。这窑建在三道沟的中心位置，一进三开，宽阔明亮，冬暖夏凉。

沟底蹋了的土窑还在，农闲的时候，张觅成总要下去转转，回忆过去的穷日子，更加珍惜今天的好光景。如今，他家圈里有猪、院里有鸡，羊也养了好几圈，光是黑头杜泊羊和小尾寒羊就有六七十只。

2018年12月24日，晌午时分，武汉鼎走亲戚一样走进张觅成家，夫妇俩又惊又喜，像久别重逢的亲人一样，紧紧握着他的手不放。在叙旧的欢愉气氛中，张美莲笑着说："当年穷得没方向，真是连一只鸡儿也抓不起。要不是武大爷帮衬，谁能想到我们这样的人家，也能过上儿孙满堂、天天吃肉、天天像过年的好光景呢！"

2019年春节前，张觅成家的一只杜泊绵羊下了四胞胎，老两口乐得合不拢嘴。年关时，宰了3只大羊，一家人红红火火过大年。

第六章

一诺千金

    武汉鼎是清水河人眼中的"讲究人",这点不假。他为人处事最讲究的是立德树人,讲诚信,讲道德。

    暖水湾村的刘海贵家,也是贫困户。家里兄弟姐妹六人,他排行老六。那一年,他父亲病重的时候,武汉鼎来家中探望。老人已说不出话来,他有气无力地抬抬自己的胳膊,眼睛盯着刘海贵。老人咽不下最后一口气,是因为放不下尚未娶亲的小儿子,这是他临终前最后的牵挂。他的大女儿说:"武叔叔,我爸是想让你给海贵说媳妇呢。"老人听了这话微微点了点头。在中国农村,结婚、生娃、造屋,是人这一辈子所面临的3件生活大事。为了结婚,当然要赚钱,田里掏不出金元宝,只能去城市打工;生娃,如果生的是女娃,就要一直生下去,直到生了儿子；儿子大了要结婚，就要造屋，一间、两间……哪怕拼上老命。老人家里孩子多，家境贫寒，吃苦受累也没能给自己的小儿子娶上媳妇，这件事只能托付给武汉鼎，因为他是自己最信任的人。

武汉鼎拉着老人的手，说："你放心哇，孩子的事我来想办法，一定要让他娶个好媳妇。"

老人一生受贫穷、疾病的困扰，生如草芥，死归尘土，老人撒手西去了。日升月落，每天都在上演着悲欢离合。一个人去世除了给亲人们留下无尽的悲伤外，引不起多少波澜，村民们茶余饭后议论几天也就过去了，然而武汉鼎却忘不了这份承诺。

伯兰特·罗素说："三种简单却极其强烈的情感主宰着我的生活：对爱的渴望、对知识的追求、对人类痛苦的难以承受的怜悯之心。"武汉鼎下乡扶贫以来，对这些生活困难的百姓深感同情。贫困不可怕，可怕的是面对贫困人群的冷淡。有人劝他说："他老子都死了，你就不要管他的事了。"

老子云：轻诺必寡信。孔子曰：今吾于人也，听其言而观其行。千百年来，"信"始终是安身立命的核心思想之一。武汉鼎在杂志上看到这样一篇报道：1991年，已经退下来的老一辈革命家耿飚重返曾经战斗过的陕甘宁陇东某县，感慨于干群关系的恶化，他问当地干部："现在，我要问问在座的你们这些人，不管哪一个，如果犯了事，老百姓还会替你们求情吗？"据说，当时在场的干部们面对此问，都陷入了长时间的沉默。而在鼎定乾坤的三大战役期间，则是另一番景象：最后一把米用来做军粮，最后一尺布用来做军装，最后的老棉被盖在担架上，最后的亲骨肉含泪送战场。543万老百姓正是唱着这样的歌谣，推着小推车勇往直前地冲向战场。战役胜利后，华东野战军司令员陈毅深情地说："淮海战役的胜利，是人民群众用小车推出来的。"承诺是勇气，是担当，更是沉甸甸的责任。作为一名党员干部必须与群众面对面、实打实，来不得半点虚假，要靠实际行动取信于民。

刘海贵的婚事，没少让亲友操心。在农村，聪明伶俐的姑娘和小伙子一到十八九岁，就定亲、成家立业了。老实木讷的刘海贵年近30岁还是单身一人。为此，亲朋好友开始托人在十里八乡为他物色对象，偶有姑娘来见上一面，也因家徒四壁，再无回音。

武汉鼎想：说媳妇，家里得有点钱，一分钱没有，这事办不成。从那以后，刘海贵成了他的重点帮扶对象。

武汉鼎先将自己的兽医技术教给他，平时没事就在村子里搞防疫、劁猪骟马，有点营生做。后来，又教他种植地膜马铃薯。村民们听说产量比传统种法高很多，也跟着种。地膜马铃薯上市早，能卖个好价钱。

刘海贵和村民们包的20亩马铃薯收获了，拉了一大车去清水河县城卖。为了帮他卖，武汉鼎给他找了库房把马铃薯存放进去，又不辞辛劳四处帮他推销，最终全卖完了，挣了四五千元钱。刘海贵拉着武汉鼎一双粗糙的大手，不停地说着感激的话。武汉鼎微笑着打断他的话。这是他的作风。他是那种心中有旁人、不知有自己的人。看到别人肯吃苦、走正道、勤劳致富，他就高兴。

　　到了冬天，武汉鼎领着他四处去说媳妇，费尽周折也没找到。又有人劝他说："钱都帮他挣下了，让他自己找去吧！"武汉鼎郑重其事地说："我承诺的事情，一定要做到。"

　　所谓千里姻缘一线牵，机缘到了，一切皆有可能。正是蒲公英、牵牛花激情绽放的季节，武汉鼎给刘海贵介绍了毛林村的一位姑娘，定下了这门亲。

　　第二年开春，要娶媳妇了。这时，武汉鼎的老伴去世了，还没有打落。刘海贵打电话邀请他去参加婚礼，帮忙解决两辆小车，说娶亲找不上车。武汉鼎和儿女们商量这件事，孩子们都不同意他去。他说："农村娶媳妇，麻烦事很多。我是介绍人，如果不在场，两家人发生什么矛盾，喜事办不成，前功尽弃不说，我还会失信于人。"孩子们知道他主意已定，就由他去了。

　　武汉鼎带着两辆车顺顺利利地把媳妇娶回暖水湾村，刘海贵的哥哥姐姐高兴地和他抱成一团，流着泪说："武叔叔，你真是共产党的好干部，言而有信，说到做到。你帮我弟弟解决了人生大事，我们感激你一辈子！"

第七章

照亮农户养殖路

武汉鼎常说，农村是广阔天地，在那里有他的用武之地。你的脚下沾有多少泥土，你的心中就有多少真情。在精准扶贫工作中，他真实感到：家庭贫困的现状虽然是相似的，但每个家庭的发展基础、发展意愿、致贫关键有所不同。因户施策、精准扶贫、逐户解决是脱贫的关键。他最朴实无华的工作准则，就是一切为了贫困户，把他们当成亲人，为他们做好事、做实事。谁家的羊该驱虫，谁家的猪该防疫，谁家种地需要良种，他都清楚地记在小本子上，然后按时来做这些琐碎事。这是他联系群众的纽带，更是扶贫济困的方法，什么时候也不能丢。

武汉鼎下乡蹲点扶贫，不讲究吃住，谁家有闲窑就住在谁家。他在老牛坡村扶贫，就住在潘三家里。潘三家开了个豆腐坊，豆腐卖了，豆腐渣就堆在院墙外面。出来进去的，白白的一堆甚是扎眼。

有一天，吃完晚饭，武汉鼎就在饭桌上给他念起了关于豆腐渣养殖的致富经。豆腐渣是一种具有开发价值的膳食纤维和蛋白源，含有丰富的矿物质和微量元素，营养价值很高，是质优价廉的食品资源。但豆腐渣纤维颗粒大，口感粗糙，含有抗营养因子不易被吸收，而且带有很浓的豆渣味，人吃须经过特殊处理，喂猪还得煮熟，生喂会造成消化不良，容易拉肚子。武汉鼎说："我想告诉你的是豆腐渣发酵后，不需要煮熟，饲养效果更好。发酵后的豆腐渣可以存放一个多月，如果压实了，可以保存半年或一年。用它养猪比普通喂养提前一个月左右出栏，这样既节约养猪成本，又能提高经济效益。"

潘三听完说："我知道你是想让我废物利用，可是我连买猪的钱都没有。"

武汉鼎什么也没有说。

第二天，一天也没见他的人影，直到太阳落山，他才回到潘三家。他把猪崽往地上一放，全家人大吃一惊。潘三媳妇赶紧下炕，给他烧火做饭。潘三弄来发酵好的豆腐渣喂猪，看见小猪那双大耳朵摇来晃去，高兴得合不拢嘴，问武汉鼎："这猪是从哪里弄来的？"

原来，武汉鼎听说王桂窑村有一种大耳朵良种猪，他一早坐上颠簸的客车去那里，准备买一头母猪给潘三家养。当时，从老牛坡到王桂窑村没有直达车，要从清水河县城倒车。武汉鼎从王桂窑买上良种猪，等车时，小猪饿得嗷嗷叫，武汉鼎只好买了几个馒头，撕碎喂它。班车好不容易来了却不让他上，他好话说尽才坐上车。车上的乘客嫌猪脏，很是反感，他只能说着好话，赔笑脸。这些还不是问题，更大的问题是从北堡乡下了车，那盘旋蜿蜒的山路怎么走？他把那头20多斤重的猪崽子放在麻袋里，背在肩上，负重前行5公里多的山路，走了几个小时。这已经不是第一次给乡亲们送猪崽了，只要能帮助他们摆脱贫穷，再苦再累，他都认了。

潘三养猪尝到了甜头，积极性被调动起来了，他又买了几头良种猪崽，盖起了一长溜猪圈。猪下了崽除了自家养，还要出售，他家的养猪事业蒸蒸日上。

武汉鼎心想，猪多了就要搞好疫病预防。他又把兽医技术教给潘三的儿子。猪崽出售前，都注射三联疫苗预防针，无论谁买回去饲养都不会生病。时间长了十里八村都知道，潘三家的猪崽防疫做得好，销路特别好。潘三靠卖豆腐发家，用发酵豆腐渣养猪走上了富裕之路。

在潘三的带动下，村民们自发地开始养猪，武汉鼎把村里的防疫工作全包了。由于群众关系搞得好家家户户轮流请他吃饭。他进农户的院子里，就先往牛棚、羊圈、猪窝里看。发现谁家的猪没劁，他就跳进猪窝，抓住小猪，用刀在猪后腿一侧刮几下。随后，用刀在"净毛"处豁开一道小口儿，把刀柄叼在嘴上，手指迅速插入皮肉中钩几下，钩出一块鲜红的肉。接着，用刀迅速割下，扔进随身携带的塑料袋里。再从口袋里拿出针线，在刀口处穿针引线。然后，把小猪放开，在猪屁股上拍一巴掌，"走吧！"小猪就在地上撒欢。

主人笑着从窑门迎出来时，他已跳出猪窝，洗手去了。主人说："你咋知道这猪没劁？"

武汉鼎笑着说："我要连这也看不出来还配做兽医吗？这猪不劁就不长膘，过年就吃不上肥猪肉。没有肥猪肉，孩子们的学费、零花钱从哪来？"

主人掏出钱给他，他笑着说："举手之劳，免费服务。"

主人说："老武，在牲畜疫病防治上，你不光不收钱，还常常倒贴钱呢。好人呀！"

吃饭的时候，他又把饭桌当成讲堂，不失时机地讲致富的门路，帮助乡亲们排忧解难。

有年冬天，武汉鼎的结发妻子贾梅先去世了。农历腊月二十六，他和孩子们商量，要去老牛坡过年。孩子们怕他因为母亲去世，感觉孤独，执意不肯让他去。武斌说："爸，您在盆地青工作20年，16年都是在兽医站值班，没在家过个团圆年。以前您去贫困村过年，我们也没有说啥。现在您年龄大了，母亲刚去世，您就让我们陪您过个年吧！"武汉鼎说："留在家里和你们在一起，我心里总想着那些乡亲们，不踏实。"儿女们理解他，父亲并不是不爱家人，只是他的心、他的情感、他的血和肉，早就和那些贫困乡亲们长在一起了，这辈子他就是为他们活着的。

浓郁的年味已在县城四处弥漫，城里的人们都在忙碌着准备年货，武汉鼎却背着袋子、提着纸箱，登上开往乡下的中巴车，他真的来老牛坡过年了。

来到潘三家，武汉鼎盘腿坐在土炕的羊毛毡子上，他一边抽烟一边和来看望他的村民们商量开春种地的事情。他刚来老牛坡时，这里的羊还是土种羊，出毛量少，出肉量也少。他通过畜牧局给调回了3只种公羊，通过不断繁殖，每只羊达到70多斤，羊毛的产量和质量都提高了。他为乡亲们办了许多好事，家家户户抢着请他吃饭，这也是他走家串户、了解民情的好机会。他每进一户村民家，都把饭桌当作讲桌，讲授农牧科技知识，讲党的富民政策。在武汉鼎的主持下，10位倾心科技的农民办起了老牛坡村历史上第一个"农民种养加实用技术推广研究会"。之后，老牛坡变了，从1998年起，有7户人家养起了母猪，10户人家建起了塑料大棚。

武汉鼎这份体贴入微的关怀，深深地触动了乡亲们心底最柔软的部分。他就像一根红烛，燃烧着自己，照亮了乡亲们的养殖之路。

第四篇　脱贫致富的"科技之光"

信条4　一个正确的认识，往往需要经过由物质到精神，由精神到物质，即由实践到认识，由认识到实践这样多次的反复，才能够完成。

——毛泽东《人的正确思想是从哪里来的？》

作为一名普通的畜牧业科技工作者，武汉鼎无论在工作岗位还是在退休之后，始终扎根山区、扶贫济困，克服地理偏僻、条件艰苦、资源匮乏等困难，始终把带领乡亲们脱贫致富作为人生的第一追求。

他从改变生产方式、调整种植养殖结构入手，吸收先进经验，把推广旱作生态农业，推广优良品种、科学养殖方法和地膜覆盖技术，作为农业增产增收的重要措施。他先后在暖水湾、大阳坪、老牛坡、座峰等贫困村，推广农牧实用技术25项，农产品、牲畜和牧草优良品种35个，扭转了广种薄收、开荒剥皮的传统局面，实现了畜牧业与农业的有机结合，使12000人走上脱贫致富之路。

武汉鼎的扶贫路径正确、方法独特，实为精准扶贫的范例，结出了丰富的科技扶贫的硕果，让贫困乡亲看到了脱贫致富的希望和发展前景，充满了对美好生活的向往和追求。

第一章

致富绝技——抗旱丰产沟耕作法

武汉鼎来暖水湾村扶贫时，就已做了打持久战的准备。在村民的生活条件基本改善，实现通电、通水、通路、整体迁村，民风村貌有所改变之后，怎样才能让全村百姓真正脱贫？暖水湾村的根本出路在哪里？要解决这些问题，必须调查走访，掌握第一手资料，把控帮扶方向。

武汉鼎和村主任高元商量，请他帮忙找几位在村里主过事的老同志，开个座谈会。原来，他琢磨的问题，一直以来也困扰着村"两委"，同志们异口同声地说："希望老武大哥这次来能帮助我们找到一条脱贫致富的阳关大道。"望着乡亲们充满企盼的目光，武汉鼎觉得自己肩上的担子很重。他想："我这辈子最大的欣慰就是加入了中国共产党。作为一名党员、一名畜牧兽医、一名退休干部，我要在这里带头展现一种当下正在缺失的精神，探索一条真正的脱贫之路，以报效国家，为党分忧，为百姓造福。"

清水河县境内梁峁起伏，沟壑纵横，70%的耕地分布于山坡、沟滩、梁峁之间，土地瘠薄，十年九旱，加上耕作粗放，工具原始，自然灾害频繁。全县耕地粮食产量一直单产不高、总产不稳、年际变化很大。暖水湾村严重的水土流失，造成耕地面积减少、土壤肥力下降、农作物产量降低、人地矛盾突出。为了生存，乡亲们不得不大量开垦坡地，导致"越穷越垦，越垦越穷"的恶性循环，使生态环境不断恶化，制约了经济发展，加剧了贫困。他们挂在嘴边的一句话，就是"不种千亩地，不打万担粮"。农村实行家庭联产承包责任制之后，受传统种植养殖观念制约，暖水湾村的乡亲们耕种着坡梁、河滩、沟底上的几亩薄田，等雨种地、广种薄收，靠老天爷的恩赐维系生活，粮食单产每亩30多公斤，人均收入113元，仍处于"树林稀少草不多、吃水人背毛驴驮、日子全凭细着过"的窘迫状态。

武汉鼎常对乡亲们讲："我来暖水湾，就想给乡亲们办实实在在的事，改变传统的耕种方式，增产增收，退地种草，发展养殖业，保护生态环境。"乡亲们不理解，反应十分冷淡。面对这种情况，武汉鼎回想起当年在盆地青进行的土种羊改良，一开始，乡亲们不理解、不支持，在张润满的支持下，他将改良羊的毛剪成套子，开现场会，取得了成功。现在，他下决心要找到一种切实可行的办法，用事实说话，让乡亲们心服口服。

　　有段时间，严重的干旱已经把乡亲们的心烧焦烤干了。太阳像个火球悬在空中，庄稼的叶子已经变灰。村民们出于习惯和本能，依然在这片土地上辛勤劳作。武汉鼎看到这一切，急得吃不下饭、睡不着觉。清水河的主要粮食作物是莜麦、谷子、糜子。虽然在耕作上比较省工，播种时不用石砘滚压，多不夏锄，也易收割，但亩产只有60公斤左右。赶上干旱，也许会颗粒无收。思来想去，难道就没有既能防治水土流失又能让农民少种多收、抗旱保收的办法吗？他一骨碌坐起来，开始从书报上找答案。

　　有一天，武汉鼎连早饭也没吃，就爬坡下沟赶回县城。他先去买了《农民日报》《山西科技报》以及有关农业、畜牧业方面的杂志，然后回到家坐在书房里，埋头研究起来。贾梅先沏了一茶缸山茶，端进来放在桌子上。她望着自己的丈夫，刚去暖水湾村时，他还是一个精壮的中年人，生龙活虎，不知疲倦。这才几年，他的头发开始稀少、花白，脸上有了皱纹，居然还有了老人斑。她似乎有点不相信这个忙忙碌碌的男人，就是自己的生活伴侣。结婚40多年了，他常常不在身边。他奔波劳累了大半辈子，如今退休了，劝他歇歇吧，他却固执得像个石墩了。想到这里，她不由得叹了一口气。武汉鼎这才感觉到妻子的存在。他拉她坐下，笑着说："你不用发愁，你跟我几十年，也没过一天舒心日子。等我忙完这阵，我就回来照顾你，洗衣、买菜、做饭我全包了，让你好好享享清福。"虽然知道他只是说说而已，但贾梅先还是感到心满意足，那一刻她开心得像个孩子一样。

从那以后，武汉鼎天天关注报纸、杂志。终于有一天，他看到了山西吕梁地区搞抗旱丰产沟耕作法（也叫蓄水聚肥耕作法）。他心中激动万分：这不正是我要寻找的方法吗？真是功夫不负有心人。

武汉鼎急忙赶到山西吕梁地区，每天和村民们一起下地劳动，用心学习操作方法和注意事项，终于取得了抗旱丰产沟耕作法的真经。回到暖水湾村，他兴致勃勃地和乡亲们商议这种耕作法。经过多次开会讨论，大家反映一点也不强烈，好像不关他们的事似的，终究没有达成共识。只有村主任高元相信他、鼓励他，还自愿拿出自家的坡耕地做试验。

北方的春天，乍暖还寒，一些勤劳朴实的村民已经开始为春耕做准备了。武汉鼎指导高元在他家的坡耕地上，挖抗旱丰产沟的试验田。他们在前沟横向挖沟，沟深为1.2尺、宽为2.2尺，上下沟间距为2.2尺，先将地表熟土挖取6寸深，取土放在沟的一侧。在沟里再向下掏6寸深，将生土放在沟的另一侧，再把沟内的土翻6寸深，松土不取出。将沟边放的生土就地搂平，压一遍碌子，形成高于沟口的土台。

他们挖了六七天，才挖了一亩试验田。武汉鼎把从科技站要来的一袋"磷酸二胺"施到沟里做底肥并与松土拌匀，然后将沟边堆放的表层熟土推入沟内搂平，于4月末种了良种马铃薯。

马铃薯是清水河的传统作物，也是高产作物。粮菜兼用，既可冬贮又可加工淀粉，经济价值高。武汉鼎这次种的是从乌兰察布盟农牧学校引进的茎尖脱毒紫花白品种。具有退化轻、发病率低、产量高、适应性广、耐贮藏、食味佳等优点，适应中水肥地种植，生长期为85天左右，一般亩产1000～1500公斤，最高可达2500公斤。武汉鼎再用抗旱丰产沟耕作法，亩产肯定会增收，但能增产多少，他心里也没有数。

天高云淡，风吹山峦。大自然的神来之笔将山川装点成一幅水彩画。在这个收获的季节里，村民们奔忙在自己的土地上，挥镰洒汗，脸上带着丰收的喜悦。武汉鼎和高元春天种下的马铃薯就要收获了，黄土地将给他们怎样的回报呢？开挖之前，武汉鼎特意找到县农业推广站的吕达田，请他来测量亩产量。吕达田测量出共3300窝土豆，他从不同的地方挖了10窝，经测算，一窝3.3斤，一亩将近5000公斤。武汉鼎站在凉爽的秋风里，大地之母慷慨地为劳动者捧出一个大果实。真没想到，居然比传统耕作法亩产翻了一番，比一般的马铃薯增收更多。最后，收完一算，一亩地收获的马铃薯比5000公斤还多。看到高元的笑脸，武汉鼎一向严肃的脸上也露出一丝笑意。他们虽然什么话也没有说，但早已产生了一种心灵上的默契。

良好的收成是最具说服力的，武汉鼎开导乡亲们说："你们种一亩马铃薯最多收1000公斤，我们种一亩产5000公斤，这说明抗旱丰产沟耕作法是很有成效的。"

花开终在情浓处。武汉鼎知道，任何困难都是暂时的，只要一心为民，彻底俯下身子，设身处地地为乡亲们着想，他们终究会明白的。从第二年开始，暖水湾村的村民们跟着武汉鼎用抗旱丰产沟耕作法种植马铃薯。到了秋天，就创造了由亩产不足1500公斤一下子提高到4000公斤甚至5000公斤的奇迹，全村的粮食产量也翻了番。

这项被农民称作"丰产沟"的旱作农业技术，不仅有效解决了坡梁旱地的水肥流失问题，而且因品种好、上市早，这一年，暖水湾村的马铃薯全部作为种薯卖出了高价。这不仅解决了当年全村人的温饱问题，而且家家户户都有了余钱。

趁热打铁。乌兰察布盟在清水河县召开了抗旱丰产沟耕作法新技术推广工作现场会。此后，全县开始推广应用。

抗旱丰产沟耕作法是一种行之有效的抗旱保墒、改良土壤、增产增收的好办法，但是人工开挖丰产沟，费工多（每亩用工10～15个），劳动强度大，在农耕时节开挖更显劳动力紧张，所以给推广带来了一定的困难。后来，他们购进了抗旱丰产沟犁，也叫丰产沟耕作机，是抗旱丰产沟耕作法的配套专用工具，结构新颖，基本能满足开沟筑埂、表土回填、深翻松土的技术要求，一次可完成一个单元，比人工操作可提高工效40～300倍，耕作后的地表适合种小麦、玉米、土豆等农作物，为抗旱丰产沟耕作法的大面积推广创造了条件。

清水河县还在杨家窑乡示范推广"抗旱丰产沟"试验。种植马铃薯、玉米、莜麦、胡麻等作物14.7公顷，开展了不同耕作方法的对比试验。试验表明，采取抗旱丰产沟耕作法的农作物均有增产，马铃薯的增产效果尤为显著。武汉鼎引进的抗旱丰产沟耕作法得到了充分的肯定。

第二章

摸索"三三制"种植法

在暖水湾村乡亲们的眼里，武汉鼎是一个纯粹的人。因为在暖水湾村度过的岁月里，他脑子里想的、心里装的、付诸行动的除了"全心全意为人民服务"这一崇高宗旨外，再无一点私心杂念。他每天和乡亲们同吃同住同劳动，一有空闲时间，就读书看报，学习领会党的富民政策，想的是科学发展、精准扶贫、产业良策，一门心思带领乡亲们"吃自己的饭，办老百姓的事"，为百姓的增产增收可谓耗尽了心血。在扶贫过程中，他总能看到人们真实的一面，从中找出他们的目标所在，然后尽己所能去帮助他们实现目标，他的生活也因此而变得快乐。

自20世纪80年代初农村实行家庭联产承包责任制以后，虽然农民投身生产的积极性调动起来了，但集体观念和利他思想都日渐淡化，农户以家庭为基本生产单元,都在自家的田间地头忙活,"散"成了农村最大的特点。尤其是清水河县的山村,地广人稀,土地贫瘠,农民辛苦一年也未必有多少收成。

武汉鼎常年在暖水湾村蹲点,他心里很清楚要想让这个全是坡梁旱地的村子彻底翻身,必须得搞养殖,没有好的饲草不行。经过调研,他想对抗旱丰产沟耕作法进行改进。怎么改进呢?他想到了"大跃进"时期的"三三制"耕作制度。所谓"三三制"耕作制度,就是指在大面积普遍高产的前提下,减少农作物播种面积,用总耕地的三分之一种庄稼,三分之一种树种草,三分之一休闲。武汉鼎研究了"三三制"耕作制度从提出、实施到最终放弃的过程。通过试验示范,他切合实际地提出了种草养畜"三三制"种植法,即退出三分之一的山坡地种植高产饲草,封闭两座山,一道坡;用三分之一的土地种植经济作物;剩下的三分之一空耕地精耕细作,推广抗旱丰产沟耕作法。

好的耕作方法有了,还需要高产良种和高产饲草草籽。为了把这些东西运回来,他经常推着自行车带着鼓鼓囊囊的麻袋、布袋,里面装着种子、草籽、书报……风雨无阻地往返于从清水河县城到暖水湾村崎岖的山路上。这条山路上,到处都是爬坡上坎,用当地人的话讲,就是"下坡人骑车,上坡车骑人"。山路弯弯曲曲,像一条长蛇,赶上雨雪天,路滑摔倒是常有的事。那年冬天,天很冷,地上结了冰,天上下着雪。武汉鼎在前往暖水湾村的途中,摔倒在渠沟里,昏迷了一个多小时。等醒过来,他才发现自己腿部受了伤,疼痛难忍。他揉一揉,站起身，推着自行车，一瘸一拐地继续向前走。

世上无难事，只怕有心人。只要付出了热心、诚心、耐心和爱心，就不怕贫困户脱不了贫。黄土高原的太阳晒黑了他的皮肤，风霜染白了他的双鬓，但不变的是他扎根山区、帮助乡亲们摆脱贫困的初心和他对乡亲们的深情厚谊。然而，不是每个人都能理解他，有人问他："你这么大岁数了，不在家享受天伦之乐，还要自己贴钱为农民服务，拼死拼活的到底图个啥？"他总是笑着说："给乡亲们办针尖大点的事，他们就感激不尽，他们的笑脸就是对我最高的奖赏。看着他们的日子好过了，我就感觉所有的付出都是值得的。"

武汉鼎经过对比考证，给暖水湾村引进了"内亚3号"胡麻，这是由内蒙古农牧学院农学系培育成的兼用型品种。纤维产量较高，分枝多而集中，在保证密度的条件下，花期集中、成熟快、含油率高。在他的指导下种植后，乡亲们都获得了不错的收成。到了收油料的时候，别的村胡麻1.5元，暖水湾村的1.8元，为啥贵了0.3元？原来买的人收回去当良种卖呢。

乡亲们感激武汉鼎艰辛的付出，特意将他引进的一种黑黍子良种，命名为"武汉鼎黍子"，其中包含着对他的认可和尊敬之心。

1989年，内蒙古农委主任傅守正看到了武汉鼎的材料，觉得材料内容很新鲜，说："清水河还有这么个地方呢？我下去看看。"清水河的县委书记陪同傅守正下来考察，武汉鼎给他们介绍了暖水湾村的情况。傅守正问他："人均收入多少？"武汉鼎说："我下来时，也就是113

元。养着一群羊，30多年也没发展，还是一群羊，夏肥冬瘦春死亡。"
傅守正又问："现在人均收入是多少？"武汉鼎说："我还没算过，具
体能收入多少，你还是去村民家里调查哇。"傅守正一边走访一边让秘
书给算了一下，现在的人均收入可能是1700多元。离开暖水湾村前，傅
守正肯定了武汉鼎的成绩，他高兴地说："干得不错！这个村子现在是
草多、畜多、羊多、肥多、粮多、钱多。"

几年后，武汉鼎通过对种植结构的优化调整，改变了"靠天吃饭，
靠天养畜"的现状。全村的粮食产量从1987年的30多公斤增加到2008年
的320多公斤；牲畜由200头（只）增加到880头（只），人均纯收入由
113元增加到6200元。从此，暖水湾村走上了稳定发展的道路。

人生是一个追求和实现快乐的过程。有的人衣食无忧，但活得很痛
苦；有的人生活清贫，但活得很自在。其实，快乐是一种对欲望的认识
和控制，快乐是一种对情绪的理解和把握。从武汉鼎身上，我们就可以
感悟到，一个人的快乐并不是因为他拥有的多，而且因为计较的少。正
如他常常风趣地说："快乐就像一把茶壶，虽然屁股被烧得通红，可它
还有心情吹口哨。"

第三章

推广种植"地膜玉米"

1

1995年春天，武汉鼎回到自己的家乡大阳坪村。大阳坪村有70多户，400多口人。他挨家挨户到乡亲们家里拉家常，了解春耕备耕情况。他发现村里的产业比较落后，还处在一种原始、传统、自给自足的生活状态。大家仅满足于在自己的一亩三分地上，种点莜麦、马铃薯，不能接受现代农业的思路。有些人还住在破旧的土窑洞里，解决不了温饱问题。武汉鼎给大阳坪村"广种薄收"的传统耕作法，编了个顺口溜：耕种一坡，拉上一车，打上一笸箩。为了改变现状，他动员乡亲们改种地膜玉米，却没有人响应。

　　"一个人播种什么，就将收获什么。"这条法则被镌刻在永恒之门上，没有人可以否认它，没有人可以欺骗它，也没有人可以摆脱它。在劝说无效的情况下，武汉鼎只好用屡试不爽的方法，找一块地做示范试验。

　　这次站出来支持武汉鼎的是贫困户武成军。当时，他家穷得连孩子念书的学费都交不起。为了能挣30元钱，他穿上连身雨衣、雨鞋，腰系一根绳子，头顶一块木板，冒着生命危险下到15丈深的、人工打的水井里，给人家淘井。他站在井下，把清出来的脏东西装进筐里，往上吊时，井壁的石块不断掉下来，他只能用那块木板斜挡在自己身上，用以防身。淘一次井需要三个多小时，不是迫不得已，谁会干这种活？武成军身强力壮，他也想通过自己的勤劳来致富，但一年四季的劳作，收不了多少粮食，日子过得勉强能填饱肚子。他把希望寄托在武汉鼎身上，他想拼上一把。

　　武成军在武汉鼎的指导下，学习斜坡地人工地膜覆盖技术。先平整好土地，在播种前1周左右进行覆膜，以利提墒保墒。地膜适用厚度为0.06~0.08毫米、幅度为75厘米的超薄膜。铺膜时将地膜铺平、拉紧、压实，铺一段，中间压一土腰带，防止大风扯起地膜。种植采用平作栽培，先覆膜后打扎点种，用自制的打扎器打孔，所开孔径3~5厘米，将种子点入后，再将播种孔用土盖好，以防透风毁坏地膜影响出苗。

　　用覆膜种植完一亩地，武成军才悟出乡亲们为什么不愿意覆膜种植，原来是嫌麻烦。以前，村里人谁也没想到种玉米能增产增收，只想着种点玉米，能吃上煮玉米就行了。但是只要能有好收成，麻烦点又怕啥呀！

当幼苗出土时，武汉鼎又教武成军将钻出土但仍在地膜内的幼苗和覆土过多或有硬盖的曲黄苗及时掏苗、放苗，破除板结，然后覆土压住膜口。遇到晚霜冻时，还将幼苗用纸或土掩盖好，待霜冻过后去掉。在和武汉鼎一起侍弄这些玉米苗的时候，武成军感觉武汉鼎像呵护孩子一样，他想起了孩子们常常念起的那首古诗：春种一粒粟，秋收万颗子。四海无闲田，农夫犹饿死。锄禾日当午，汗滴禾下土，谁知盘中餐，粒粒皆辛苦。

那年风调雨顺，河湾里的庄稼长得特别好。武成军家的地膜玉米已经长到一人高，透着红色的穗子，绿绿的叶子渐渐黄了，他热切地期待着秋收时节的到来。

有一天，武汉鼎坐着车赶往大阳坪村。道路两旁耸立着高高的白杨树，绿荫遮蔽了树后面大片的玉米地，密密匝匝如刀片的叶子在风中唰唰作响，空气中弥漫着成熟的庄稼、野生的杂草和潮湿的泥土的味道，农民收获的季节，终于在企盼中如期而至。他下了车，边着坚实的脚步奔向武成军家的玉米地。一眼望去，玉米地尽是绿绿的叶子和大大的玉米棒子。武汉鼎欣喜地和武成军一起掰玉米，这也算农活当中比较累的活了。他们把掰下来的玉米棒子装进麻袋里面，收了整整11麻袋。看着丰收的果实，他们心里别提有多高兴了。武成军算了一笔账：每麻袋按100公斤计算，这一亩地收了1100公斤。原来的播种方法，每亩地最多收300公斤，如今多收了800公斤，这种收获比任何语言都有说服力。

第二年，乡亲们都跟着种，使"地膜玉米"得到了很好的推广。

2

老牛坡村位于长城脚下、晋蒙交界的三角地带，南与山西偏关接壤，东与山西平鲁相邻。当地流行这样一句话："站在马鞍山，一脚踩两省，鸡鸣闻三县。"就是这样一个地方，思想观念、生产方式都比较落后，大多数村民向往的生活仍是"三十亩地一头牛，老婆娃娃热炕头"。老牛坡村的农业生产历来就是"庄户人不要问，人家做甚你做甚"，意思就是人家种什么你就种什么，其结果却是"种了一坡，收了一锅"。靠天吃饭，老天爷帮忙，下雨就赏口饭吃，不下雨就饿肚皮。

农民致富离不开种养。1997年，武汉鼎来老牛坡扶贫后，和村党支部书记韩朴生探讨农业生产的问题。老牛坡属高寒地区，适合种一些莜麦、豌豆等农作物，但此类农作物既不高产又不值钱。武汉鼎通过分析，认为适合种地膜玉米。

征求意见时，和别的村一样，村民们不同意。武汉鼎说："村里的党员干部要带好这个头。"红色老牛坡，1937年就建立了农村党支部，韩朴生是第九任党支部书记。韩朴生于1974年入伍，复员回乡后，从1987年开始担任党支部书记，思想觉悟、政策理论水平都比较高。韩朴生心想，老武这么大岁数来村里扶贫，思想超前，方法科学，我一定要支持他。于是，他坚定地说："老武，咱们就在农业学大寨时平整过的土地上开始做试验。"村里买回了籽种，武汉鼎自己掏钱给他们买回了地膜。不试不知道，原来这个方法出苗全，保湿、耐寒，玉米粒饱满，水分少，每亩地都比以前的收成翻了一番。以前不覆膜，用犁划开壕点种，熟不好，苗不全，赶上老天不下雨，半个月就干死了。试验成功之后，村民的积极性调动起来了。

第二年，村委会决定在300亩平整过的土地上，种植覆膜的良种玉米。由于统一品种、统一地膜，秧苗长起来，绿了一道河湾，像一幅风景画，甚是好看。暖泉乡党委书记来了一看，决定拿老牛坡村的玉米地做示范田。

老牛坡玉米的大丰收，起到了很好的示范作用，影响了周边地区，提高了农作物的经济效益，使村民走上了脱贫致富之路。

3

明长城脚下的座峰村，位于清水河县城东的大山里，境内沟谷崩梁交错。全村占地面积14.6平方公里，辖5个自然村。耕地全是坡梁旱地，无霜期短，盛产马铃薯、莜麦、荞麦、豆类等农作物。村民的家庭经济收入主要靠种养业和劳务输出。这里离县城较远，交通十分不便，消息闭塞，人们的思想观念相对落后。粮食生产以种植传统的农作物为主，产量不高，效益低下，一直在广种薄收、粮食亩产200公斤的老路上徘徊，三分之一的村民尚未脱贫。

2016年，武汉鼎来座峰村扶贫，他发现这个村有不少下湿地，种植覆膜玉米发展养殖业，不失为一条脱贫致富的好路子。每个贫困村的情况不同，他先把准脉，然后找到脱贫的"突破口"，再开出"良方"。他在征求意见的村民大会上，说："我考察过了，咱们村要想脱贫，必须从调整产业结构入手，只有引进玉米良种'德美亚1号'，覆膜种植，提高粮食单产，才能实现增加收入的目标。"他的一番话引起强烈反响，村民们议论纷纷。原来，当地种的玉米良种"冀承单"，是早熟高产的玉米品种，具有高产、耐寒冷、抗旱等优点。武汉鼎做了考察，发现"冀承单"亩产只有300公斤，没有"德美亚1号"亩产高。有的村民说："我们以前就种过良种玉米，成熟不了，收成上不去。"对武汉鼎不了解的村民还质问他："你让我们种，拿什么做保证？"武汉鼎再三解释，根据这里的气候条件，种"德美亚1号"没问题，乡亲们就是不相信他。武汉鼎只好从县里请来农业专家，给村民们讲解科技种田、精种高产的原理，采用覆膜技术种植良种玉米"德美亚1号"，完全可以解决无霜期短的问题。但不少村民对种地还要铺塑料布的做法产生怀疑，又听说这个"德美亚1号"一斤籽种就要70多元钱，平时没有多少积蓄的乡亲们不敢轻易尝试。

看到村民们的实际困难和忧虑，武汉鼎说："我给你们购买玉米种子和地膜，你们只管放心种就行，收成上不去，我来负责。"他说到做到，当即从自己的退休金里取出2万多元，为村民们购进"德美亚1号"

玉米良种450斤，地膜55捆，发放到76户农民手中。随后，他又与农业专家一起，手把手教村民点种覆膜。

玉米出苗后，武汉鼎发现因村民操作不当，有10多亩地的苗子没能顶出土来，他连忙带人把已经发黄的芽苗一株一株扒出来，连续在地里蹲了六七天。

在武汉鼎全程的技术指导下，当年10月，种植的良种玉米大获丰收，比其他玉米种子每亩增产400多公斤。种植户收入最低的也有3000多元。仅出售玉米一项收入，就让这个村整体脱贫。

通过试种，效益很好，极大地调动了村民的生产积极性，全村开始大面积种植。

2019年4月8日，是武汉鼎与座峰村乡亲们约好的下乡的日子。这一天，他先迎来了一批"客人"，他们是来自呼和浩特市第十九中学的5位师生。他们参观完"武汉鼎工作室"，听说老人要去下乡，就提出和他一起去。

临行前，武斌考虑到父亲年龄大了，正好赶上变天降温，试图说服父亲，自己代替他去下乡。武汉鼎说："变天也没事，我和乡亲们约好的事，不能失信于人。"在武斌的记忆里，父亲从来就没有听过他的话。武斌年龄小的时候，不理解父亲，是出于幼稚；现在年龄大了，不理解父亲，是出于担心。父亲80多岁高龄，还在做着扶贫济困这件事，不能不说"他是用特殊材料制成的人"。武斌只好带着担心，陪父亲一同前往。他受父亲的影响，从不理解到理解，如今，也在帮他做一些力所能及的事情。

他们一行来到座峰村，乡亲们已经在村委会门前等候了。原来，武汉鼎是来给他们送玉米良种的。石榴籽一样红红的"德美亚1号"良种倒进乡亲们的口袋里，他们被黄土高原的风沙吹皱的、被太阳晒成小麦色的脸上绽放着笑容。乡亲们说："自从3年前，武汉鼎老人开始给我们送玉米良种，我们就学会了种植地膜玉米。每年庄稼长势都很好，收的玉米颗粒十分饱满，年年获得大丰收。"

武汉鼎惦记了一个冬天的愿望，在这个春天终于实现了。这次送来的玉米良种是从黑龙江省调过来的，他用了近万元退休金购买了150多公斤，送给了36户乡亲。看到乡亲们的笑脸，他也开心地笑了。

武汉鼎无私奉献的精神、真诚的付出和不渝的坚守，给在场的人，特别是一同前往的师生留下了深刻的印象。

无论前往哪个村子，武汉鼎都穿着农民的衣裳。他白天头顶烈日，脚踏梯田，手把手教乡亲们种植覆膜玉米；晚上坐在饭桌旁收集资料，了解村民的所想所盼。他以村为家，把贫困乡亲当亲人，以科学种田、增产增收的实际行动赢得了百姓的支持和信赖。他的到来，如同一缕缕清爽的山风，吹散了百姓脸上苦涩忧郁的愁容，吹开了快乐幸福的笑容。他是党和国家扶贫政策的践行者，是老百姓脱贫致富的主心骨和引路人。

第四章

创新"三短三一"饲养法

古人云："授之以鱼，三餐之需；授之以渔，终生之用。"精准扶贫要真正落到实处，形成长效机制，仅靠"输血式"扶贫是不够的，更重要的是要"造血式"扶贫。

清水河县属农业区，以种植业为主，区间有草山、草滩、草坡、河岸及沼泽洼地等小片草场，具备发展畜牧业的条件，在饲养方式上有自己的特色。农业生产合作化前，以户饲养牲畜。牲畜多的大户，独自成群放牧，或联户放牧。1956年，高级农业生产合作社成立后，牲畜由集体统一饲养，留给社员少量的自留畜，但统一放牧、分户喂养，这种方式一直延续到1980年。1981年，农村实行生产责任制后，放牧形式有自放、联放、轮放等几种。

羊圈虽小，却寄满了乡亲们脱贫致富的希望。暖水湾村养羊历来以四季放牧为主，夏秋季放牧，待草上露水干落时，常将羊群卧于通风干燥地段（俗称"羊盘"）晾晒，直到11时左右出牧；冬季则出牧较早，遇到大雪，荒草被覆盖，只好边放牧边喂养。饲草有农作物秸秆、人工当年生牧草、旱生青干草、树叶树梢等，饲料有豌豆、莜麦、胡萝卜等。村民世世代代的养羊经验就是白天赶出去，晚上赶回家，哪有什么技术难度呀！还有不少人认为，养羊太简单了，给羊喂点料，就可以长大了。

现代羊肉生产的主要方向是羔羊育肥。由于羔羊具有生长快、饲料转化效率高、产品质量好、产毛价格高和效率高的特点，因此现代羊肉已由原来的生产大羊肉转为生产羔羊肉，尤其是以生产肥羔羊为主。

武汉鼎在暖水湾村看到乡亲们常年配种，常年接羔，忙得不可开交，可效益仍上不去。村民们羔羊育肥，不给吃料，怕吃多了撑死。他看到后说："撑死，是饿的。要是每次给它喂饱，就撑不死了。"他指导羔羊育肥时的具体做法：圈里放一盆料，一盆水。羔羊吃饱了，就喝水，喝完水就倒嚼去了，这样育肥效果好。乡亲们受传统喂养方式的影响，硬是不肯这么做。武汉鼎只能先找两户做示范，结果正如武汉鼎所说，村民们才开始相信他。

武汉鼎在盆地青公社时，就对良种羊的饲养管理提出"三缩短一延长"的改良措施，即缩短配种期、产羔期、羔羊哺乳期，延长母羊膘情恢复期。为了彻底改变乡亲们的饲养方式，他在此基础上，创新出了

"三短三一"饲养法。"三短",即配种时间短、接羔时间短、母羊哺乳时间短。一年中,不配种,就把公羊隔开,下一茬春羔,下一茬冬羔。"三一"包括三个方面:"一长",即母羊膘情恢复时间长。羊羔常年吃奶,就恢复不了膘情。哺乳时间最多两个月就给羊羔断奶,就能下二胎,这样一年就能下两茬羔。"一快",即饲养时间快,羔羊育肥三四个月,可以尽快出栏,达到成本低、见效快的目的。"一高",即经济效益高。长期以来,我国的鲜肉市场仍处于供小于求的局面,羊肉是农民赚钱较快的肉畜产品之一,通过养羊可以实现快速致富。

后来,山西省朔县卖羊肉串的人发现暖水湾村的羊肉又肥又嫩,就定期来收羊。养羊有了销路,一年下两茬,每年都收走500多只。暖水湾村的羊肉出了名,乡亲们养羊的劲头更足了。

1995年,武汉鼎去大阳坪村扶贫。村民武成在家养了5只羊,但因家里穷,买不起草料,准备把羊卖掉。他找来一个买羊的人,5只羊才给250元钱。武汉鼎听说后马上跑到他家,说:"这羊不能卖,要卖就卖给我吧。"卖羊的事让他给搅黄了。买羊的人走了以后,武汉鼎对他说:"我给你弄上草料,你把羊好好喂上,一个月以后,一只羊就能卖250元。"武汉鼎说到做到,买来了玉米和土豆,并教给武成在瘦羊快速育肥的饲养方法:在喂养过程中,要控制饲料的品质、搭配和饲料喂养量等,一般先喂精饲料,再喂干草或粗饲料,最后饮水。经过30天的喂养,瘦羊就抓膘复壮了,真的一只就卖了250元。武成在感激地说:"幸好你从中阻拦,我要是把5只羊都卖了,就是再想养羊,也没钱买了。现在，我掌握了育肥羊的方法，以后靠养羊也能发家致富了。"

武汉鼎还改变了大阳坪村过去种养业"小而全"的模式，重点培养了7个养殖户，搞肉羊模式化设施饲养，为其配备了饲草加工模具。试点效益显著，推广到全村，使全村养殖户出栏肉羊500多只。该村由2009年农业人均收入7500元，增加到2010年的10800元。

座峰村的地膜玉米大获丰收之后，一粒不卖，全部就地转化发展了养殖业。村民王松涛养了100只羊，当年卖了50只羊羔就挣了5万多元钱。他准备继续采用育肥羊技术，把养殖规模扩大到200只以上。

养羊是一项长盛不衰的产业，要想富，学技术，只要懂技术，再加上勤劳吃苦，人人都可以致富。武汉鼎创新的"三短三一"饲养法，包括了羔羊的繁殖技术、饲养技术、科学饲养管理等内容。他扶贫的几个贫困村的养殖户掌握了这些科学养殖方法后表示："我们今后一定要用心饲养，增加经济收入，争取早日脱贫，这也是对你最好的报答。"

在武汉鼎的指导下，乡亲们成了养羊的行家里手，踏上了致富路。看到乡亲们住上了新窑，过上了衣食无忧的日子，武汉鼎打心眼里高兴。他告诫自己：扶贫济困是个良心活儿，很多时候要靠自我加压，干不出成绩，既对不起乡亲也对不起自己。

第五章

退耕种植优良饲草

4月，塞外仍是乍暖还寒，黄土高原上朔风怒号，细沙如一张网飞舞盘旋。武汉鼎骑着自行车从县城出发，向暖水湾村而来。一路上没有遇见一个人。路边的白杨树裸露着躯干，只有几根枝干伸向天空，一切都是那么荒凉冷落，引起了他心头的无限惆怅。想着越走越近的春天，一股暖流注入他的胸怀，荒凉不可怕，只要有决心和信心和它抗争。

高元见他回来了，给他沏了一茶缸山茶。武汉鼎说："终于到家了！"多少年来，他真把这里当作自己的家。他走到窗前，下意识地把窗户打开，一股寒风夹杂着细沙打在脸上，钻心地痛。他赶紧把窗关上，端起茶缸想喝上一口时，上面已落下了一层沙。他换掉茶缸里的水，看见正在扫炕的高元，也扫了一堆沙。"啊！流沙。"他走过去用手拨弄着沙，捻起一撮，又散落在地上，说："就是这些沙，曾经埋葬了强盛的王国、繁华的城市和多少田地。我有个想法，为了治理水土流失，我们在退耕的坡地上种植优质牧草吧。"

高元说："你这个想法很好。1984年，国家就要求把人均在10亩以上的耕地和在25度以上的坡地全部退下来，用以种树种草。但是村民们思想陈旧保守落后，没有人听呀！"武汉鼎知道，暖水湾的村民因为害怕再闹饥荒，都疯狂地开垦荒地，尽量让自家多种一些地，以应对随时可能到来的饥荒。但是随着社会的发展，村民们发现土地多反而成了负担，家里那么多地，把他们束缚在土地上，不能外出打工挣钱，只能甘守贫困。武汉鼎说："村里的人居环境也因为大量的开垦而被破坏。我们采取先进的耕作法，实现了增产增收。在此基础上，退耕还林、还草，引进优质草种，发展畜牧业。农业、畜牧业和生态环境的可持续发展已经成为一种可能。乡亲们的思想工作，我来做。"

武汉鼎在夜校上讲，退耕还林还草就是治理我国水土流失和土地沙化的重大生态修复工程。退耕还林还草是指对坡耕地实施停止耕种，改为植树种草，恢复植被，控制水土流失的治理模式。早在1957年7月25日国务院发布的《中华人民共和国水土保持暂行纲要》就提出了禁垦坡度和退耕还林还草的要求。

由于武汉鼎在暖水湾村实施科学种养的一系列方法和措施，增产增收取得成效，乡亲们逐步把地退下来。他们从每人耕种11亩地，变成7亩地，也不贪多了。暖水湾村地形复杂，干旱缺水，有山有沟，有沙地，有坡梁，如何因地制宜地退耕还林还草呢？以前，女人们先是收割粮食，一亩地打几十公斤，又趴在沟坡上拔草，一年能磨烂几条裤子。这么多年的艰辛，就是因为没草，发展不了养殖业。

坐在村主任家的热炕头上，武汉鼎一边喝着热气腾腾的山茶，一边认真地为乡亲们算着收入账。他对在座的几名党员干部说："一定要顺应自然规律，把畜牧业摆在重要位置上。从现在开始做好两件事，一是把不应该种粮食的坡地整块退耕种草，逐步减少人们对自然草场的依赖，把种草、改良和繁殖结合起来，这是关系到咱们村畜牧业发展有无后劲的大计；二是把贮草当作一件大事来抓，要搞好饲草加工，改变传统畜牧业粗饲整喂的习惯，这样才能改变牲畜秋肥、冬瘦、春死的现状。"

武汉鼎和村干部们商量决定先种草防沙再建防护林。要在退耕的风蚀沙化的坡梁地上种草，没草籽怎么办？

春天来了，小山村解冻了。塞外的春天来得迅速，草木又开始生长起来，梨花、桃花之间小鸟喳喳地叫着，仿佛提醒人们种草的时节就要到了。

武汉鼎考虑最多的问题是如何发展优质牧草产业，既能满足村民们的养殖需要，又能使生态环境得到保护。他首先面临的是种什么的问题。他从报纸杂志上找答案，看到山东夏津县有一种"籽粒苋"饲草。他细细研究起来：籽粒苋，学名千穗谷，俗称"野苋菜"，短日照植物，喜暖湿润的气候，生育期要求有足够的光照，对土壤要求不高，但消耗肥力多，不耐荫，不耐旱，适口性好，营养价值高，鲜草中精蛋白的含量可达2%～4%，因此有人把它称为"蛋白草"。它是经中国农科院从美国引进，在全国各地试验种植获得成功，证明它是我国高效农业发展的新产品。它不受土壤、气候的限制，易种易管，抗旱耐涝，即使瘠薄盐碱地也能生长，具有抗倒伏、易管理、作物病虫害少的特点。播育45天就可饲喂，一年可割4～5茬饲料，亩产6000～10000公斤。这真是好东西，没钱贷款也要买。回到家里，他抑制不住自己喜悦的心情，和二儿子武平分享了一下，然后让他给山东夏津县写了一封信，取得联系，讲好了价钱。他贷款500元，把钱汇去购买草籽。

武汉鼎怀着急切的心情等待种子的到来。他闭上眼睛，仿佛看到暖水湾村的坡地上长满了红成一片的籽粒苋饲草。真是一举两得，既能抑制水土流失，又能满足乡亲们养殖畜禽的需要。如果播种成功了，就能大面积推广，为清水河引进一个新品种。

草籽寄回来后，才知道籽粒苋是一种粮、饲、菜和观赏兼用，营养丰富的高产作物，适合选择地形平坦、背风、向阳、距水源较近、排水良好、地下水位低，南面开阔、背面有天然屏障的地方种，不适合在暖水湾干旱的坡梁地种。武汉鼎多少有些失望，但他想到了王桂窑的农场，那里的下湿地肯定适合种。他先在农场试种了一亩，长势喜人，一亩地能产5000公斤的草。县委书记张学义正好来考察，看到这种草，就找武汉鼎了解情况，问他从哪儿弄来的草籽。武汉鼎说："这种草籽叫籽粒苋，是我贷款500元从山东夏津县买回来的。"张书记说："哪有让干部贷款种草的，500元贷款我给你还上，利息你自己掏。"武汉鼎贷的3年期，利息28元钱。

籽粒苋在王桂窑农场长得很好，可是暖水湾村的种草问题还没有得到解决，武汉鼎思来想去，决定去县种子站碰碰运气。他找到站长杨贤亮，说："暖水湾村退耕还草，可想种草没有草籽，你能不能给想想办法？"杨站长说："我刚弄回来的沙打旺草籽发放完了，不过库房的地上洒下许多，你要想扫，就拿去用哇。"为了能让暖水湾村种上草，武汉鼎一个人在库房里扫，没用多长时间，就装满了2袋子，有100多斤，他用自行车驮上向暖水湾村的方向驶去。路不好走，又驮着东西，可他骑得很轻松，他一边走一边盘算着：今年先把这些沙打旺草籽试种上，如果长势好，明年再想办法弄草籽。村民们看他弄回草籽了，就一起动手撒在退耕的几道坡梁地上。没想到这沙打旺草长得又高又好。

沙打旺，又名麻豆秧、薄地犟、沙大王，原产于我国黄河故道地区，已有近百年的栽培历史。虽然没有籽粒苋产量高、蛋白含量高，但它属中生植物，根系发达，适应性强，抗寒、抗旱、耐贫瘠，还能固定流沙，是干旱地区良好的水土保持植物，也是优质的绿肥作物，生长期在150天左右，一次种植可利用5～6年，每亩可产鲜草2000～4000公斤，折合干草600～800公斤，即使风沙干旱地区，每亩也可获得干草200～300公斤。其叶中各种营养成分含量丰富，可青饲、青贮、调制干草、加工草粉和组合饲料等，可直接做马、牛、羊、猪、兔等大小牲畜的饲料。在暖水湾村这样的冲刷沟壑、渠堤坡面等流失地种植，可获得更好的水土保持效果。武汉鼎为自己找到了适合暖水湾种的高产高效草籽高兴了好几天。他就是这样，只要能为老百姓的脱贫济困做点事情，就觉得自己的日子没白过。

很快，种草的日子又到了，武汉鼎思前想后，决定去一趟内蒙古畜牧厅，向赵振北厅长张一口。见到赵厅长，他说："暖水湾村退耕还草，去年弄了点沙打旺草籽种上了，长得挺好。今天想让你给支持点草籽呢，你看行不行？"赵厅长说："行呢！"武汉鼎又说："我个人花钱买。"赵厅长说："哪用你个人花钱，我打个电话就行了！"赵厅长打电话说："盆地青的武汉鼎要用草籽呢，我们畜牧厅出钱，你给他弄上500公斤。"回来的路上，武汉鼎想：这趟呼市没白去，张了一口就给了500公斤。看来只要是为群众办实事的，领导们还是很支持的。领导的支持更加调动起他扶贫的积极性，他决心就是再苦再难也要在这条路上走下去。

有了草籽，武汉鼎让暖水湾村和盆地青公社都种上了沙打旺，退耕种草问题彻底得到解决。后来，武汉鼎给暖水湾村买了果树，种了几千棵，建起了防风林。

村民们说，过去"小开荒"遍地开花，破坏了生态平衡；如今人人参与退耕还林还草，绿了荒山秃岭。人心齐，泰山移，农业大丰收，小康有奔头！

武汉鼎把荒山变成了金山银山，变成了财富；荒山也把他变成了老人，把他的皮肤变得黝黑！

第六章

念好富民"科技经"

有人说，武汉鼎真正的本事藏在骨子里，而非学历和文凭，这一点儿也不假。他出生在战乱时期，虽然没能好好念几天书，但他学习方面的良好习惯和强烈的求知欲，使他成为一专多能的复合型人才。他以丰富的实践经验和所学之长，从提高村民文化素质和科技水平入手，以科技示范、适用技术讲座、重点项目实施为载体，拓宽帮扶渠道，多措并举地把帮扶工作落到实处，实现了农业与畜牧业的有机结合。由"输血式"扶贫到"造血式"扶贫的转变，增强了扶贫工作的后劲，实现了多维减贫与自我发展。

武汉鼎在走村串户中，常常听到贫困户表达的各种"认命"的思想和无可奈何的态度。看着别人富起来，一句"没办法"给了自己许多听之任之的借口。其实，贫穷并不可怕，可怕的是穷而不思变、不思富。

唯心地听天由命，而愚昧和贫穷往往相生相伴。看着苦干实干、一门心思致富的乡亲们，武汉鼎清楚地意识到：其实，贫困乡亲不是不想过好日子，他们只不过缺少一个扶持他们的人。只要能让他们产生信心，为他们制定一个行之有效的帮扶计划，经过干部群众共同努力，他们终究会走上富裕之路的。

学习实践，承担扶贫责任。武汉鼎这样给自己定位：我的专业是农业，服务对象是农民。他以帮助乡亲们摆脱贫困为己任，贯穿于实际工作中，全力以赴，砥砺前行。在大阳坪村，武汉鼎为了方便办夜校，住在希望小学为他腾出的一孔土窑里，这个土窑既当办公室又当卧室。在乡亲们眼里，他是一个脱离了低级趣味的人，他的生活方式极其简朴，一日三餐粗茶淡饭，有时抽点烟，极少喝酒。乡亲们说他过的日子还不如普通百姓，他却乐在其中。工作之余，他生活的全部内容就三大主题：一是走村串户与乡亲们拉家常，共同畅想村子的美好前景；二是看电视，只看中央电视台的《新闻联播》和相关农业节目；三是读书学习，随手把关于农业科技的理念和方法剪下来，做成剪报，从中寻找带领乡亲们尽快致富奔小康的好政策、好路径和好方法。他给人的总体印象是政治敏锐性强，思想超前，行动迅速。好多事情，别人还不知道，他已付诸实施了。他在农村这个广阔天地里摸爬滚打，练就了一身脱贫致富的真本领。20多年来，他不间断地为长期蹲点的4个自然村，联系的6个乡镇、10个村委会、10个自然村的贫困乡亲自费订阅《农民日报》《山西科技报》《河北科技报》等8种报纸，累计达10多万元，并且带领组织开展读书读报活动。他先后在大阳坪、老牛坡等贫困村和城关镇花园社区办起农家书屋和图书阅览室，满足乡亲们阅读各种报纸和科技杂志的需要。

固本培元，提振脱贫精气神。武汉鼎常说："教乡亲们科技就得提住耳朵说，拉住手教，要用看得见、摸得着的事实说服他们。"在多年的扶贫工作中，武汉鼎发现贫困乡亲普遍文化水平低，思想守旧，市场意识不强，视野不开阔；多数人沿袭古老的生产方式，对农产品的质量要求不高或自给自足的观念严重，缺乏专业化生产观念。他常说的一句话："人总得有点精神和追求，没有精神和追求，就会得软骨病。贫穷并不可怕，怕的是穷而无志，安于现状，怕的是根深蒂固的思想观念。"村民们常常聚在一起议论：这个老汉的思想为什么这么超前，他能想到我们没有想到的，我们想到的他已经干在了前面。说到底，这与他不断学习、不断接受新生事物是分不开的，我们应该向他好好学习。

武汉鼎走到哪里，就把科技夜校办到哪里，上课时间雷打不动。1995年农历腊月十一日，武汉鼎的老伴去世，后事刚刚料理完，就到了去大阳坪给乡亲们上课的日子。孩子们知道他心情不好，劝他不要去了。可他想到之前的约定，还是强忍着悲痛，领着县里的科技、农牧专家按时赶到大阳坪去讲授科技致富和农牧业知识。乡亲们以认真听课、努力学习来回报他。

正是这些点点滴滴的小事，调动起乡亲们脱贫致富、增产增收的积极性。

培训帮带，增长致富本领。武汉鼎长期扎根贫困山区，与贫困乡亲鱼水情深，对"三农"问题的破解途径进行了深入探索，对贫困乡亲的疾苦和需求了如指掌，他始终能够准确把握时代脉搏，针对贫困乡亲最迫切的需要，对症下药，精准帮扶。

他从贫困村的实际出发，让贫困乡亲参加具体的科技扶贫项目，在实践中接受锻炼，增长致富本领。从1994年开始，他以内蒙古农业大学学生"三下乡"社会实践活动为契机，先后联系50多名专家教授到各村举办青贮窖设计、水窖的防渗设计、旱井集雨灌溉设计、坡改梯田设计、家畜饲养、马铃薯病害防治等科技讲座及专题录像30余场；带领5个院系的670多名大学生在10个自然村，帮助贫困乡亲建起大棚和滴灌设施，讲授农业科学技术。因此，武汉鼎成为内蒙古农业大学唯一校外辅导员和大学生社会实践贡献奖获得者。1997年春天，老牛坡村遭遇了罕见的春冻，玉米冻伤严重。武汉鼎及时联系内蒙古农业大学，经过师生的科技支持，保住了60%的玉米没有减产。他在贫困山区举办各类培训班，多次邀请科研院所、大中专院校和农牧业专家学者、科技人员讲课，加强科技培训，普及推广先进适用、易学易懂易用的技术，累计培训5000多人次，培养了一批乡土人才。

科技入户，造就新型农民。古人云：授人以鱼不如授人以渔。脱贫攻坚领域的"渔"是什么？科技无疑是答案之一。他坚信，掌握一门技术，是贫困乡亲脱贫致富的关键。长期以来，武汉鼎作为一名党员科技干部，他深知科技扶贫是扶贫的重要手段，离开科技项目和科技培训，仅靠改变落后的基本生存条件，无法巩固脱贫成果，容易出现贫困状态的反弹。武汉鼎始终把科技扶贫当作改变贫困山区生产落后和科技人才极度匮乏现状的措施。

2000年，武汉鼎确定刘家夭为他的科技扶贫村，推广"支部+协会"产业发展模式，帮助农民调整种植业结构，增产增收。这个模式是以支部协调引路、协会全程服务、公司辐射带动、农户增收致富为模式，调动农户抓生产的积极性，逐步形成"一人带一户，一户带十户，十户带一村"的特色产业群。协会每年给村民举办6次科技知识培训班。在这种模式的带动下，每户每年至少增收200元。

2011年，在他的动员、教育和帮助下，乡亲们改变了传统广种薄收的种植方式，将农作物调整到产量高、品种好、特性稳定的七八个品种，走市场经济少而精的高产模式，抓主导品种和中心农户，引进玉米、马铃薯、谷子等绿色新品种。农民真正尝到了甜头，形成了"四不种"理念：不是抗旱品种的不种，产量达不到千斤的不种，收入达不到千元的不种，销路不好难以打开市场的不种。

老牛坡村的潘三用几句话总结了武汉鼎的富民"科技经"：针头上带着科技，饭桌上讲着致富，地头上说着扶贫，心头上想着百姓。从1985年开始，武汉鼎先后在清水河县的5个乡镇、15个行政村、30多个自然村开展科技扶贫服务，行程3万多公里，自找项目，出资25万元，推广实用技术和优良品种。1991年、1994年获得"自治区深入农牧业生产第一线有突出贡献的科技人员"荣誉称号；1997年、1999年获得自治区"科技扶贫标兵"荣誉称号。

第五篇 展望未来的"教育之光"

信条5 世界是你们的，也是我们的，但是归根结底是你们的。你们青年人朝气蓬勃，好像早晨八九点钟的太阳。中国的前途是你们的，世界的前途是你们的，希望寄托在你们身上！

——1957年，毛泽东给留苏学生的演讲

　　教育扶贫任重而道远。十年树木，百年树人。再苦不能苦孩子，再穷不能穷教育。教育扶贫是助推贫困户摆脱贫困，帮助贫困学生改变人生的重要手段。

　　20世纪80年代，国贫县清水河县的贫困山乡，有许多孩子上不起学。武汉鼎把"教育扶贫"作为重要部分，先后在暖水湾、大阳坪等村通过学前教育、义务教育及资助贫困生等，让适龄儿童得到受教育的机会。

　　1994至2014年，武汉鼎作为内蒙古农业大学暑期大学生"三下乡"活动的引路人和校外辅导员，引导670多名大学生，先后在暖水村、大阳坪、老牛坡、后大井、四道坪等10个自然村，通过送文化、送知识、送文明、送科技，真正使贫困山区的孩子们实现了"学习改变命运，知识改变未来"。这里原本为大学生空白村，如今累计有225名学生考上大学，其中老牛坡就有100多人考上大学，营造出"人人有学上，个个有技能，家家有希望"的良好局面，打破了贫困代际传递，拔掉了"穷根"。

第一章

好好学习，天天向上

在武汉鼎年轻的时候，中华大地上流传着一句耳熟能详的大众口号，那就是毛泽东主席的题词："好好学习，天天向上。"这8个大字，贴在学校教室的黑板上方，伴随着无数学生的读书声，激励和鼓舞着一代又一代的中小学生刻苦学习，奋发向上。虽然这句口号盛行的时候，武汉鼎已经参加了工作，但他仍把这8个字作为座右铭。好好学习是条件，代表着一种行为、一种态度；天天向上是结果，代表着这种行为的结果。也就是说，态度和行为决定结果。在成长成熟的岁月里，他自己这样做，也教育子女这样做，让伟大领袖的号召成为他们成长的动力。

每当看到、想到这8个字，武汉鼎总能想起自己的求学经历，饱含着许多生不逢时的心酸和对动荡不安的忧虑。武汉鼎虽然出生在富裕家庭，但在他小时候就爆发了抗日战争。他的母亲是他的第一任老师，母亲教给他的，不是贫穷中的记忆，而是贫穷中的自强和奋争、贫穷中的做人、贫穷中的立志和励志。贫穷和苦难的生活使他早早走进了社会大学，不管家庭生活是贫穷还是富裕，母亲总是想尽办法让他读书，因为母亲想让他成为自食其力、顶天立地、有责任感的人。虽然读书的事情常常被无情割断，但他总是在断断续续读书。七八岁时，武汉鼎来到清水河县城关小学读书。1938年，日军侵占清水河县后，将校址迁往一商号，对学生进行奴化教育；1943年，迁回原址。武汉鼎就在那里上学。日本人不让学汉语，只学日语，学生们哪句口语说不对，日本教官就用红笤棍在头上抽打。终于有一天，学生们忍无可忍，他们听见日本教官来了，就用石头把门堵上，从后面跳窗户跑了，书没法念了。

1945年10月，学校复办，改名为清水河县完全小学，因受战乱、灾荒、经费拮据的影响，学校教学处于瘫痪状态。清水河商会会长李禄在家里办起了私塾，武汉鼎便去私塾读书。私塾学制不定、年级不分，先生根据学生年龄大小及接受能力，因材施教。私塾的课程只有一门汉文，按不同程度可分为识字读物、启蒙读物、四书五经、诗赋等，特别重视习字。一般中等农家子弟入学，只为适应农村需要，并不要求深造，所学仅限于《百家姓》《千字文》《四言杂字》《名贤集》，读一两年书即辍学务农。读四书五经及小学《训诂》之类，则多为欲求功名者。武汉鼎他们每天清晨去上课，先拜"圣人"（孔子画像或牌位），再拜先生，然后上炕面对方桌，盘膝而坐。上午背书，下午写字，没有特殊情况，学生不准撤离。先生备有戒尺，用来惩罚犯规和背不会书的学生，一般打手心，有的打屁股。私塾没有休息日，但有大热天"闭伏"和大冷天"闭冬"。农忙时农家子弟随父母下田劳作，只有到冬季才联合筹资延师，或单独进行私塾跟读，此谓上"冬学"。私塾冬学，是清水河教育的雏形，从兴办到彻底改良，延续时间长，影响深。中华人民共和国成立后，逐渐被民办学校取代。

日本投降后，清水河县国共进入到内战状态。武汉鼎又跑到绥远城（今呼和浩特市），在国民政府为难民办的补习班学习了一段时间。

1947年，为了躲避战乱，武汉鼎跟随父母去投奔嫁到后套狼山县的两位姐姐。因为武汉鼎正值求学的年龄，所以生活在陕坝镇的二姐想办法让他进入"绥远省立陕坝师范"学习了两年。

陕坝镇是抗战名镇。绥远省立陕坝师范学校，于1943年9月21日在抗战炮火中诞生。这所师范的办校宗旨是：培养师资，要求学生为普及教育尽责，为提高国民文化尽责。武汉鼎在这里上学时，这里条件十分艰苦，老师和学生用的桌椅都是就地和泥做成的，而吃的基本是山药汤汤泡糜米饭。尽管条件艰苦，但在两年时间里，他不仅学到了许多知识，而且懂得许多为人处事的道理，为他以后走上工作岗位、走上社会奠定了坚实的基础。

武汉鼎在战乱年代到处逃荒，屡换学校，没能好好念书，他感到十分遗憾。他时时处处记得毛主席的话，"好好学习，天天向上"。于是，他天天读书、看报，看的都是正能量的东西，日积月累，文化水平自然不低。但是后来由于没有文凭，评职称的时候受到影响。评委是内蒙古农业大学的3位教授，武汉鼎拿了一包材料，教授们一看材料，说："人家把论文成果写在大地上。"最终，武汉鼎评上了高级兽医师。

武汉鼎没有好好念成书，就把希望寄托在两个儿子身上，希望他们能"好好学习，天天向上""读万卷书，行万里路"。两个儿子从小学习都很主动，很少让家长操心。

大儿子武斌于1955年出生。他高中毕业时，上大学不用考试，由贫下中农推荐，但因他"地主子女"的出身而没有被推荐，失去了上大学的机会。当时，他唯一的出路就是在盆地青公社学校当民办教师。由于20世纪五六十年代农村教育的基本要求不高，达到初小毕业的文化水准（即上到小学四年级）即可，因此，那些因各种原因未能上大学的高中毕业生，也能承担这一时期农村教育的任务。"民办教师"，即"民办公助教师"的简称，属于"社会主义公有制"下的"集体所有制"，其职业是教师，身份仍是农民，挣的是生产队的工分。他们在人们的心目中，始终是令人同情的。"民办教师"作为中国乡村教育的主角，为农村教育留下一幅不容涂改的剪影。像武斌这样家庭出身不好的人，在农村有一份教师的职业实属侥幸。那年他19岁，他为自己能干干净净、神神气气地教导农民的孩子读书识字而感到满足。他也教育他的学生们"好好学习，天天向上"。1977年，虽然恢复了高考，但是仍不让他考。在他当了6年的代课教师之后，终于有了参加考试的资格。当时他正在给县一中的高考补习班代课，于是他边教学边学习，终于和自己的学生们一同参加了考试，后来被乌盟师范录取。毕业后，有了"公办教师"的身份。他回到清水河县韭菜庄乡当教师、学区校长，成为"全国优秀教育工作者"。1990年，武斌被调回县教育局工作。从职业教育股股长到担任职业中学的校长，最后以"中学高级教师"退休。回想起来，正是"好好学习，天天向上"的激励，成就了他的教学人生。

二儿子武平，1968年出生。他也在"好好学习，天天向上"的感召下，在清水河读完小学、初中后，父亲又把他送到教学质量比较好的旗下营中学读高中。毕业后，武平入伍进了军营，后来考上中国人民解放军南京政治学院新闻系。毕业后在部队军区从事新闻工作，转业后成为内蒙古自治区政府的一名纪检干部。

从武汉鼎和他的两个儿子身上，我们可以看出一个人的改变，源自于积极进取，而不是等待什么天赐良机。所以说，学习改变人生，习惯成就事业。

第二章

教育要从娃娃抓起

百年大计，重在教育。武汉鼎在下乡蹲点扶贫时，着眼于贫困村的学前教育和义务教育，重视提升儿童的认知能力、知识水平，打破贫穷的代际传递，拔"穷根"。

1

武汉鼎来到暖水湾扶贫的第七年，发现村办小学出了问题。他知道，村里信息来源少，文明程度比较低，人们普遍忽视教育。如果不读书，就只能接受长辈们的价值观和人生观。比物质贫穷更可怕的是教育的贫困，接受教育是唯一可以让穷人走上逆袭之路的方式。

村里的学校是一个只有一至四年级的初级小学，条件十分简陋。没有乐器，也没有体育器械，只有3间土窑，课桌板凳都是"土台台""土墩墩"。

这所小学原来的老师调到石湾子村中心小学教书去了，新来的老师是韩庆坝人。他每天骑着一头驴，往返暖水湾村。老师的身高不足一米，上驴还得垫石头。他来给学生上课时，已经是半晌午，上不了几节课，不到下午就走了。老师一走，学生就放了羊，懂事的回家帮父母干活；小点儿的就在山坡上、沟底下撒野，大好的时光都浪费了。老师上课时，既没有课间活动，也没有音、体、美等课程，还不允许学生随便休息。

武汉鼎看到这种情况十分着急：这个人教不成书，孩子们跟上他不能好好念书，将来怎么能有发展前途？

为了这件事，武汉鼎找到县教委说明情况，请求另派一名老师。教委领导说："石湾子村有个高中毕业生，一个女娃娃，叫李美英，还没有找到工作，让她去当老师吧。"

武汉鼎把李美英接到暖水湾村，因为她家离得远，路不好走，步行得走5公里山路。为了不耽误孩子们的学习，他安排李老师住在学校里。他知道女娃娃爱干净，就把土窑收拾好，又自己掏钱买了块地板革铺在土炕上，还买了锅碗瓢盆给她，并且给她找了个年龄与她相仿的女娃娃，晚上陪她同住。

年仅18岁的李美英，一看武大爷为她安排得这么好，非常感激，下决心要教好这些孩子们。

全校来上学的只有十几名学生。在学生较少、年龄不同、年级不同、只有一名老师的情况下，为了便于管理和教学，只能集中在一个教室里。李老师给取了个名字，叫复式班，只开两门课程——语文和数学。由于农村的教学水平低，班里的孩子们底子薄、基础差，有时候连一句完整的话都写不出来。为了教好孩子们，李老师常常备课到深夜。课堂上，她总是把自己学到的知识毫无保留地奉献给学生们；对那些上课不注意听讲、学习不努力的学生，她专门给他们做思想工作，及时给他们补课。李老师对教学很上心，孩子们对新老师也很满意，很尊重。李老师天天吃住在学校里，只有每周六的下午步行5公里路回家，周日下午回来，从不耽误给学生们上课。

武汉鼎解决了老师问题之后，又想换掉学校的土台子。县领导来暖水湾村开现场会的时候，他向领导反映情况，解决了20多套桌椅。李老师怕娃娃们把桌椅碰坏了，就用塑料布把桌脚都包住，维护得很好。孩子们有了好老师，有了新课桌，学习也认真刻苦起来。读上几年书后，不少学生的腰弯了、背驼了。李老师认为，这些孩子将来都是国家的有用之材，应该让他们健康成长，不能让他们成为"肩不能挑担、手不能提篮"的废人，因此上下午都增加了课间活动时间，同时开设了美术课和音乐课。学校里曾经死气沉沉的气氛彻底得到改变。李老师深受学生们的喜爱，在学生中享有非常高的威信，只要是她说的话，同学们没有不听的。

从此，村里又荡漾着充满童年气息的琅琅读书声。武汉鼎开心地笑了，他觉得自己做了一件利国利民的大事。

在武汉鼎的热心帮助和李老师的精心培养下，这些孩子逐年读完四年级，又去乡里的学校继续上学。后来，武汉鼎又将几个学习好的学生送到呼和浩特市第二中学继续读书，其中一个考上了山东大学，毕业后分配到上海工作。

像李美英这样的乡村教师是广大农村里知识之光的播撒者，他们忍受着生活的困苦，让知识之光变成乡村最美的风景。她在这个学校教了5年书，由于启蒙阶段教育搞得好，孩子们的基础扎实，培养了学习的兴趣和良好的学习习惯。几年后，全村26户人家培养出28个大中专毕业生。

2

1989年，大阳坪村一共出生了20个孩子；到1995年时，这些孩子还没到上学的年龄。

农忙的时候，家里的孩子没人管，只能集中到学校去，哥哥哄弟弟、姐姐看妹妹，学校里天天乱作一团。武汉鼎看在眼里、急在心上：教育要从娃娃抓起，这些孩子都是祖国的花朵、国家的栋梁，不接受教育怎么行？他决定办一个学前班，请了个老师叫王果香，她是高中毕业生，她的女儿也是这20个孩子中的一个。有了老师，可是没有教材。武汉鼎又和新华书店取得联系，从和林格尔县调来了20套教材。孩子们终于可以上学念书了。两年后，这些孩子都升入小学。

也许是因为及时补上了启蒙教育这一课，这些孩子都考上了大学，其中王果香的女儿还读了博士。

3

武汉鼎扶贫的老牛坡村，只有一所希望小学，学校里只有一位老师，有20多名学生。

武汉鼎利用晚上的时间在学校里办夜校，听说学校里的学生们连国歌都不会唱。这怎么行！唱国歌，这个简单、朴素、直接而有力的行动，本身就是很有意义的爱国主义教育。

从那以后，武汉鼎常去学校里转转，他发现学生们都穿着城里孩子的衣服。他问老师："这些衣服是从哪里来的？"老师说："呼和浩特市铁路小学捐赠的。"他听了这话眼前一亮，想到教唱国歌的老师有了。

武汉鼎特意来到这所铁路小学，找到校长，说："把你们最优秀的老师派到我们老牛坡村小学，给孩子们教唱国歌，行吗？"校长很高兴地说："没问题，过两天就去。"

教唱国歌的老师来了，他先给学生们讲了唱国歌的意义："国歌，是展现一个国家民族精神的歌曲，是被政府和人民认为能代表该国家政府和人民意志的乐曲，是用来歌颂与鼓励一个民族的信心和凝聚力的。它带有爱国主义色彩，呼唤起人们内心深处的家国情怀。国歌，唱出了一个国家的信仰。我们常说热爱祖国，这并不是一句空话。只有认同自己的国家，才会有一种幸福感，才会有真正的快乐。唱国歌是认同国家和自我最直接、最有力量的方式。"

学生们一遍遍学着唱《义勇军进行曲》。爱国，就应该从日常生活做起，从唱响国歌开始，这绝不是一个简单的形式。放开歌喉唱出我们的赤子之心和爱国热忱，让中华民族的坚强意志和不屈精神代代相传！

雄壮的国歌从山村小学响起，在群山间回荡，武汉鼎的心里充满了激情。那激昂的旋律、意义深刻的歌词，让他热血沸腾、心潮澎湃，唤起了他内心对祖国的深情以及强烈的民族自豪感。

原本寂静的小山村有了欢声笑语，充满了生机。武汉鼎让学生们学唱国歌，终于让同学们知道，唱好国歌是对国歌的尊崇、对祖国的热爱，是爱国意识的体现，也是对老牛坡红色基因的传承。

武汉鼎更加信心百倍地在扶贫路上一路前行……

第三章

"三下乡"激活了贫困山村

　　有人说，武汉鼎是把大山里的百姓和山外的大学生连接起来的红线，这事一点儿也不假。

　　作为农林院校的内蒙古农业大学，始终把"培养人才，服务'三农'"作为社会实践活动的重要环节，要求学生必须深入农村基层，面对农民群众。1994年暑假期间，该校水利与土木建筑工程学院（简称水建院）首次挑选一批优秀大学生深入清水河县杨家窑乡暖水湾村进行送科技、文化、卫生"三下乡"社会实践活动。可是，真正深入农村、走近农民，并不是一件容易的事。他们人生地不熟，这个活动能给当地群众带来什么？学校派他们来是不是走马观花？同学们持怀疑态度，热情不高，实践活动的效果很不理想。不过当地百姓告诉他们："你们去找武汉鼎，让他带领你们'三下乡'。他办的事情都是对农民有利的，是受农民欢迎的。"

武汉鼎听说这件事后，心想：自己一直坚持做的一件事，就是扶贫济困。几十年做下来，虽然有了一些成效，但个人的力量毕竟是有限的。农业大学有人才、有文化、有技术，能从教育扶贫入手，若把他们吸引进来，深入下去，一定会取得更大的成效。想到这里，他仿佛看到了希望的曙光。

就在水建院考虑下次暑期社会实践活动该怎么进行的时候，武汉鼎主动与时任水建院团总支书记王慧明取得了联系，说："我希望将开展多年的科技扶贫工作与贵校的大学生科技、文化、卫生'三下乡'社会实践活动结合起来。你们下去入户难的原因很多，但是只要符合群众利益，就没有解决不了的困难。"王慧明老师一听高兴地说："武大爷，我们也想通过'三下乡'活动，用所学的知识，力所能及地为贫困山区做点事，正苦于对当地情况不了解，由您来当领路人，真是太好了。"老少两人一拍即合。

1995年，正式拉开了农业大学师生社会实践的清水河之路的序幕……

武汉鼎带领大学生暑期"三下乡"的第一站，是自己的家乡大阳坪村。

武汉鼎看到还没有脱贫的父老乡亲，感到很痛心。当时，武党在为了给老婆看病，家里穷得都揭不开锅了，4个孩子因交不起学费，辍学在家。武汉鼎主动找上门来，说："你穷成这样了，孩子们的学费我掏，让孩子们上学去哇。"

临行前，水建院要求大学生们去了老乡家里，不能搞特殊化，不能嫌老乡家的水难喝、饭难吃，必须和老乡同吃、同住、同劳动，珍惜老乡的每一粒粮、每一滴水。大学生们带着老师的再三嘱咐踏上了社会实践的行程……

武汉鼎想让大学生们和村里放暑假回来的孩子"结对子"，住到村民家里去。起初，村民们都不想要，因为吃、住问题，嫌麻烦。武汉鼎就挨家挨户做工作，说："孩子放假在家，大学生来了可以给补课，还可以帮你下地干活，对你家来说是件大好事！"在武汉鼎的动员下，乡亲们总算同意了。大学生们来了，村民们按姓名把这些穿得干干净净的孩子领回了自己家。

这些平日里习惯睡懒觉的姑娘小伙，来到老乡家里的第二天都早早地起床了，他们拿上农具和老乡来到庄稼地一起干活。炎热的天气，他们埋头干活，不喊一声苦。日子一天天过去了，老乡心疼他们，本应该一直干到中午的活儿，由于担心他们中暑便早早收工，招呼他们回家。回到家里，大学生们又帮着他们做家务，帮家里的孩子补习功课。村民们吃的水是旱井水窖里贮存的雨水，即使澄清烧开依然有一股羊粪味，颜色发黄，这些喝惯了自来水的大学生们并没有嫌弃，而是努力去适应，很快融入当地人的生活当中。离开前，他们用矿泉水瓶子装了旱井水窖里的饮用水，回学校化验，结果根本达不到饮用标准。他们在学生会主席吕品光的带领下，通过给政府写信、在电视台做节目等方式，呼吁社会关注贫困山区。

大学生们的所作所为深深地打动了村民们的心，还是让孩子们多念点书好，你看这些孩子，知书达理、文明礼貌、多才多艺。大学生们的到来也给山区孩子崭新的精神世界和文化熏陶，让他们有了更多的见识和渴望。

在武汉鼎看来，教育扶贫是我国扶贫济困的治本之策。我们常说：学习改变命运，知识改变未来。这也是鼓励更多贫困山区的孩子们通过努力学习走出大山，融入城市，改变贫困的命运。教育好一个孩子，可以彻底挖掉一个家的穷根。

原本封闭落后的小山村，在大学生暑期"三下乡"活动来到这里后，为贫困山乡注入了新的活力。

第四章

走了个李团长，来了个武团长

1997年，大学生"三下乡"活动想来老牛坡搞，武汉鼎就打前站提前来了。他边在村子转悠边想着心事：清水河是内蒙古的革命老区，长城脚下的老牛坡又是清水河的革命老区、红色旅游圣地。这里有呼和浩特市第一个建立的农村党支部。可为什么如今这里还很落后，出不了人才？他敲开了村支书韩朴生家的门，说："我叫武汉鼎，想来你们村搞扶贫。"

韩朴生听说过这个人——老劳模。他忍不住上下打量他：高高的个头，满头白发，和普通农民没有多大区别。于是认为，一没权，二没钱，一个白头发老汉还要来我们老牛坡扶贫？对他很瞧不起。

武汉鼎见他不作声，又说："暑期大学生'三下乡'活动想来村子里，有些事想和你商量商量。"

韩朴生不耐烦地说："我忙着收税，没时间管别的事情，你说咋办就办哇！"

武汉鼎知道他在敷衍，又说："这里的乡亲们生活还很贫穷，扶贫先扶智。"说完，武汉鼎转头就走。"扶贫先扶智"这句话虽然不是武汉鼎发明的，可他对这句话理解得特别深刻。在武汉鼎看来，老牛坡的"智"，在山河壮丽，在老区历史，在穷则思变。

韩朴生听他说"扶贫先扶智"，心里一震：这老汉，还有点水平。他说："你坐下，我给你介绍一下村里的情况。"

韩朴生对村子里的情况太了解了。实行家庭联产承包责任制以来，村民们就是种点责任田，养点猪、羊、鸡，孩子们念书不出村。村里有所希望小学，读完四年级，只有个别家境好的孩子，才去乡里和县里的学校上学。多数家长不愿意让孩子出去，都辍学在家。一来家里没钱，供不起；二来观念落后。他们有一句口头禅：读书不如读银。大人们并不在意孩子们能干多少活儿，而是让他们早早学会自食其力的本事，去经受劳累、饥饿和困苦的煎熬。因为严酷的人生经历使他们明白，娇生惯养的孩子挑不起庄户人这副沉重的担子，好吃懒做是无法摆脱贫困的。他们硬着心肠，让自己年幼的儿女早早就开始饱经风霜的艰难人生。因此，这么多年，要在老牛坡找个烈士证、光荣证，一会儿能找一大摞；要找个大学毕业证，一个也找不到。最后，他说："大学生娃娃来就来哇，我欢迎！"

7月暑期实践活动，领队的是水建院学生处处长韩瑞平老师。早晨，他们从呼和浩特市出发，进清水河县城接上武汉鼎，一起带领十几名大学生前往老牛坡村。

当时，从县城通往村子的路都是崎岖不平的羊肠小道，汽车根本进不去，他们只能先坐班车到北堡乡，再步行5公里多的山路到老牛坡村。虽然深知即将到来的日子并不轻松，但是作为学院精挑细选的学生代表，他们并没有知难而退，而是满怀豪情地踏上了清水河这个能真正体现年轻人活力和激情的舞台。

天公不作美。他们坐班车到北堡乡时，已是下午5点多钟，天下起了大雨，丝毫没有停歇的意思，山沟里发起了洪水。

武汉鼎对领队韩老师说："韩老师，雨太大了，为了安全起见，今天先在乡政府住一晚上，明天再去老牛坡村。"

大学生们一听急了，说："武大爷，我们的暑期活动只有10多天，我们想早点去。"

韩老师和大家商量后，说："和老乡约定好的时间不能变，早已安排好的活动计划也不能变，这些关系到我们社会实践活动的信誉。5公里多的泥泞山路阻挡不了我们的脚步。"考虑到行程安全，韩老师决定将女学生安排在乡里休息，让几个身强力壮的男同学跟着他去打前站，按原定计划赶到老牛坡村。

雨停了，武汉鼎一行沿着坑坑洼洼的山路出发了。没想到走到半路又下起了雨，在这个前不着村、后不着店的地方，只能站在树下避一会儿雨，等雨小了再走。因为没有路，只能沿着沟坡走，非常滑。当从沟底穿行时，水已齐腰深。两名学生架着64岁的武汉鼎，顺利抵达了对岸。就这样，5公里多的路他们走了3个多小时，进老牛坡村时，村民们已经进入了梦乡……

村支部书记韩朴生忙完工作、正准备休息时，传来一阵敲门声。他感觉很奇怪，这大雨天，谁还会往外跑？他打开门一看，武汉鼎领着几个人站在门口，浑身都湿透了，裤腿上沾满了泥水。韩朴生急忙让他们进屋，说："老武，下这么大雨，沟里发了洪水，用当地话说'生处怕水，熟处怕鬼'，万一出点闪失，你怎么交代。"

武汉鼎说："我心里有数，还是按咱们预先安排好的，把这些娃娃分到各户住下，吃点饭，烤烤衣裳。"

韩老师听他这么说，才知道武汉鼎早将所有的事情安排好了。正想说些感谢的话时，传来一阵笑声。原来一个学生怕武汉鼎口渴，将韩朴生家的半茶缸油，当成水给武汉鼎喝。武汉鼎生生咽下一口油去，把大家都逗笑了。

当晚，几个学生娃娃都入住到农户家里，还吃到了可口的饭菜。

第二天，李国安的部队完成了老牛坡村的打井任务，在撤走的路上，发现大雨把路冲断了，车被困住了。武汉鼎听说后，带着那几名大学生，帮着修路，送走了部队的人，顺便把夜宿北堡乡的十几名女学生接进村。

刚进村时，村民们对大学生的到来都抱着怀疑和观望的态度，不知道这些长得白白净净、穿得干干净净的学生，能为他们做些什么。后来发生了一件事，改变了他们的看法。

希望小学东边住着一户人家，男主人叫王白。他家准备建水窖，运回一车水泥。车上的水泥还没有卸下来，天就下起雨来，车上没有防雨措施，王白急得团团转。

当时，武汉鼎和大学生们正在希望小学里搞活动。得知情况后，他动员大学生们，说："这车水泥，不搬回家里，让雨淋湿就报废了，我们去帮他卸车。"大学生们顾不上换衣服，穿着学院统一的、有社会实践活动标识的白色T恤衫，争先恐后地跑过去帮忙扛水泥。半小时后，刚把水泥搬到安全的地方，瓢泼大雨又下起来了。雨水打湿了他们的衣服，也淋湿了乡亲们的视线……在感动与被感动之间，武汉鼎带着大学生们走进了村民的心里。王白感动地说："没想到城里来的娃娃，能搬动这么重的水泥，还不怕把白色衣服弄脏了，都是些好娃娃。"大学生们用实际行动证明自己不是来摆花架子的，也不是来扰民的，他们是像武汉鼎一样真心实意为村民们办实事的。

之后，村民说："老武领来的大学生，不是来走过场的，是为乡亲们办实事的。"还有村民编了顺口溜："走了个李团长，来了个武团长。"老牛坡村的村民对大学生下乡这件事的态度彻底改变了。

第五章

知识改变命运

换亲，是清水河县贫困山村里普遍存在的现象。当两家因为贫穷或儿子有残疾等原因娶不上媳妇时，为了延续"香火"，首选的就是"换亲"。只要老人说一句话，家中的女孩子就成了婚姻的牺牲品。村民们普遍认为女孩子只要上炕能当裁缝，下地能当长工，上得了厅堂，下得了厨房，就不愁嫁个好人家。因此，清水河贫困乡村就养成一个坏习惯，就是不让女孩子上学。老牛坡村也一样，村里女孩子上学的寥寥无几。她们有的上山放羊、干农活，有的在家做家务。到了出嫁的年龄，父母为其找一个他们眼中的好人家，嫁了人就有了归宿，一辈子"嫁鸡随鸡，嫁狗随狗"。真是越穷越愚昧，越不懂得在教育上投资。

自从武汉鼎带着"三下乡"的大学生走进这些落后的小山村，新观念让村民们的思想一点一点转变了。不管在哪个村，武汉鼎都让大学生与村里的孩子"结对子"帮扶。大学生和村民同吃同住同劳动。男同学白天和村民们一起下地劳动，女同学在希望小学给放假在家的学生们补习功课；晚上举办农业科技讲座和文艺活动。聪明伶俐的女同学和踏实肯干的男同学叫村民们越看越喜欢、越看越羡慕："为什么人家的孩子那么聪明，懂得那么多，我们的孩子就要一辈子在这穷山沟沟里放羊？"村民们有了这样的思考，说明"三下乡"活动感染和熏陶了当地群众的思想。

老牛坡村的陈美华由于家境贫寒，虽然她学习成绩优异，但高额的学杂费犹如一头拦路的猛虎彻底阻挡了她的求学之路。她只能勉强读到初二，就被迫辍学在家。武汉鼎安排一名女大学生与陈美华"结对子"，她俩每天同吃同住，建立了深厚的感情。陈美华十分羡慕女大学生，说自己特别爱学习，但是因为家里穷，老人不让她上学，说着说着就哭了起来。女大学生觉得她聪明伶俐、非常懂事，很同情她，就将此事汇报给武汉鼎和韩老师。

原来，陈美华的父亲是个羊倌，家里兄妹4人，哥哥和弟弟都在读书，一家人守着两孔破窑勉强度日。这是一个因教育致贫的家庭，虽说父母没有因为重男轻女不让女儿读书，但实在是没有钱供她读书。韩老师去陈美华家里做工作，但她的父母执意不肯让她去上学。

武汉鼎得知这件事后感到很痛心。他先去陈美华原来读书的学校了解情况，老师们说："这个孩子，很爱学习，成绩很好。"他又主动上门家访，和陈美华的父母沟通，告诉他们："再苦再穷，也不能放弃孩子的学业，耽误孩子的前程。正是因为穷，才更需要用知识改变命运。为什么不让女娃娃念书？"陈美华的父亲说："家里穷得要甚没甚，家里念书的娃娃多，我放羊，她妈养猪，还是连学费也交不起。"武汉鼎也没说什么，站起身走了。

第二天，武汉鼎和韩老师商量后，召集大学生们开会，说："有个女娃娃很想念书，但是家里穷供不起，我想发动大家捐助一下。"他带头捐了500元，大学生们有的捐了30元、有的捐了50元，一会儿就捐了1000多元钱。

武汉鼎拿着钱又来到陈美华家，说："这是我和那些来村子里的学生娃娃捐的，你先给孩子交学费，以后有什么困难再找我。"陈美华的父母说："学费解决了，她想上就上去哇！"

就这样，陈美华重新开始到清水河县职业高中读书，毕业后考上了内蒙古民族大学，并留学日本。她是老牛坡村走出去的第一位女大学生，也是贫困山村女孩子用知识改变命运的典型和学习的榜样。

留学归来的陈美华在天津开创了自己的事业。每每谈及自己的人生因大学生哥哥姐姐的到来而改变，陈美华感慨地说："他们的帮助和启发让我看到了希望，给了我精神上的动力和走出去的勇气。"

老牛坡村出了个女大学生陈美华的消息传遍了十里八村，改变了乡亲们的教育观念，再穷也要供孩子们念书，不然永远改变不了祖祖辈辈靠天吃饭的命运。

无论走到哪里、身在何处，陈美华都忘不了，如果不是当年武汉鼎爷爷的帮助，她就不会有今天。她重归故里，上门看望武爷爷，抱着他泣不成声……

那年，韩朴生的家里也住进一名叫胡敏的女大学生，和他的二女儿"结对子"。他女儿不仅喜欢这个有知识、有文化的姐姐，更喜欢她的名字，硬是把自己的名字改成了韩敏。高考时，韩敏问父亲："考哪所学校？"韩朴生说："当然要考农业大学，毕业了好回来种地。"

韩敏真的考上了内蒙古农业大学，不过毕业了没有回乡种地，她被分配到了农业局。

韩朴生的儿女们，在"三下乡"大学生的影响下，都通过考试走出了大山。他才真正体会到，没有武汉鼎"扶贫先扶智"，就没有他们下一代的今天。

大学生"三下乡"对村民的触动更大，他们说："这些孩子，有知识、有文化、懂礼貌，还是上学受教育好。"知识改变命运的渴望在孩子们的心底像火苗一样燃烧起来，琅琅读书声传遍了山村土窑。

武汉鼎的教育扶贫，在老牛坡搞了10多年。内蒙古农业大学的"三下乡"暑期社会实践活动，感染了学生家长，也调动起村里学生们的积极性。村里出去读书的孩子中，出了100多名大学生，知识改变了革命老区下一代的命运。

第六章

火把照亮了山村

参加"三下乡"活动的大学生正值活力四射、花一样的年纪，他们也爱做一些洋溢着青春气息的事情。他们和乡亲们建立了深厚的友谊，就想让村子里的气氛活跃起来。他们找到武汉鼎，说："武大爷，我们想办一场文艺演出，和村民们互动，想一起跳舞。"

武汉鼎说："演就演哇，你们男的和男的跳，女的和女的跳，不要让乡亲们看不惯，有意见。"

由于当地经济条件比较落后，大多数家庭还没有电视机，大学生们表演的节目他们非常喜欢。在文艺活动中，村民们也不是武汉鼎想象得那么保守。他们和大学生学跳舞、演小品，大学生们还挖掘当地的文化因素，让他们唱自己的曲，听自己熟悉的调，做文化的主角。文艺演出丰富了他们的生活，也开放了他们的思想。

有一年，大学生"三下乡"活动结束后，武汉鼎专程来到内蒙古农业大学水利及土木建筑工程学院。他找到党总支书记赵树林，把活动情况做了汇报，并请领导们关注，有时间下到村里去看看孩子们都在做什么。从那一年开始，就有了校领导回访活动。

当年12月，学院的副校长、副书记及大学生们带着文艺节目来了。车一进村，村民们就围上来，把暑期"三下乡"时住在自己家里的大学生全领走了。学院领导一看学生们和老百姓的感情这么深，就握着武汉鼎的手，说："看来这社会实践活动是'下得去、待得住'，不再是流于形式走过场，'雨过地皮湿'，这都是您的功劳。谢谢您！"

老牛坡村沉浸在热闹的气氛中，希望小学校园里搭起一个简易的"戏台"。村民们一整天都在兴奋地议论着这件事情，大家奔走相告："学校里要唱戏了，晚上一定要来看呀！"

农村很少有文娱活动，通常是过年过节或牲畜病了治不好才请人唱戏。现在这个"戏"的主角们，都是曾经住在各家各户的大学生。他们白天和村民们一起下地劳动，晚上表演自编自演的文艺节目，既引导了学生也教育了村民。从此，生活在山沟里的人们眼界开阔了，心里亮堂了，思想观念和行为习惯都发生了变化。

今天的节目与往常不同，是农业大学的领导回访带来的，慰问当地的老百姓，自然多了一份关心和温情。

吃完晚饭，天还没黑，村民们已纷纷向学校涌来。通往学校的小路上荡漾着欢声笑语，连村里的狗都撵着主人跑过来"汪汪汪"地叫几声，搅乱了小山村的宁静，像过年一样热闹。

夜幕降临，校园里被电灯照得通明，四周站满了人。

晚会举办得异常热烈，有独唱、舞蹈，还有乐器独奏。大学生们根据村里的实际情况，在武汉鼎的授意下，自编自演了一个促进婆媳和睦的话剧《好婆媳》。剧情是一户人家的婆媳不合，经常发生口角，后来媳妇开着三轮车进城，出了车祸。婆婆守在身边侍候，媳妇很感动，一家人和睦相处，成了村里的"文明户"……剧正演得热闹时，突然灯灭了，校园里漆黑一片。唉，真不凑巧，停电了。

在武汉鼎眼里这都不算个事，他站起身喊来几个后生，向他们嘀咕了几声，后生们便冲出了院门。

人们不知道发生了什么事情，谁都没有出声。过了一会儿，后生们端着脸盆、提着棒子、抱着旧衣服回来了。他们在棒子上捆好烂衣服和烂棉花，从脸盆里蘸上柴油点燃。然后，几个后生又爬上四面的院墙，高高地举起自制的火把，把校园照得通明。

节目继续。小品《好村主任》《好兄弟》等源自农村的节目，受到了村民的热烈欢迎。

过了半个小时，来电了，校园里再次沸腾起来。

农业大学的领导真实地感受到，是武汉鼎为大学生了解中国国情打开了一扇窗。大学生通过"三下乡"活动，改变了世界观、价值观和人生观，能把农村建设的需要和青年学生的成长很好地结合起来，走健康成长的道路。

晚会一直演到大半夜才散场，可以肯定地说，这个热闹非凡的夜晚，将会长长久久地保存在村民们的记忆中，会在家里、田间地头、山里传好些日子……

第七章

一次神奇的"三下乡"之旅

2003年7月暑期，陈永立老师带队准备去清水河县北堡乡后大井村进行社会实践活动。学院派了3辆车，头一辆是大轿车，拉着23名大学生，后面的两辆卡车拉着捐赠给四道坪小学的30台电脑和30多套桌椅。

这次活动和往年一样，在他们进村之前，武汉鼎就已前往村里调研，将学生们的吃住进行了妥善的安排。

车到县城，接上武汉鼎，继续前往后大井村。车在起伏不平的山路上行驶着，突然下起雨来，从车窗向外望去，像挂起了一道帘子。一路上，陈老师的心里直犯嘀咕，问道："武大爷，这么大的雨，咱们还能去吗？"武汉鼎说："没事，不能去了，再想办法。"听他这么说，陈老师才放下心来。

刚走到暖泉乡时，已是倾盆大雨。顷刻间，山洪顺沟而下，冲毁了道路，车辆难以通行，只好停在半道上。这是去后大井的必经之路，面前是一条很宽的河沟，汹涌的洪水仿佛进行一场追逐赛，一浪高过一浪。车上的师生心急如焚，恨不得生出一双翅膀飞过去。已是中午12点，武汉鼎让司机把车开回暖泉乡政府。他给师生安排好午饭后，什么话也没说就消失了。

武汉鼎知道这一带在修路，他独自一人冒雨来到工地。找到工地的负责人，说明了情况，想让他们的装载车出动，把车上的东西和大学生们运过河去。负责人一开始不同意，在他的说服下，说可以去试试。

陈老师和学生们焦急地等待着，时间一分一秒地过去了，武汉鼎还不现身。下午4点，陈老师怕天晚了，送完学生的车赶不回学校，就下令：掉转车头，返回学校。刚要走时，武汉鼎出现了，还变出一台装载车。他说："我们坐在翻斗里，让装载车运送过去，让校车回去吧。"大学生们为他神奇的想法欢呼雀跃："我们要飞过去了！"

为了安全，武汉鼎站在风雨中镇定自若地指挥着，装载车擎起长长的铁臂，先把桌椅运过去，再把电脑运过去，一切顺利。武汉鼎才让学生们上去，一车斗6个人，往返了4次，把他们全都运到了对岸。车过不来，陈老师正在为如何运输而犯愁时，几辆三轮车开了过来，原来是武汉鼎事先联系好的运输工具。大家不得不佩服武汉鼎的精细与胆略，他为大学生的社会实践活动赢得了时间。电脑、桌椅装在三轮车上运走了，武汉鼎带领师生们在湿滑难行的山路上，步行了10多公里，直到深夜才到后大井村。

等到了老乡家里时，个个都累瘫了，他们打心眼儿里敬佩武汉鼎老人。这一路的经历，既是一场野营拉练集训，又是一堂生动的、身临其境的社会实践课。

当天夜里，武汉鼎的右腹部剧烈疼痛，折磨得他无法入睡。这种疼痛已到了无法忍受的地步，但他仍咬紧牙关坚持着：为了保证"三下乡"活动正常进行，我要坚持到最后。接下来的几天，他依然安排大学生给留守儿童补课，下地干农活，帮助村民装喷灌，了解民情，慰问贫困户。大学生离开村子时，还让他们从种植、养殖、村容村貌、精神文明建设等方面提出合理化建议。

武汉鼎时刻把学生们的安全放在首位，直到实践活动结束，把他们安全送回城。第二天，他才独自一人前往呼和浩特市的医院，做了胆囊摘除手术。他没有惊动任何人，是不想给别人添麻烦。

大阳坪村的武维忠得知武汉鼎做手术的消息后，主动赶到医院，日夜不离地给他陪了10多天床，直到他痊愈出院。

第八章

让"教育扶贫"像奥运火炬一样传递

2008年北京奥运会,内蒙古农业大学的学生朱东楠是奥运火炬手之一。武汉鼎认为这是对村里孩子进行爱国主义教育、树立远大理想的最好时机。于是,武汉鼎让大学生"三下乡"时把火炬带到村里来,进行一次火炬传递活动。

后大井村的大小孩子们围成圈,让火炬在每个人手中传递。孩子们立志要好好学习,将来做对祖国有用的人。

这次活动中,大学生们投身"十个一"活动,即挑一次扁担、上一次打麦场、吃一次酸饭、锄一次地、做一次饭、做一次调研、提一次建议等,旨在认识社会、了解国情、增长才干、锻炼毅力、培养品格、增强社会责任感。广大青年学生在社会实践活动的过程中,群众的言行和基层工作者的指导，激发了学生学农、爱农、献身农业的热情，使其在思想上真正贴近基层群众，认识到服务农业、服务农村、服务农民是农业院校大学生的自我价值所在。

学生们离开村子的时候，村民们恋恋不舍地拉着孩子们的手说："没有把你们照顾好。"大学生们心里都明白，为了让他们吃好，乡亲们都拿出了他们平日里舍不得吃的东西——腌猪肉。那是年关时杀下的猪，舍不得吃，又怕坏了，就用盐和猪油腌在坛子里，到了夏天也坏不了。贫困山区的老百姓虽然穷，但他们的心是热的，温暖了大学生们的心。

20个学生手拉着手和这些"不是亲人胜似亲人的人"告别，行礼时，学生们和村民们都哭了。他们知道，这一分别不知道哪天才能再相见。有的学生坐在车上时还在流泪，这份情谊是难以割舍的，他们的影响也是深远的。

社会实践开展之初，贺文华还是个半大孩子。大学生们一进村，他就跟在他们后面转，看他们跳舞，听他们讲课，帮他们劳动。他好奇地想：哥哥姐姐上的是什么大学？太有意思了。我长大了，也要考这所大学。几年过去了，他真的考取了内蒙古农业大学。毕业后，他从基层工作做起，后来当上了内蒙古水利厅水资源处处长，为家乡的父老乡亲扶贫济困贡献了一分力量。

正如许许多多在农村长大的孩子一样，农业大学学生裴文武也有一个梦想就是"跳出农门"，去大城市实现自己的价值。但是，一次短短10天的"三下乡"社会实践行动改变了他的人生轨迹。在乡村，他与乡亲们同吃、同住、同劳动，为村里的留守儿童讲课，为乡亲们传播新思想和新知识……这些事引发了他的思考：为社会做贡献不一定要在城市，立足基层，像武汉鼎老人一样，在家乡的土地上为乡亲们做实事，也是为社会做贡献。转眼到了毕业季，处在焦烦不安、四处择业队伍中的裴文武，显得格外平静。在同学眼里，他有很多优势：中共党员、学生会主席、优秀毕业生……而且他的手里已经有了两份"分配意向书"，其中一份是许多学生梦寐以求的留校指标。但是，当他得知内蒙古自治区党委组织部要继续选调一批大学生到基层工作后，就变得不那么平静了。留校工作，意味着他能实现一个农民子弟"跳出农门"、跻身城市的梦想，但他回想自己在社会实践中与乡亲们的相处，发现实现他的一腔热情与抱负的土壤应该在农村。经过慎重的选择，他放弃了留校的机会，放弃了留城的机会，带着理想与抱负投身到基层，一待就是10年。他来到乡镇后，从杂事做起，从乡里的"忙来用"到政府秘书和村干部，他的努力得到了群众的认可。如今，他已经成为巴彦淖尔市乌拉特中旗的副旗长。暑期"三下乡"社会实践活动不仅是大学生心灵的升华剂，更是大学生人生理想的指路明灯。

侯世美在清水河县城开着一家文具店，他的儿子受大学生"三下乡"活动的影响，立志要考内蒙古农业大学，最后以高分被录取。侯世美找到"三下乡"活动的带队老师陈永立，说："武大爷年龄大了，以后你们有什么需要就找我，我可以接过武老手中的接力棒，当你们的联络人。他是这么说的，也是这么做的。近几年，他不仅积极参与到大学生"三下乡"活动中来，每次下乡，还给贫困山区的学校，捐助各种文具，将武汉鼎"教育扶贫"的理念发扬光大。

武汉鼎作为内蒙古农业大学暑期大学生"三下乡"社会实践活动的引路人和课外思想政治教育辅导员，他和农业大学师生共同走过20多年的社会实践之路，先后在10个自然村开展科技扶贫、教育扶贫活动。他迎来送往，费尽了心血。学生们要来了，你提前到村子里去摸底，看看谁家有女娃娃，谁家有男娃娃，按照学院提供的名单，把这些学生分配好。缺粮的人家，他给送去米面，怕孩子们煤气中毒，他还要自己掏钱给安装换气扇。大学生离开村子时，他还要给送上一个笔记本留作纪念。

20年来，水建院5个院系的社会实践活动没有中断过，参与的大学生670多人。他们向贫困乡村915户捐赠衣物2.8万多件，慰问贫困户、老党员280多人次，辅导学生1000多课时，捐赠图书2000余册。演出村民喜闻乐见的文艺节目30多场。他们还在村里设立了奖学金，考上大学的每人奖励500元。钱虽少，却饱含着师生的一片真情。如久旱之甘霖，润泽了山区孩子的心出，给他们莫大的激励。

2017年，韩瑞萍书记去看望武汉鼎。武汉鼎送给韩书记一枚很大的党徽和一件白背心，背心上面印着几个红色的大字"永远跟党走"。他知道，当年与他一起带着学生去"三下乡"的学生处处长，已是农业大学水建院党委副书记、副院长，自己老了，他希望年轻人能将"教育扶贫"像奥运火炬一样永远传递下去……

第九章

真心浇筑的不变真情

武汉鼎作为农村第一线的扶贫志愿者,在教育扶贫过程中,除了办学、引导大学生"三下乡"社会实践活动外,还对开展精神和文化扶贫做了可贵的探索。用他的话来说,就是"扶贫先治愚"。

1

暖水湾村,虽拥有一个诗情画意的名字,却是一个信息闭塞、知识贫乏、落后愚昧的地方。农闲时,村民们不是打牌赌博就是酗酒闹事。为了转变这种风气,武汉鼎利用希望小学的一间空教室,办起了夜校。一开始村民们的学习积极性不高,来参加学习的寥寥无几,有些人还四处煽风点火，蛊惑人心。有个叫侯三的人，到处说："他一没权，二没钱，除了两片嘴说，能给咱们带来啥好处？"事情也巧，说完这话没几天，他家的毛驴病了。这下他慌了神，家里也没有啥值钱的东西，毛驴可是一家人的"命根子"——驮水、运肥、拉犁、种地，哪样都离不开它。他每天上香祷告，可毛驴的病越来越重。武汉鼎知道后，主动上门给病驴免费打针灌药，没几天，毛驴的病就完全好了。这下侯三心服口服了，武大爷说得没错，封建迷信害死人，一定要解放思想。之后，侯三成了夜校里最积极的人，他不仅自己按时去，还热情地招呼上全村的人都来听课。武汉鼎每次回县城都要带许多报纸回来，每周二、周五晚上的夜校学习雷打不动，他给村民讲党的方针政策，和大家讨论科学兴农的新方法，还在夜校的课堂上开展"讲文明，树新风"的活动，使村里的风气得到了转变。

武汉鼎听说刘五家的两个儿子不孝顺、不想赡养老人，他想：在农村，孝敬老人可是直接关系到村风民心的大事。他去刘五家里吃饭，看到老两口吞吞吐吐、不敢说实情时，他相信村里的传闻是真的。武汉鼎判断村民的儿女孝顺不孝顺，有一套自己的办法，就是去他们家里吃饭，哪家的老人和他谈笑风生，这家的儿女肯定很孝顺；哪家的老人谨小慎微、低声下气，这家的儿女肯定不孝顺。他便萌生了抓精神文明建设、促社会风气好转的念头。

武汉鼎把自己的想法向县委宣传部做了汇报。宣传部部长当即表示大力支持，还和他共同商议开展"五好家庭户""遵纪守法户""科技示范户"评选活动的具体做法。他返回暖水湾村时，还给刘五家买了1只母鸡和20只小鸡，让他们老两口谋个生活。

在县、乡、村三级干部的支持下，暖水湾村两个文明建设领导小组成立，并进行了首次评选，共评出五好家庭户、遵纪守法户、科技示范户共13户。在评选"五好家庭"时，武汉鼎有意将刘五家比较孝顺的大儿子列入榜上，以此来鞭策他的二儿子。果然，大儿子评上后顾及名声，比以前更孝顺了。二儿子脸上挂不住了，也承担起赡养老人的义务，刘五老两口的赡养问题得到了解决。通过几年举办夜校、开展评比，暖水湾村尊老爱幼、遵纪守法蔚然成风，成了清水河县的文明村。

2

武汉鼎来大阳坪后，办起了农民夜校。武党在是高中毕业生，成了武汉鼎的好帮手。在夜校上课时，他负责读报纸杂志，武汉鼎负责组织大家学习讨论。那时，武汉鼎定的上课时间，风雨无阻，从来没有失信过。老伴过世，他也没有忘记和大阳坪乡亲们约定好的讲课日子。那天，乡亲们按时坐在教室里等他，有人说，他的老伴刚去世，肯定来不了啦；又有人说，武大爷从来不失信于人，他一定会来的。正猜测着，武汉鼎不慌不忙地走进教室。几分钟后，他那熟悉而略带沙哑的声音在课堂上响起来了。

武忠维家有3个孩子，大儿子初中毕业后就辍学在家。武汉鼎知道这件事后，就找上门来询问。武忠维对他说："我家的3个孩子都想念书，但一个学期就得五六百元钱。家里穷得连种地的化肥都买不起，咋能供得起这么多娃娃上学。"武汉鼎听后，说："不念书咋能拔掉穷根，再苦再难也不能耽误了娃娃上学。你需要多少钱，我给你拿。"在他的帮助下，武忠维的孩子有两个考上了大学。他的大儿子考到内蒙古农业大学后，武汉鼎又去学校帮助办了助学贷款。武忠维常说："如果没有他老人家，我就是砸锅卖铁也供不出两个大学生。"

村民武吉祥的两个儿子都考上了大学，虽然供孩子上学让他感到经济压力不小，但幸好武汉鼎教他兽医技术，让他有了谋生手段。每当谈起儿子，他就很兴奋地说："以前家里有男孩子，愁的是咋给他筹钱娶媳妇，现在愁的是孩子把媳妇领回来咋招待人家。"原来，在东北师范大学上学的儿子，将女朋友领回了家，他这个当爹的愁得怎么给人家拿点礼钱。可是七凑八凑给人家礼钱的时候，人家说什么也不要。这让他瞠目结舌，大开眼界。在夜校课堂上，他说："还是有文化的孩子素质高。"他的奇遇也让村民们羡慕不已。现在更令他高兴的是，儿子毕业后当了高中教师，他们家的经济条件也越来越好了。如今，村民们都十分重视教育了，他们觉得孩子们考上大学，不但有了前途，也去了他们不少心病。

武汉鼎牵手大学生"三下乡"社会实践活动20年，20年的坚持，20年的信念，不是简单的形式，而是与乡亲们真正的情谊相连。

服务还在继续，感动还在传播，精神还在传承……

第六篇 不忘初心的"信仰之光"

信条6　我们共产党人好比种子，人民好比土地。我
们到了一个地方，就要同那里的人民结合起来，在人民中
间生根、开花。

——毛泽东《关于重庆谈判》

实践其所信，励行其所知。从一开始接触马克思列宁主义，武汉鼎就坚定不移地站在真理一边。他以身许党，赤胆忠心，用始终与党同心同向同行的一生，生动地诠释了信仰的力量。

什么是信仰？从哲学的概念理解，信仰是人对人生观、价值观、世界观的持有；从政党的本质来说，信仰就是一个政党的精神旗帜，政党之间的区别，根本在于信仰不同。

共产党人的信仰就是：运用马克思主义，理论联系实际，创造并建设共产主义社会。这也是共产党人的共同理想。

雄关漫道真如铁。武汉鼎作为一名共产党员，将信仰当成安身立命之本、经受考验的精神支柱和政治灵魂，坚持党和人民的利益高于一切，个人利益服从党和人民的利益，吃苦在前，享受在后，克己奉公，多做贡献。在任何时候都牢记党的宗旨，永葆党员本色。顶天立地做人，无愧于己；光明磊落做事，无悔于人。

共产主义信仰就像一盏光芒四射的明灯，指引他在扶贫之路上勇往直前！

第一章

把加入中国共产党当成终生的追求

2018年，在庆祝中国共产党成立97周年之际，武汉鼎应邀为韭菜庄座峰村新当选的支部班子成员和驻村工作队，宣讲"不忘初心、牢记使命"主题党课。他以老党员亲身经历的故事和切身体悟的思想，为同志们上了一堂生动的党课。

武汉鼎盘腿坐在村委会窑洞的土炕上，饱含无限深情地说："我是一名共产党员，一辈子都不能忘记党的先进性和党员的责任感、使命感。从1978年10月10日加入党组织那天起，我就给自己定位，全心全意为人民服务的宗旨永远不能忘。我始终牢记毛泽东同志把共产党人比作种子，把人民比作土壤，说明了共产党人只有紧紧依靠人民，置身于人民中间，才能使中国革命不断发展壮大直到胜利。"

宣讲在热烈的掌声中结束。

墙上挂起了一面鲜红的党旗，全体党员起立，列队面向党旗，保持立正姿势，举起右手，握拳过肩。宣誓开始，由领誓人逐句领读重温入党誓词，党员们齐声跟读，声音洪亮、激昂："我志愿加入中国共产党，拥护党的纲领，遵守党的章程，履行党员义务，执行党的决定，严守党的纪律，保守党的秘密，对党忠诚，积极工作，为共产主义奋斗终身，随时准备为党和人民牺牲一切，永不叛党。"

武汉鼎站在最前排，宣誓完毕，他眼中噙着泪花，思绪又回到了他向组织申请入党的那些岁月……

入党，在每一位党员心中，都有一段美好的回忆。能够加入中国共产党，成为一名优秀的共产主义战士，几乎是每个人的美好心愿。早在1964年，血气方刚的武汉鼎就有了特别强烈的入党心愿，他认为，"共产党员"这样一个神圣而光荣的称号，也是无数渴望进步的同志所向往和追求的光荣称号。从中国共产党诞生的那天起，无数进步人士，为获得这一光荣称号而孜孜以求；无数的革命先烈，为捍卫这一称号的尊严而献出宝贵生命；无数优秀的共产党人，他们的岗位不同、贡献不同，但他们身上体现的共产党员的先进性是相同的，他们的共同目标就是为共产主义事业奋斗终生。

由于"地主成分"和一个坐过牢的父亲，武汉鼎想都不敢想入党这个事。偶尔流露出一点想法，别人也会笑话他是"异想天开"。但在他的心中始终有一个崇高的愿望——加入中国共产党。他从不轻易提起，直到认识了张润满。

张润满识字不多，但在部队时已经入了党，这一点让武汉鼎对他肃然起敬。那时，农村的党员大都是些老人，像张润满这么年轻的党员不多。一般来说，农村里像他这样出过门、见过世面、上过战场、九死一生的人，就不太爱劳动。他却不同，他爱劳动，也爱帮助村里的人，每逢村里有点大事小情，他都跑前跑后，竭尽全力去帮忙。因此，人们都喜欢他、信任他，后来社员们一致拥护他当上了座峰生产大队的党支部书记。他更加真心实意地为老百姓服务。

张润满总是鼓励他向组织递交入党申请书，说："你不写申请书，组织上就不会批准你入党；就是写了申请书，组织考验你也要有个过程。不过你一定要有信心，一年不批，就接着写，一直写下去，让组织看到你的决心。"听他这么说，武汉鼎还是不敢写。张润满又鼓励他说："不就是成分问题吗？你已经是孙子辈了。延安整风运动时，比你家庭历史复杂的人多了，搞清楚就没事了。"武汉鼎知道他是见过世面的人，因此很信他说的话，但是始终没有勇气向组织递交申请书。即使在武汉鼎遭人陷害、被限制人身自由、整天背石头劳动的情况下，张润满依然告诉他说："无论你受多大委屈、多大冤枉，也要相信群众、相信党，不要忘记为人民服务。"正是张润满对党的无限忠诚，深深感染了武汉鼎，他处处以共产党员的标准严格要求自己，始终做对人民有益的事。

武汉鼎虽然没有向组织提出申请，但他暗中使劲。他把学习当作一种政治责任、精神追求和思想境界来认识和对待，孜孜以求，学而不息。经常学习毛泽东著作和党的理论文章，学习党的光辉历程和优良作风，加强思想认识和党性修养。学习之后，还要进行大量的思考。他考虑最多的问题是为什么要入党。一是入党意味着比群众多吃亏，争取入党就要为党和人民的利益不怕吃亏；二是入党意味着比群众多挑重担，争取入党就要多贡献、少索取；三是入党意味着比群众多牺牲，在危急关头经得起考验，不畏缩，不畏难。他下定决心，未进党的门，先做党的人。武汉鼎认为，端正入党动机，不是入党前一时的问题，而是一辈子的问题。毛泽东同志指出："有许多党员，在组织上入了党，思想上并没有入党，头脑里还装着许多剥削阶级的脏东西，根本不知道什么是无产阶级思想，什么是共产主义，什么是党。"组织上入党是一生一次，思想上入党是一生一世。必须从我做起，活到老学到老，改造到老。听党的话，与党同心同德，以党员标准严格要求自己，自觉拥护党的纲领，遵守党的章程，同违背党章的现象做斗争，以实际行动向党组织靠拢，经受住考验，做一名合格的共产党员。

武汉鼎要求入党的的信念就如同一盏油灯，他不断地修剪灯芯和加油，保持着旺盛的燃烧状态……

第二章

坚持不懈，夙愿终会实现

1970年，武汉鼎的兽医综合办站工作风生水起，成为畜牧行业的典范。在张润满的再三鼓励下，他终于鼓足勇气向党组织递交了第一份入党申请书。未批，再写，年复一年地写，从未间断过。尽管党组织还没有批准他入党，但武汉鼎从未动摇过自己的信仰。他把信仰当作人生的希望、生命的支柱和灵魂的安放处。一个人如果失去了信仰，就等于失去了灵魂。人的灵魂一旦迷失，在失落中走得太远，就很难找到回家的路。

在武汉鼎连续向党组织递交入党申请书的几年中，盆地青公社书记高安成也向县委打过几次请示报告，但也没能促成此事。在此期间，武汉鼎已经先后3次参加全国畜牧行业的经验交流会，并获得许多荣誉。

每次武汉鼎去北京开会出发时，高书记总要送他一二公里路，一路上唉声叹气地说："你还成天去北京开会了，我连你的组织问题都解决不了。"武汉鼎笑笑说："高书记，你不用为这件事犯愁，我一定能经受住考验的。不管是不是党员，我都会以党员标准严格要求自己，坚定理想信念，坚守精神追求，做一颗永不生锈的螺丝钉。"从武汉鼎身上，我们能看到信仰的力量。正如一位哲人所说："能够激发一颗灵魂的高贵、伟大的，只有虔诚的信仰。"因为有了坚定的信仰，无论身处顺境、逆境，他始终相信党、相信组织，始终保持着对党和人民的忠诚。

1978年，内蒙古兽医站调来一位新站长，名叫纪文生。他是一位中华人民共和国成立初期参加革命的老干部，从河北省调过来的，对党的方针政策十分了解。他对武汉鼎在盆地青所做的工作十分了解，对他迫切要求入党的问题十分关心。同年，清水河县也从和林格尔县调来一位县委书记，名叫范存元，他和纪文生都是早年从武川县走出来的干部。纪站长找范书记说："你去了以后，好好把武汉鼎的入党问题考察考察，看他究竟够不够条件。"

范书记上任后，高书记再次向县委组织部打报告，请求解决武汉鼎的组织问题。范书记看完报告，觉得有必要亲自去盆地青公社考察一下。没过多久，他就带着县委副书记和组织部部长来了。经过详细、全面了解武汉鼎的情况后，范书记说："这么好的同志，还考验呢？考验了这么多年，不要说他是肉的，铁的也该搓板了，再考验就到棺材里去了。我们县委批准武汉鼎同志入党！"

1978年10月10日，对45岁的武汉鼎来说是一个特殊的日子。他面对鲜红的党旗，举起右臂，庄严宣誓：我志愿加入中国共产党……

也许是武汉鼎多年的执着和坚守感天动地，命运之神终于成全了他的凤愿吧！等待那么漫长，幸福却是在刹那间降临，感觉既突然又迫切。万千思绪涌上心头，化作滚滚热泪，从顺着脸颊流淌下来，他痛痛快快地哭了一场，身心充满了力量，这是他生平第一次流泪。宣读誓言只需要一分钟时间，但他要用一生去践行自己的庄严承诺。当他遇到困难的时候，他总是第一个想到党组织。对他来说，那不仅是一个神圣的符号，党旗、党徽、党章、党的号召，这些都是实实在在的指针，一个个伟岸的共产党员的光辉形象真真切切地抚慰着他，帮助他摆脱苦恼、重塑信心，指引他前进的方向。

武汉鼎入党之后，高书记把他请到自己家里，让老伴炒了几个菜摆在桌上，打开一瓶白酒，斟了满满两杯，端起一杯递给他，自己也端起一杯，说："你的组织问题终于解决了，为你庆贺一下。来，干杯！"高书记的语气并不轻松。武汉鼎知道，这位老书记为了自己的入党问题没少操心，他是顶着压力、冒着风险的。他听说，在党委会上，有人又提出再考验武汉鼎时，高书记竟拍了桌子说："考验！考验！你们还要考验到什么时候！"高书记对他在盆地青的工作做了总结，并说："在战争年代，我们党处于敌人的包围之中，共产党员随时都可能流血牺牲，是不是勇敢？怕不怕牺牲？这是衡量一个共产党员最起码的条件。今天，我们虽然处于建设时期，但各种意想不到的事情随时可能发生。

因此，革命战争时期的那种为党和人民舍身忘死的精神，今天不仅依然需要，而且从某种意义上来说是更加需要。武汉鼎在困难和挫折面前，不断磨砺自己的意志，以昂扬向上的精神状态，做出了不可磨灭的业绩，发出了耀眼的光芒，是我们学习的榜样！"

高书记说："老武，公社党委决定兽医站站长还是由你来担任，而且公社还要好好宣传你这个典型。"

武汉鼎一听，急忙说："高书记，还是让别人干吧，我不能再给你添麻烦了。"

是啊！那年，武汉鼎和畜牧局的一名干部到商都县史太方乡去买一匹种公马。那名干部先回来了。武汉鼎为了给公社省钱，拉上马，走了好几天，终于把马买回来了。他没有得到表扬，等待他的却是严厉的指责和批评。武汉鼎这才知道，因为他多走了几天，高书记受了连累，还在党委会上做了检讨。那年，武汉鼎去陕西省关中买种公驴。为了省钱，他硬和驴一起坐零担车回来，才花了30元运费。有人不相信，硬说他说假话，让他老实交代。高书记为他解围，说："整整七天七夜，他这个彪形大汉都操劳得站不稳了，你们就不要为难他了。"

高书记说："你站得立，行得直，还怕当不好站长吗？"

兽医站是有个站长的，他很早就入了党，但目不识丁，只能干些饲养员的活儿。其他的活儿——制度改革、疫病防治、种草养殖，都是武汉鼎干的，但当不当站长他从不去想。

高书记说："党的十一届三中全会之后，新时代就要来了，你可以甩开膀子痛痛快快地大干一场了。"

　　武汉鼎入党之后，更加严格要求自己。在党的大家庭里，他时时刻刻感到自己的渺小和人生的短暂，思想升华到一种新境界。于是，他暗下决心：今后要脚踏实地、无私奉献，为百姓谋福利，为共产党分忧。

　　武汉鼎以一种坚强、自信、善良的品格，诠释了他的党员生活……

第三章

信仰是共产党员安身立命的根本

经过长久的等待和热切的付出之后，武汉鼎终于加入了中国共产党，同时还恢复了盆地青公社兽医站站长的职务。

有一天夜晚，他从兽医站回家，坐在家门口的水泥台阶上，从衣袋里掏出一包烟，划了根火柴点着，缓缓地吸着。10月的夜晚，已经有了秋凉肃杀的意思。望望缀满夜空的繁星，武汉鼎这个并不浪漫的人，也产生了联想：我们伟大、光荣的中国共产党，就像空中最亮的那颗星，引领着我们前进的方向。我终于成为一名真正的共产党员了，共产主义就是我的信仰。有了信仰，就有了精神寄托，有了行动指南。

信仰，是指对某种思想或宗教及对某人某物的信奉和敬仰，并把它作为自己的行为准则。但更深层次的信仰，是一个人的精神支柱，更是一个政党、一个民族、一个国家的精神支柱。共产党人的信仰是把个人自然的生命融入整个人类的奋斗之中。中国共产党最伟大的历史成就之一，就是再造了中华民族的精神信仰。作为最高理想和最终目标，共产主义是无数中国共产党人的信仰。也正是因为有了它，才会有无数的仁人志士为中国人民的解放事业抛头颅、洒热血，才会促使共产党从"星星之火"发展到燎原之势。

武汉鼎兴奋不已，他深深感到：中国共产党人是顶天立地的英雄，是翻天覆地的好汉。我们党经过奋斗，终于把天翻过来了，现在的天是蓝蓝的天，但是现在的地上，我们的国人还很穷、很落后，需要的是全力以赴地向自然开战，向贫穷开战。为了这个历史性的转变，面对崭新的课题，我能做些什么呢？要想使自己的思想适应新的情况就得重新学习，认真实践。

1949年，当我们党的工作重点实行第一次大转变的时候，毛泽东同志就号召我们，必须重新学习，必须克服困难，必须学会自己人不懂的东西。重新学习，究竟要学些什么呢？每位共产党员，都应该像过去战争时期学打仗那样，学经济、学技术、学管理。要从实践中学，从书本中学，还要从自己和别人的经验教训中学。总之，要把重新学习当作主观世界的一场革命。要清醒地看到，由于几千年形成的小生产的狭隘眼界和习惯势力，还从多方面束缚着我们的头脑和手脚，只有好好学习，才能将头脑中的旧东西彻底抛弃。毛泽东同志说过，首先是向人民学习，跟人民走。理论来自实践，然后用理论来指导实践。要靠马列主义吃饭，靠真理吃饭，靠科学吃饭，靠实事求是吃饭，靠群众路线吃饭。不然的话，终究是要上当吃亏的。

学到深处心自明。武汉鼎熟知《毛泽东选集》中的3篇文章《纪念白求恩》《为人民服务》和《愚公移山》，颂扬了3个典型：一位是来自加拿大的白求恩，一位是八路军战士张思德，一位是古代的传说人物愚公。他们是中国共产党人的典范和榜样，在他们身上集中体现了无产阶级的崇高人生观。他从中得到了许多作为共产党员的人生启示：

第一，树立理想，坚定人生信念。对于共产党员来说，就是树立共产主义的理想信念。毛泽东曾对斯诺回忆说，自从他认定共产主义的信念之后"就没有动摇过"。可见，共产主义的理想信念在毛主席心中的位置。有了理想，还要坚定政治信念。毛泽东提出，对理想信念要有"永久奋斗"的精神，要把党的历史使命和共产党员的个人追求联系在一起，有"富贵不能淫、贫贱不能移、威武不能屈"的骨气。

第二，把"全心全意为人民服务"作为人生的出发点和归宿。这是毛泽东人生价值观的核心原则。1943年7月2日，他在《中共中央纪念抗战六周年宣言》中说：共产党员是这样一些人，"他们完全不谋私利，而只为民族与人民求福利。他们生根于人民之中，他们是人民的儿子，又是人民的教师，他们总是警戒着不要脱离群众，他们不论遇到何事，总是以群众的利益为考虑问题的出发点"。1943年10月14日，在西北局高干会议的讲话中，他再次强调："有无群众观点是我们同国民党的根本区别，群众观点是共产党员革命的出发点和归宿。"在这个问题上毛泽东还特别强调了两点：第一，为人民服务要"全心全意""完全彻底"，而不能半心半意或虚情假意；第二，要终生奋斗，持之以恒。他在为吴玉章老人的祝寿辞中说得好：一个人做点好事并不难，难的是一辈子做好事，不做坏事，一贯地有益于广大群众，一贯地有益于青年，一贯地有益于革命，艰苦奋斗几十年如一日，这才是最难最难的！

第三，对理想信念要有奉献精神。在《为人民服务》中，毛泽东说："要奋斗就会有牺牲，死人的事是经常发生的。但是我们想到人民的利益，想到大多数人民的痛苦，我们为人民而死，就是死得其所。

第四，从自身做起。"以合乎最广大人民群众的最大利益，为最广大人民群众所拥护为最高标准"，做一个"毫无自私自利之心"的人。毛泽东赞扬徐特立是"革命第一、工作第一、他人第一""从来也不躲避责任""任何时候都是同群众在一块"。在《纪念白求恩》中，他大力提倡"毫不利己，专门利人的精神"，还指出要做到这一点，必须同自己的本职工作相联系，"对工作的极端负责任""对技术精益求精"。

"随时准备为党和人民牺牲一切"，在武汉鼎看来，不仅是入党誓词，而且是内化于心、外化于行的信仰和力量，更是在人们心中埋下的精神种子，激发出感动的力量。的确，人生之"大""小"，体现在关键时刻的选择。当年，武汉鼎选择放弃舒适、无忧的生活，回到乡亲们身边，为他们排忧解难，为实现共同富裕的梦想而倾其所有，是为党为民的一片赤诚，是关键时刻所做的震撼人心的选择。在为人民幸福、民族复兴奋斗的过程中成就你我，"付出"就是一种"回报"，"值得"就是一种"获得"，就能激发出在急难险重面前稳得住、顶得上、扛得住的力量。

一以贯之的信仰，一脉相承的信念，一心一意的信心，让共产党员武汉鼎把自己当成如椽大笔，在鲜红的党旗上书写忠诚，在祖国大地上书写情怀，在百姓的心中书写牵挂。

第四章

朴素至简的家国情怀

武汉鼎一生的经历，从某种意义上来说，是生在旧社会、长在新中国的爱国者的缩影。

1958年，武汉鼎孤身一人重返家乡。1960年，组建兽医站时，他的母亲、弟弟、妻子和5岁的儿子才回到清水河。他的二姐嫁给了一个油匠，是个手艺人。当时流行画坑围子，生意做得不错。因此，二姐家从陕坝迁回清水河，在城关镇姜家沟安家。后来，武汉鼎的母亲和弟弟投奔二姐，在姜家沟暂住。武汉鼎把妻子贾梅先和大儿子武斌安排在古城坡暂住。他被下放到韭菜庄公社时，因为兽医站没有固定的地方，他的老婆孩子没法安顿，徒弟王茂华主动要求师父把家安顿到他家里。他说，家里有3孔土窑，他的父母亲住在东窑，师父一家可以住西窑。武汉鼎雇了头毛驴，驮上他的全部家当——几条被褥和一个烂风箱，去了三眼井村，总算安了家。那时，家家都吃不饱，如果不是王茂华接济他，他家都无法生存。王家是老农民，家底比较厚实，有点好吃的就拿出来一起吃，他们相处得像一家人一样。

三眼井村离韭菜庄公社10多公里路，过年过节师徒俩才相跟着步行回家，很辛苦但也很满足。

1962年，武汉鼎被分到盆地青公社。同样，兽医站也是窑无一间。后来，在距公社2公里之外的五里坡村奶牛场落了脚，他才把贾梅先和孩子从三眼井接过来。穷也好、富也罢，分离几年后，全家人总算团聚了。一年以后，武汉鼎在盆地青公社所在地租下一孔窑，把兽医站和家全都搬过去了。武汉鼎每天忙着搞制度改革和牲畜疫病防治，分不出身来管家里的事，贾梅先很支持他的工作，自己带着孩子，操持家务。谁曾想刚过了几天安稳日子，武汉鼎却遭人陷害，全家被下放农村。为了保护他们，张润满把他们接到了前兴泉村，还给他家分了自留地，加上张润满的接济，他们一家人才不至于饿死。

1968年，盆地青公社大院建得差不多了，给武汉鼎家分了一孔土窑，他把贾梅先和孩子从前兴泉村接回来。后来，生了二儿子。

20世纪六七十年代，武汉鼎从一个民间兽医转变为共产主义者，在任何情况下始终不渝，从不动摇。在成千上万贫困农民心里，他是一名真正的共产党人，也是他们最贴心的亲人。然而，在子女心里，他却是一个不称职的父亲。

在武汉鼎的一生中，至少有过两次发财的机会，那是能使他的家庭生活富裕起来的机会。他却没有这样做，而是利用这些机会造福贫困的父老乡亲。

第一次发财机会，是武汉鼎在盆地青公社兽医站工作的时候。当时，畜牧兽医站的性质虽说是集体的，但实际上是自负盈亏，没有给他们任何支持。当年，他从韭菜庄公社分家带来的两把灌爵和300元药物，也是他带着两个徒弟，通过两年的辛勤工作挣来的。兽医在农村是令人羡慕的职业，收入比较高，月工资100元（相当于工程师和副科级的工资）。而且消费水平低下，就这样挣下去，一家人也能过上丰衣足食的安稳日子。可是，武汉鼎进行了一次史无前例的"兽医体制改革"，不仅长达20年，倾注了全部的心血和汗水，而且打破了自己的"铁饭碗"，从每次出诊看病都有现钱的"活收入"，变成每月只挣37元的固定工资（相当于中专实习生）。但是，这样做可以使贫困乡亲给牲畜看病的支出大幅度下降。就是这37元工资，他也很少拿回家，大部分都接济了贫困乡亲。他的孩子们不理解，为什么自己家的生活总比别人家困难？为什么父亲给外人花钱一出手就是几十块上百块，却舍不得给家里买个小炕桌，换下那张满是补丁的烂席子……那时，武汉鼎用"二煤油灯孵化小鸡"，白花花的一院子小鸡，成天让女儿挑着担子送给穷苦乡亲，孵出多少就送多少。他孵了3年小鸡，就算只卖掉一部分，也早已发家致富了。

第二次发财机会，是武汉鼎退休之后。当时，4个孩子都已成家，大女儿武凤英家自己买了房子，大儿子武斌家租住在别人家的凉房里，二女儿武桂英、二儿子武平也都是租房住。孩子们和他商量，说："爸，您已经无私奉献了大半辈子了，我们也没有说过什么。如今你退休了，该为家里做点贡献了。"武汉鼎问："你们想让我怎么做贡献？"孩子们说："我们想让您在县城开个兽医诊所，您是高级兽医师，从事兽医工作长达40年，曾经是传遍乡里的'神医手'，还担任过盆地青公社和县兽医站的站长，以您的名望和技术，挣钱是轻而易举的事情。"武汉鼎知道，有些技术不如他的人，开了几年诊所，也挣下几百万了。望着孩子们期望的脸，他的回答简单明了："我是共产党的人，就要遵守原则，不能有私心。你们也是党的领导干部，也要这么做。"孩子们说："爸，您这就不对了，你是党的人，党也没有叫您退休以后继续奉献哇！"他回答说："我还有正事要干，那就是扶贫。"孩子们没有想到，父亲是"退休不退岗"，他是不会在扶贫的道路上停下自己的脚步的。他们终于明白，父亲心里装的是贫苦百姓，为了他们可以牺牲对家庭的爱、对子女的爱，把自己的爱全给他们。父亲一生的追求就是通过自己的努力，让老百姓过上好日子。武汉鼎放弃了这个机会，孩子们的希望也破灭了。他们知道，只能依靠自己。

武汉鼎与妻子贾梅先的感情很深，贾梅先是最理解、最支持他的人。几十年来，妻子用她柔弱而坚强的双肩担起这个家，用无私的母爱抚育孩子们成长。无论走到哪里，她总是和当地的乡亲们融在一起，用自己的言行默默地支持他。现在，她已经白发苍苍了，极其憔悴地守候在他的身旁。他觉得自己对妻子关心得太少了，然而，他又能为妻子做些什么呢？妻子病倒以前，他从来没有做过一次饭。妻子病倒以后，他学会了做饭、照顾人，在她病重的五六年里，都是他悉心照料的。后来，妻子在他的怀里安详地闭上眼睛。孩子们准备给母亲换寿衣的时候，看到母亲身上的内衣都是补丁，他们知道母亲为了支持父亲的扶贫事业，一贯省吃俭用，从来没有抱怨过半句。可是，妻子去世的第三天早晨，还没有出殡，他就带着车去给暖水湾村的刘海亮娶媳妇，直到半夜，才拖着疲惫的身体回来。妻子出殡后的第三天，他又如约去大阳坪村给乡亲们讲科技课。

武汉鼎在家常说的一句话，是"我为了这个家"。每当听到这句话，孩子们就想："他一毛钱也不往家拿，还说这样的话。"他们真的不明白。如今，父亲老了，耳背了，背驼了，腿脚也不利索了。他们常常看见他挽起裤腿，揉搓着那青一块、紫一块的伤疤，这些都是他几十年翻山越岭去各个贫困乡村扶贫的路上摔的，每一块伤疤的背后都有一个感人的故事。孩子们忍不住心疼，常劝他："爸呀！您为父老乡亲劳累了一辈子，该停下来歇歇啦！"

2016年4月6日，83岁的武汉鼎突然晕倒，因多器官功能衰竭住进了内蒙古自治区人民医院的重症监护室，下达3次病危通知书。第九天他才苏醒过来，转入普通病房。可还不到两周，他就不顾医生和家人的反对，坚决要求出院。孩子们不同意，他就以绝食抗争。出院后的第二天，他就自己掏钱买了玉米良种和地膜，给韭菜庄座峰村送去了。直到那时，孩子们才恍然大悟，原来他急着出院是怕误了农时，失信于人。

大病之后，武汉鼎特意把武斌叫到身边，郑重地对他说："我这一辈子啥也没有给你们兄妹留下，我走的时候也不会给你们留下什么，你是家里的老大。"说完将两个奖杯交到他手上，一个是1983年被国家三部委评为"少数民族地区和边远地区先进科技工作者"的奖杯；一个是2014年被中共中央组织部授予的"全国离退休干部先进个人"的奖杯。武斌说："我不要你的东西，平时，你这些东西都不让我们碰。"他语重心长地说："这两个奖杯是我一生的写照，也是我们家族的荣耀，更是党和人民对我的认可，一定要世世代代传承下去。"这时，武斌才明白父亲为什么常说"我为了这个家"。原来他背负着从爷爷那辈继承下来的"地主成分"，受尽歧视，多少年连入党的权利也没有。他是要把家族的历史洗白染红，是用自己的汗水洗白，是用自己的心血染红呀！在这个过程中，他受到了党的培养和教育，始终舍小家顾大家，他不是对家无情，而是心中有大爱。他的情，他的爱，早已融入家乡父老乡亲的身上，他这辈子就是为家乡千千万万的父老乡亲而活着。

第五章

爱上兽医这一行

兽医，是个古老而年轻的职业。旧社会，兽医属"末三行，下九流"，社会地位低下自不必说，真是"万户萧疏鬼歌唱"，多少人嗤之以鼻：兽医，不就是那些走街串巷、劁猪骟马的吗？正是这个又脏又累让人瞧不起的职业，却让武汉鼎着了迷。提起他挚爱一生的职业，武汉鼎一连用了3个"最"：兽医是最能深入乡村、最能深入实践、最能为老百姓服务的。在兽医界，他是元老级人物，回顾他的工作经历，无论身在何处，他都是干一行、爱一行、专一行，用自己的执着和不懈的追求，演绎着一段段人生真意和人间真情。

从1953年他在狼山县从事兽医工作的那天起，他每天背着印有"为人民服务"字样的出诊箱，时而在山巅，时而在河谷，行走在崎岖的山路上。钻牛棚、跳猪圈，一天忙下来，满身的猪粪、牛粪。有时候，身上让牲口啃得青一块、紫一块，但他从不抱怨。他从一个地主"狗崽子"变成一名基层兽医，他感觉自己很幸运，总是信心百倍地投入到热爱的工作中。

清水河县处于农业和牧业的结合地带，兽医这个行业是十分重要的。但兽医在人们心目中的形象是："远看是个烧炭的，近看是个要饭的，一打听原来是兽医站的。""左手拿根筒子，右手提个刀子，一个裤腿卷着，一个裤腿敞着，一看就是个劁猪佬。"这也从侧面反映了当时兽医起早贪黑、工作艰辛、待遇低下的生活。武汉鼎从事的兽医工作是为农民服务的，他整天在牛棚、羊圈、猪窝里跟牲畜家禽打交道，没有穿过什么好衣裳，但他早已习以为常，一门心思都在防病治病上。在走村串户给牲畜看病的过程中，他历尽千辛万苦先后控制了大面积传染的牛羊疥癣病，治愈了羊脑疱病、羊肠毒血病，自行研制药品治愈了羔羊痢疾，同时，想方设法为乡亲们增加收入。

武汉鼎对兽医技术精益求精，他认为兽医的观形察色非常重要。有一年，县公安局的马病了，派人来找他去给看病。武汉鼎一看，说："这个病，我治不了。"当时的饲养员是公安局局长被下放来养马的，他问："什么病？"武汉鼎说："肠扭转，做手术没有条件。"饲养员说："老武说了，马得了肠扭转，看看怎么办？"现任局长说："那咱们就杀了马，解剖看看。"解剖，这可是当场检验，万一说错了，丢人事小，所造成经济损失是无法估量的，责任重大呀！武汉鼎不怕当场验证，他心里有数。结果，杀了马，把肚子剖开，没错，肠子扭成了三道弯。有人问他："你怎么能判断得这么准确？"武汉鼎说："照我的经验，疼得特别厉害时，马的身体前后着地，肯定是肠子出了问题。"只因他在观形察色上特别下功夫，才能做出准确无误的判断。

1976年，北京传来了振奋人心的消息，"四人帮"被粉碎了，华国锋同志任中共中央主席。武汉鼎感到无比振奋，心中充满了希望，更加信心百倍地投入到兽医工作中。

由于牛的用途单一，农户不愿养牛，而愿意养驴骡。因为驴骡既能耕种又能驮运，省费用，用处大。当时，驴骡下崽易得3种病，骡驹尿血、骡驹破伤风和驴怀不生，死亡率都很高。为了治疗这3种病，武汉鼎下苦功，想办法治疗，但效果不显著。他虚心向农民学习治疗经验，又在实践中总结提高，终于有效防治了此类病症。

武汉鼎是清水河县唯一在兽医岗位上，从集体兽医转为国家事业干部的人。他的徒弟们没有他这么幸运，张铎从1972到2017年，在盆地青兽医站工作长达45年，但退休后没有任何待遇，只能享受低保。

1982年，组织上决定提拔重用武汉鼎，让他当盆地青副乡长。他知道后，主动找领导汇报说："我不想改行，我很爱兽医这一行，它最能深入乡村，最能深入实践，最能为老百姓服务。"因此，他得到提拔，当了清水河县兽医站站长。令人费解的是，他干着自己钟爱一生的兽医工作，却突然又辞职了。面对人们的质疑，他说："当站长，整天浮在上面，不干实事，心里不踏实。"

　　武汉鼎在几十年深入乡村的蹲点扶贫中，用兽医技术为乡亲们义务服务，分文不取。还常常买来良种鸡、猪、羊等，免费送给贫困户养，并探讨科学的养殖技术，为他们创造出生财之道和脱贫致富的途径。

　　在兽医技术的传播上，有的兽医劁猪骟马不让别人看，怕别人学会了。武汉鼎则放手让徒弟们学，若把猪劁死了，就给人家赔钱。武汉鼎培养大家学技术，促进技术的发展，比如大型疾病治疗，他和徒弟们共同讨论治疗方案。畜牧中兽医和中医不一样，中医给人看病能望闻问切，兽医不能这样，主要是观形察色，这里有很多经验。哪种疼是什么症状，一定要分清楚。他先后在全县培养防疫员兽医20多名。在技术上他毫不保留，只要是他会的技术、方子，他都教给徒弟们，也不怕"教会徒弟，饿死师傅"。他常说，他们学会了技术，发展生产的力量就更大了。

　　"今生无悔当兽医"是武汉鼎发自内心的声音，也是他对自己最满意、最开心的定位和评价。他不怕苦、不怕脏、不怕危险，长年累月奔波在工作第一线。面对着鲜红的锦旗和荣誉证书，他只是淡淡一笑，说："这不算什么，我只是忠于职守，牢记自己身上所承担的责任，做好分内工作。"在评上"高级兽医师"拿到证书的那个晚上，他彻夜难眠。这个证书来之不易呀！灯光下，他把证书上的字看了一遍又一遍，自言自语道："从业40年，今天终于有了身份啦！"

　　老骥伏枥，无私奉献。1992年，他正式退休以后，仍然乐此不疲地以精湛的兽医医术，更直接、更方便地为贫困乡亲排忧解难，这也成为他扶贫事业的切入点和落脚点。带动种养业，实现畜牧业和农业的有机结合，是他矢志不渝的追求，也为他在老百姓中积累了无数好口碑。

武汉鼎把一生的精力和能力都献给了畜牧兽医事业和扶贫事业，在乡亲们眼里，他始终紧跟改革开放的步伐，扎根山区拔穷根，2016年，在全国兽医"四个一行动"活动中，武汉鼎荣获"百佳基层兽医"荣誉称号。他还被评为"全国最美基层兽医"。

第六章

男儿有泪不轻弹

"汉鼎",即汉代的鼎,国之重器。"汉",代称中国;"鼎",即栋梁。取名"汉鼎"就是要以绵绵之力,去造就中国未来的栋梁。武汉鼎,人如其名,像汉鼎一般意志如钢,一生坚强。他平时是不轻易流眼泪的,但他也有柔情似水、忧患如山的另一面。他一生中的几次流泪,就是他人生各个阶段,心绪、心境和心结不同侧面的反映。

第一次流泪,是他面对党旗宣誓的时候。在那个庄严时刻,十几年的夙愿化为现实,面向党旗,举起右手握拳宣誓的时候,他的心像大海一样汹涌澎湃,他的血液像炼钢炉里的铁水一样上下翻腾,他的眼睛像小溪里的流水源源不断。他永远记住了这个平凡而伟大的日子——1978年10月10日。为了成为一名共产党员,他努力工作,无私奉献。加入党组织，是党对他的关怀和培养，是他人生的加油站。请相信，他会开足马力，勇往直前，成为一名优秀的共产党员。

第二次流泪，是他经过了磨难和挫折之后，终于可以去北京开会了。曾几何时，说实话、办实事是一种希望、一种渴求、一种困惑。人之所以不敢说真话，除道德因素外，大概有两个原因：一是不敢说，说了会害自己；二是不能说，说了会伤人。

这次痛哭，让我们联想到陆游那首著名的词《卜算子·咏梅》：

驿外断桥边，寂寞开无主。

已是黄昏独自愁，更着风和雨。

无意苦争春，一任群芳妒。

零落成泥碾作尘，只有香如故。

陆游这首咏梅之词，其实也是作者的咏怀之作。作者以梅花自喻，咏梅的凄苦以泄胸中抑郁，感叹人生的失意坎坷；赞梅的精神，表达了青春无悔的信念以及对自己爱国情操及高洁人格的自许。时代的风雨，现实的艰难，英雄失落的悲哀。那时，党的十一届三中全会重新确立了实事求是的思想路线，为全面改革奠定了思想理论基础。实事求是，"这种态度，就是党性的表现，就是理论和实践统一的马克思列宁主义的作风。这是一个共产党员起码应该具备的态度。"（《毛泽东选集》第3卷）"实事"就是客观存在的一切事物，"是"就是客观事物的内部联系，即规律性，"求"就是去研究。

令武汉鼎激动和感动的是，他的无私奉献和开拓进取，终于得到了认可。他在心底里坚定了全心全意为人民服务的信心和意志。无论何时何地何事，他都是"实干家"。"实干"是党实事求是精神的体现，是共产党人的实践品格，是党的优良传统和富贵财富。"实干"，首先是想干事，包括事业心、责任感和精神状态；其次是会干事，有攻坚克难、干事成功的能力，不是瞎干、蛮干，要讲科学，遵循规律；再次是干成事，具有干事的本领，把小事办实、急事办妥、难事办好、大事办成；最后是不出事，清正廉洁，公正守法，始终把人民群众放在最重要的位置，心里装着群众，凡事想着群众，多为群众办实事、办好事，多为群众解难题，让改革发展的成果惠及于民。

第三次流泪，是在与叶德成老师的长谈中。武汉鼎边喝酒边吐露心声，为自己未能完成的扶贫事业，为自己的老态龙钟力不从心，以致号啕大哭。其中包含着对党和国家未来命运的强烈关注和深深的忧患，以及希望自己的扶贫事业能后继有人。

那次，叶德成老师（现任内蒙古农业大学党委宣传部副部长）带领大学生，跟着武汉鼎在老牛坡村开展暑期"三下乡"社会实践活动。他们白天参加了一天劳动，晚上住在一孔窑洞里，只有他们一老一少两个人，坐在土炕上一张小炕桌旁，就着两碟小菜，喝一壶老酒。叶老师酒量很小，也不敢让武汉鼎多喝，他毕竟是耄耋之年的老人。之前他们在一起喝酒时，武汉鼎就喝得很少。这次却与以往不同，他喝完一杯，又自己斟满，好像有什么心事。他边喝边谈起自己经历过的事情，没过多久就喝多了。他先是闭着眼睛，小声低吟着什么，渐渐溢出两行泪水，继而哭出声来，直哭得白发乱颤，哭声既悲痛又感慨。事发突然，叶老师既紧张又害怕，不知道如何是好，赶紧走过去劝慰他，让他节制，别哭坏了身体。过了一会儿，武汉鼎渐渐平静了一些，他说："清水河还有许多贫困乡亲需要去帮助，扶贫事业未尽，我已老态龙钟，风烛残年，我对不起那些父老乡亲啊。"

这次号啕大哭最能窥见武汉鼎晚年忧患百姓的心绪和心结。这让我们联想到陆游晚年闲居山阴（浙江绍兴）时所写的《诉衷情》：

当年万里觅封侯，匹马戍梁州。

关河梦断何处？尘暗旧貂裘。

胡未灭，鬓先秋，泪空流。

此生谁料，心在天山，身老沧州。

此词饱含人生的愁意，于老泪纵横中融汇了爱国炽情。年老体弱，事业未尽，内心充满苦闷的凄凉。

什么是真正的幸福？叶老师已经从武汉鼎身上找到了答案：幸福其实很简单，仗义疏财，扶贫济困，助人为乐，就是一种幸福。躬下身子帮助他人站起来，这是对心灵很好的锻炼，助人为乐是人格升华的一种标志。他铭记着武汉鼎做人的条件和原则：强健的身体，正当的职业，精湛的技能，丰富的知识和公道爱人的热心。做人如水，做事如山，做事不做人，永远做不成事；做人不立德，永远做不成人。

第四次流泪，是他祭奠祖辈和妻子的时候。2016年清明节，他在坟地大哭了一场。为什么呢？一是自己终于洗涮了"地主子弟"的耻辱；二是自己为百姓、为家乡做了一些力所能及的事情，获得了很多荣誉，给祖宗争了光；三是自己对家庭、对亲人的一份亏欠。第二天，他突然昏倒家中，在医院长达9天的抢救中，下了4次病危通知。因为挂牵着为座峰村的乡亲们送玉米籽种的事情，他起死回生，可以说，是他一生的共产主义信仰和未尽的扶贫事业，救了他的命。武汉鼎的事迹平凡而伟大，其精神可贵又感人。

有道是，男儿有泪不轻弹，只是未到伤心处。一个人，无论他有多么坚强，多么冷漠，多么无情，偶尔也有落泪的时候，这并不是脆弱，而是一种释放。有伤心的泪水，高兴的泪水，还有感动的泪水。很多时候，我们太多的情感，当无法用语言表达时，眼泪是最好的诠释。

为什么他的眼中流淌着泪水，因为他对国家、民族和人民爱得深沉，对这片土地及父老乡亲爱得深沉……

第七章

让党支部成为坚定共产主义信仰的堡垒

消除贫困、改善民生，逐步实现共同富裕，是社会主义的本质要求，是中国共产党的重要使命。全面建成小康社会，最艰巨的任务是脱贫攻坚。全面建成小康社会，是中国共产党对中国人民的庄严承诺。脱贫攻坚的冲锋号已经吹响，立下愚公移山志，咬定目标，苦干实干，坚决打赢脱贫攻坚战，确保2020年所有贫困地区和贫困人口迈入小康社会。

2017年12月29日，习近平在河北省慰问困难群众时强调：农村要发展，农民要致富，关键靠党支部。原原本本把党的政策落实好，大家拧成一股绳，心往一处想，劲往一处使，汗往一处流，一定要想方设法尽快让乡亲们过上好日子。

　　武汉鼎作为一名共产党员，始终坚持实事求是，敢于实践，为维护农村改革发展、提高农民生活水平而付出艰辛的劳动。多年来，他一直积极开展基层党建工作，让党支部成为坚定共产主义信仰的堡垒。

　　2005年，在深入开展保持党员先进性教育活动中，先后有5个行政村党支部聘请他担任基层党建义务指导员。他自费购买《中国共产党章程》128本，帮助32名入党积极分子加入了党组织。

　　2009年，清水河县科学发展观活动领导小组向全县党员发出"学习武汉鼎，党员下基层"的活动，他先后在市、县、乡、村和内蒙古农业大学等单位做先进事迹报告35场。同年3月，中央各大新闻媒体和自治区各新闻媒体报道了他扎根山区、坚持走群众路线、服务"三农"的先进事迹。他将肩上的压力变为动力，立志为家乡的发展呕心沥血。因此，乡亲们亲切地称呼他为"村民脱贫致富的贴心人""化解矛盾的和事佬"。他退休后，深入基层20多年，化解矛盾纠纷105起。

　　武汉鼎的专业是农业，服务对象是农民，他的人生舞台在农村。1941年3月，毛泽东同志在给《农村调查》写的序中强调，共产党人不仅仅要"昂首望天"，还要"眼睛向下"，要给人民群众"当学生"，同时，"必须恭谨勤劳，采取同志态度"，否则一辈子不会真正懂得中国的事情。作为一名讲诚信、办实事的共产党员，武汉鼎深刻意识到只有深入基层，坚持走群众路线，从群众中来，到群众中去，才能真正体现出人生价值，才能真正无愧于党和人民。

　　在大阳坪村，他从加强该村的党组织建设入手，在全村开展解放思想和科学发展的大学习、大讨论，建立农村道德讲堂。组建农民种养专业合作社，并与其组成"2+1"基层党组织，培养发展8名入党积极分子，多次开展市、县、乡、村四级联创活动。引进农作物优良品种，使大旱之年获丰收，全村农民人均纯收入达到7500元。

他将"精神扶贫"融入党建工作中，在贫困村开展"好婆婆""好媳妇""守法户""文明家庭"的评选工作。通过评选推荐，一批先进典型得到了市、县的表彰，贫困村的乡风乡貌、文明程度得到了根本好转。

2014年，清水河县委群众路线教育活动领导小组开展学习先辈先进事迹，将武汉鼎当作学习的"活教材"。在此期间，他先后在县委组织部、宣传部、城关镇第三小学和内蒙古农业大学等单位做报告15场。

昆新社区是一个移民小区，党总支以"武汉鼎工作室"为依托，引导居民做一个文明的城市人。武汉鼎通过讲故事、讲党课，带动党员坚定共产主义信仰，发挥先锋模范作用。在武汉鼎精神的感召下，昆新社区成立了一支"五色志愿者服务队"，竭诚为小区居民服务，受到了人们的称赞和欢迎。

武汉鼎举一生之力做扶贫济困这件事，他为自己的一生追求做总结：党强，民富，村和，我服务，甘愿做一名孺子牛。他在扶贫过程中，不断教育村里的党员一定要学习、实践、解放思想。他说："不学习，拉车看不清路；不实践，就不能创新发展；不解放思想，就跟不上形势。"为了充分发挥榜样引领作用，他把自己的扶贫思路贯穿于工作中，先后在市、县、乡、村等做报告100多场，带动了一大批人。

武汉鼎有许多身份。20岁时，他背井离乡去学艺，成为一名基层兽医；25岁以后，返回家乡，成为一名基层兽医站站长；50岁以后，作为模范，成为一名科技扶贫的"急先锋"；60岁之后，退而不休，成了贫困山区脱贫致富的"引路人"；80岁之后，被评为"全国脱贫攻坚模范"，是全国人民学习的榜样。他入党40年，30次被评为县级以上"优秀共产党员"，15次被评为"精神文明建设先进个人"。

2009年6月，被自治区党委宣传部、老干部局授予"全区离退休干部先进个人"荣誉称号；2010年9月，获全区道德模范提名奖；2011年5月，被评为感动内蒙古"十佳人物"；2012年6月，被内蒙古自治区党委组织部、创先争优领导小组、老干部局评为"全区离退休干部优秀党员"；2014年11月，被中共中央组织部授予"优秀共产党员"荣誉称号；2016年7月被内蒙古自治区授予"全区优秀共产党员"荣誉称号；2018年12月，被人力资源和社会保障部、国务院扶贫办评为"全国脱贫攻坚模范"。每一次奖励，都是武汉鼎前进的动力。他大大小小的230多个荣誉证书、奖杯、奖状，都完好地陈列在昆新社区的"武汉鼎工作室"里，这里就是一座关于扶贫济困历史记忆的博物馆，他已经成为清水河县扶贫济困的标志和缩影，激励着一代又一代的党员和群众为改变家乡的面貌砥砺前行。

武汉鼎半个多世纪的奋斗历程告诉我们：只有把为共产主义奋斗终生作为不变的信仰，培养"献身"意识，思想和灵魂就能不断得到提高和升华；只有把群众路线当作生命线，深入基层，深入实际，为人民办实事、办好事，把有限的生命投入到无限的为人民服务之中，才能真正体会到党和人民群众的血肉联系的重要性；只有永远保持理想信念，才能使我们的党更加先进、永葆青春和活力。

第七篇 穿越山坳的"引领之光"

信条7 一个人做点好事并不难，难的是一辈子做好事，不做坏事，一贯地有益于广大群众，一贯地有益于青年，一贯地有益于革命，艰苦奋斗几十年如一日，这才是最难最难的啊！

——毛泽东给吴玉章老人的祝寿辞

习近平总书记指出："人民对美好生活的向往，就是我们的奋斗目标。"武汉鼎就是这样的践行者。风风雨雨60载，他始终战斗在扶贫第一线，把农村当家，把贫困乡亲当亲人，察民情，听民声，摸实情，解民忧，办实事。他用担当诠释初心，以实干践行使命，成为弘扬新时代精神的表率、带领群众脱贫攻坚的英雄和脱贫攻坚主战场艰苦奋战的党员干部的缩影，展现了共产党人应有的精神追求，彰显了共产党人以造福广大人民群众为己任的使命和担当。

一个典型就是一面旗帜，一个模范就是一座丰碑。武汉鼎的示范引领作用，激发起身边许多年轻人干事创业的内生动力，把榜样的力量转化为决战脱贫攻坚的生动实践。他主动作为，敢于担当，甘于奉献，为老百姓办实事，书写着有意义的人生，为全面打赢脱贫攻坚战做出更大的贡献！

第一章

从"川妹子"到致富领路人

严琼，一位生在"天府之国"四川成都的弱女子。因为爱情，怀着对大草原的美好向往，却如浮萍般漂浮在贫穷落后的暖水湾村，嫁给了暂时在成都乡村养蜂的清水河小伙子高明亮，跟着他来暖水湾村安家落户、生儿育女。在艰难困苦的岁月里，她与贫困抗争，几经失败，在崩溃的边缘徘徊。后来，在武汉鼎的帮扶、培养和教育下，她从"川妹子"成长为村民致富的领路人。

严琼经受了怎样的考验和磨炼呢？

1986年端午节，年仅17岁的严琼，跟随一见倾心的恋人高明亮，来到了他的家乡清水河县。这里气候湿润，蜜源丰富，春有桃、杏、果树花，夏有地黄、苜蓿和胡麻花，秋有荞麦、野草花，具有良好的养蜂条件。清水河的养蜂是从1958年开始的,采取"人不离蜂,蜂不离花,饲养继箱群,追花夺蜜"的科学养蜂经验。当时,人们把养蜂看作是一项投资小、花钱少、见效快、效益大的好副业,是农村致富的重要途径。高明亮一年四季带着蜂箱南去北归放养繁殖采蜜,既从事着甜蜜的事业,也收获了甜蜜的爱情。

来县城接他们的喜车,是一辆草绿色211吉普车。那年头,村里娶媳妇不容易,能用小车迎娶新娘更是一件风光的事情。严琼高高兴兴地坐上喜车,前往暖水湾村。

汽车在崎岖不平的山路上颠簸,一路沟壑相随,越向前行,严琼的心情就越失落:四周除了荒山还是荒山,连一棵树都没有,真是"山高石头多,出门就爬坡。村里走不开小轿车,不是人背就驴驮"。哪里是我梦中的大草原?车到韩庆坝村,前面已无路可走,只能下车。她听到站在车旁的一位老人说:"四川的小姑娘能嫁到我们这地方,可是他们老高家烧了高香喽。"后来,她才知道,这位和蔼可亲的老人叫武汉鼎,喜车是他帮忙找的。

严琼跟着高明亮走了几公里山路,翻过了3道山梁才进了村。她的婆家住在又破又旧的土窑里,全部家当除了几个坛坛罐罐,就是一床补丁摞补丁的铺盖,只有那四面的白墙让人感到一点干净。看新媳妇的人们挤进来,穿得破破烂烂,大姑娘的鞋上还打着补丁。从他们身上就能看出生活在这里的人们有多么贫穷。晚饭前,她的婆婆从一个小口坛子里挖出一小碗白面,又哆哆嗦嗦倒回半碗,给她做了一碗面片。婆婆把碗端到她面前，说："孩子，吃吧！这是咱们家最好吃的东西。"严琼万万没有想到，这碗面片竟是对她这个远嫁的新媳妇的优待。后来，她才知道当地以莜面、荞面、豆面、糜谷黍、马铃薯为主要食物。夏天一日三餐，中午吃稠，早晚喝稀饭。平常每天只吃两顿饭，都以土豆、葫芦为主，掺点莜面、小米，再加上点油盐。中午，壮劳力在地里烧几个土豆就顶午饭了。逢年过节或待客时才调剂一顿白面，大米更是稀有之食。

严琼的婚事，虽然经过父亲严格把关，但父亲忽略了一点，对女婿的家事没有细问。他万万没有想到，一向娇生惯养的女儿，嫁到一贫如洗的暖水湾村。按照严琼的性格，她会不辞而别，但父亲的教诲铭记心间："你这一去，无论好坏，都要嫁鸡随鸡，嫁狗随狗。"婚后的日子，被贫穷包裹着，简直是暗无天日。为了生活，高明亮丢下她去外地放蜂去了。生活的艰辛，理想与现实的落差，让她的心安稳不下来，想家，想家，疯狂地想家。她不想放弃当初的选择，又无法让自己静下心来过穷日子。公婆看出了她的心思，怕她不辞而别，就把正在下蛋的母鸡杀了，给她炖了吃。

有一天，武汉鼎来到她公公家，劝她的公婆好好待她，怕她过不惯，走时还留下200元钱，说："大城市的小姑娘来这个穷地方不容易，拿这些钱去置办一些日用品。"20世纪80年代的200元钱对农村来说，可是天文数字，能买好多东西，严琼忍不住哭了起来。婆婆告诉她："这位大爷叫武汉鼎，是县城来的干部，为了帮助咱暖水湾村脱贫，常年住在村子里，连县兽医站站长也不当了。全村26户人家，每一户他都接济过。给村民的牲口看病，他从来都是倒贴钱。说起他为村里办的好事，三天三夜也说不完。"严琼听完，对武汉鼎老人肃然起敬，他虽然生活在这个穷山沟里，却有着如此大的胸怀，他是为村民们办实事的人。从那以后，她在心里尊称他为武老。

1990年，武汉鼎给严琼家送来50只毛茸茸的小鸡，为因病致贫、负债累累的一家人带来了希望。原来，武汉鼎知道她是高中文化，爱学习，想教她学养鸡。

在武汉鼎的耐心指导下，严琼一学就会，她家的50只鸡变成了100只。鸡越养越多，她用4根小树做成木桩插入地下，固定好，外面拉好网子，将四周围起来，以此来扩大养鸡的场地，鸡也由100只变成800只。当时，1斤鸡蛋能卖6角钱，家里也有了一些积蓄，走出了困境。

天有不测风云。正当严琼家的养鸡事业突飞猛进的时候，一场鸡瘟袭来，鸡死得所剩无几。严琼心痛得滴血，她的婆婆突发脑血栓昏倒在家，全家人没了主意，急得团团转。武汉鼎得知情况后，马上找车、联系医院，幸亏抢救及时，总算抢回一条命，却瘫痪在床。为了给婆婆治病，不仅花光了所有积蓄，还欠下许多外债。就这样，一个病人拖垮了一个家庭。这时，武汉鼎又出手相助，半年的医药费都是他接济的，使这个风雨飘摇的家有了坚强的支柱。

每次都是武汉鼎骑着自行车，来回走25公里多的山路去县城买药，再按时把药送到家里。那年冬天，大雪封山，自行车没法骑，他连扛带推,5公里的山路走了两个多小时。当他背着药箱,推开她家的窑洞门时,已经冻成雪人了。她的婆婆握住武汉鼎的手,说:"我的命都是你给接回来的。"来年春天,武汉鼎又给家里送来4粒安宫牛黄丸,是北京同仁堂产的。每一丸都装在绸缎盒子里,比装戒指的盒子还精致。据说是治疗中风的特效药,贵得很,这4粒药就花去武汉鼎半年的工资。

母亲病后,高明亮也不能去外地放蜂了,家里仅有的一箱蜂也死掉了。

武汉鼎不仅帮严琼发展生产,还有意识地在思想上培养她。他经常送书报来给她看,还与她共同学习、共同提高。同时,他鼓励她写入党申请书,经过3年的考验,在1991年被批准加入中国共产党,武汉鼎是她的入党介绍人。入党后,武汉鼎语重心长地对她说:"一家富不算富,大家富才算富。严琼啊,你现在是党员了,应该好好琢磨一下,咋才能把外地的好东西引进村里,带领大家共同过上好日子。"她把武汉鼎的话记在心上。

婆婆的病好转之后,严琼在报纸上看到有篇讲山西通过养殖杜泊羊致富的报道。她开着自己的面包车,来回4天,从山西把7只杜泊羊带回了村。在武汉鼎的指导下,她开始带领村民一起养羊,大家都赚了钱。

武汉鼎为村里有意识地培养起几名党员。严琼,这个"川妹子"在暖水湾这块贫瘠的土地上,在饱尝了人生的酸甜苦辣之后,终于成长起来了。2008年,她当选为暖水湾村主任;2009年,当选韩庆坝行政村的党支部书记,兼任暖水湾村主任。

为修好通向村里的断头路，武汉鼎领着他们到县里跑项目、跑资金，还鼓励他们说："为了给老百姓办事不要怕麻烦。"路修好后，武汉鼎欣慰地说："我有接班人了，暖水湾村有你们几个年轻人，我就放心啦！"

武汉鼎去别的村扶贫了，严琼决定带领村民，巩固武汉鼎在暖水湾村扶贫的成果，大力发展养殖业，走富裕之路。她找到县畜牧局说，想在村里搞养羊，局里就把10个羊棚和10只种羊批给了暖水湾村。武汉鼎回来帮她购买了5台切草机，并指导村民们养羊。当年，全村养了1000多只羊，她家就有230多只，她成了远近闻名的致富能手……

巾帼不让须眉。在基层平凡的岗位上，严琼用女人柔弱的肩膀，挑起了韩庆坝村脱贫攻坚的重担，踏着武汉鼎在暖水湾村扶贫帮困的足迹，取得了骄人的成绩。近几年，她承包了近2万亩荒山生态治理项目。武汉鼎再三提醒她，造林队招工的时候，不能忘了那些贫困乡亲。农闲时，她不仅把本村和周边贫困村的乡亲带上，还从益民小区的贫困人口里招了90多名工人，每人每天挖坑种树平均能挣300多元钱。两年下来，周边群众和贫困户从她的承包项目中领到工钱40多万元。

严琼在清水河这片神奇的土地上，实现了"蜕变"，她从武汉鼎身上取到了"真经"，那就是帮助别人是一件令人高兴和自豪的事情！如今，她在武汉鼎精神的感召下，带领村民在脱贫致富之路上鼎力前行……

第二章

跟着武老去扶贫

2009年4月，张军被中国联通总公司派往清水河联通公司担任总经理。之后，他与武汉鼎成为邻居。他被武汉鼎几十年如一日对扶贫事业的坚守所感动，跟他一起扶贫济困、下乡助农，他也成了"扶贫达人"。

张军，17岁入伍，37岁转业，在军营里度过了20个春秋，先后当过侦察兵、边防兵，上过军校。后来，调入北京军区给水团（模范团长李国安的部队），先后担任汽车连指导员、作训股股长、边防营指导员。1996年调入给水团时，部队正在给革命老区清水河县的缺水乡村打井。他既受到李国安模范精神的熏陶，也感到了当地老百姓生活的贫困。作为受党教育多年的军人，他很想帮助他们。在大阳坪村打井的时候，他就对武汉鼎数十年如一日、扎根农村扶贫济困的事情有所耳闻。去清水河报到之前，晚饭还没有做好，他准时坐在电视机前，收看《新闻联播》，这是他多年的习惯。其中一则报道吸引了他的眼球，播报的是清水河县武汉鼎的扶贫事迹。清水河？这不是我要去工作的地方吗？这个在内蒙古几乎是"贫穷"的代名词的国家级贫困县，真有这么一位老模范？他聚精会神地看着、听着："我是一名共产党员，一辈子都不能忘记党的先进性和党员的责任感、使命感。全心全意为人民服务的宗旨永远不能忘。"听到武汉鼎老人的这番话，他的心灵受到了震撼。这究竟是一位怎样的老人？他做出了哪些事迹能上中央一台？中央一台，那可是把中国展现给世界的窗口啊！

在好奇心的驱使下，他到清水河县城做的第一件事，就是去拜访武汉鼎老人。老人的家坐落在清水河县城的仓背后巷的山坡上，离他所在的联通公司不远，这不能不说是一种机缘。

初次见面，张军感觉武汉鼎和电视中看到的一样：他1.8米的个头，满头白发、慈眉善目、和蔼可亲，说话间仍有几分硬气，眉宇间透着一股正气，且不失农村老人的朴实敦厚、开朗豪爽。

走进漆成朱红色的铁皮院门，迎面是两间平地石砌窑和东侧的一间挂窑。不大的小院中间，开出一块菜地，已有耕翻过的痕迹，一看便知是勤劳朴实之家。走进窑门，里面一进两开，窑洞近4米深，宽不足3米。窑洞上圆下方，轻巧活泼，融入了天圆地方的理念，可以使冬日的阳光更加充分地照进室内，达到取暖的效果。清洁简朴，虽家具陈旧、沙发简陋，但窗明几净、一尘不染。最奢侈的是一台29英寸的老式彩色电视机，还是在首府工作的二儿子武平给买的。窑洞里的情景，令他想起古人说的一句话：良田千顷不过一日三餐，广厦万间只睡卧榻三尺。老祖宗的话，从生活中得来，经过历史的洗礼，是最纯粹的人生智慧。他感觉这句话，也是武汉鼎的人生和生活的高度概括与真实写照，因为朴素，所以安乐。

武汉鼎和他聊起了自己的人生过往，还真诚地说："这些年，我踏遍清水河的山山水水，看遍清水河的草草木木，走访很多贫困家庭，就想用自己的双手为家乡和百姓改变贫穷的现状。"他对家乡的热爱、对乡亲们的感情溢于言表、真挚朴实！张军再次被他的纯朴情感和一名老党员的一身正气、两袖清风所感染和鼓舞。这么小的窑洞里，竟有那么大的胸怀！

张军从窑洞出来，站在窑门口，说："武大爷，您需要我就吩咐，我和您一起去扶贫！"

从那天开始，张军跟着武汉鼎一起走过了4年的扶贫济困之路。"扶贫帮困，企业有责！"在清水河县联通党支部扩大会议上，他号召全体党员发挥企业信息化优势，保障政府、服务大众、关注民生、践行责任。为了扩大武汉鼎老人扶贫工作的影响和力度，他向总公司申请了优惠的资费政策，组建了"武汉鼎扶贫帮困信息网"，组织施工队架杆拉光纤把宽带信息化服务送到偏远乡村和贫困农户家。信息扶贫，网络帮困，把致富的信息和方法通过信息网络传递给基层，传播给群众！

有一天，武汉鼎找到张军，说："我有一个想法，咱们搞一个'3+1'活动。'3'就是一个企业+一个畜牧专家+一个养殖户，'1'就是推广一项养殖的成功经验。"张军觉得这个想法很好，当即成立了"武汉鼎扶贫小组"，成员还有联通公司的贺广生和孙永胜。当时，武汉鼎正在大阳坪村蹲点扶贫，他们准备做几件实事、好事。

推行"3+1"扶贫模式，扶持大阳坪村的农户蒙满达养獭兔项目。蒙满达，2008年3月从蒙牛辞职回村创业，一直没有找到好的项目。武汉鼎通过调研考察，发现獭兔市场发展空间很大，价格波动周期短、见效快、经济效益好，是个"短平快"的好项目。他决定指导蒙满达养殖獭兔，这也有利于村子畜牧业发展走多样化道路，提高抵御风险能力。通过武汉鼎的耐心、细致的工作，蒙满达决定投入獭兔养殖，但他的投入资金不够。武汉鼎为他担保贷款，制作兔笼，帮他选好獭兔品种，还给他订了科技报。在武汉鼎的指导下，蒙满达的兔子越养越多，一年就收入了10多万元。他尝到甜头后，看到了发展前景，扩大了养殖规模。扶贫小组通过信息网络，帮助蒙满达建立了自己的养殖基地和销售渠道。有了蒙满达养獭兔的成功经验，在武汉鼎的指导和帮助下，大阳坪的村民们也都搞起了獭兔养殖。

为了让偏远乡村的农民听到、看到、读到党的各项政策，发挥基层党支部堡垒作用，在中国联通呼和浩特市总公司的支持下，购买了图书、宣传挂图和桌椅板凳，赠送了电视机、电脑，接通了宽带等，定期组织村民学习党的政策、文件，讨论脱贫致富的方法和措施，鼓舞了村民的信心。

多次组织"服务到乡村，联通你我他"活动。在呼和浩特市总公司范围内组织员工捐款、捐物、捐旧手机活动，把爱传递到偏远的山区村落；与内蒙古武警总医院联合医疗服务到乡村，巡诊问病，送药救治；与内蒙古农业大学团委联合开展"大手牵小手"活动，让大学生走进山村支教扶智，点亮孩子们渴望学习的心灯。爱心在传递，温暖在流动。远在沿海厦门的民营企业家黄同酒携夫人，从千里之外来到清水河县城，给贫困山区的孩子捐赠了许多学习用具。回到厦门后，他每年捐款10000元，由扶贫小组管理，每年支助贫困小学生10名，有效地解决了贫困家庭的孩子上学困难的问题。

清水河县有个"飞来寺"，俗称"山神庙"。相传，此寺是在一夜之间由一股狂风从南方搬来的，坐落在单台子乡，距万家寨水库5公里，周围景色优美，非常迷人。每年四月初八，按照传统习俗在这里举办庙会。2011年庙会上，他们拉起横幅"武汉鼎扶贫网"，让利给农民办手机卡。只要办了这张卡，现场免费赠送一张50元的话费卡、一卡子油、一碗烩菜、一个花卷。赶庙会的人很多，既宣传了武汉鼎精神，也为农民提供了优惠服务，受到了人们的欢迎。

在黄土起伏的大路上，在沟壑褶皱中的小山村里，在低矮的窑洞中，处处能听到武汉鼎这位老党员洪亮坚定的声音："我不甘心群众受穷！""只要我不死，扶贫就不止！"这种执着奉献的精神，令张军无数次潸然泪下。泪水洗涮着心灵，也鼓舞着他扶贫的意志和决心！

　　贺广生是一名摄影爱好者，他多次跟随武汉鼎下乡，拍摄了200多张照片，也听到许多故事。村民武成在兴奋地说："老武春天给我买的葫芦籽，种上后葫芦长下这么大。"他边说边用手比画着。有个中年妇女，满怀深情地对他说："老武成天在村子里做好事，对我影响很大，我是信神的，现在都想加入中国共产党了。"听了这些话，贺广生从中感到一位真正的共产党员的本色。

　　张军每次跟随武汉鼎下乡，走在崎岖不平的山路上，看着他坚挺的脊背，跟着他坚定的步伐，他的内心是那么的自信和温暖！他将自己的波澜起伏的情绪，书写在《你好！清水河》这首诗歌中：

　　　　武汉鼎的平凡与执着

　　　　让我们感动

　　　　让内蒙古感动

　　　　跟着他做好人做好事

　　　　为清水河走向明天！

　　　　……

　　在县委的指导下，"3+1"扶贫模式以点带面地展开，扩大了扶贫的战果。站在武汉鼎身旁，张军看到他脸上坚毅的神情和投向远方的目光，似乎读懂了一位老人黄河般的情怀，感受到了一名真正的共产党员大海般的胸怀！

　　由于工作调动，张军就要离开清水河了，他来向武汉鼎辞行。

　　武汉鼎像招呼老朋友一样，把他带进了"闲人免进"的书房——那间挂窑，里面是另一番天地。武汉鼎让张军坐在小桌旁的椅子上，递上一支烟，又去给他泡茶。张军环顾四周，空间不大，一个土炕、一张木桌、两把木椅和几个简易书架。这个"陋室"，让他想起《陋室铭》里的名句："山不在高，有仙则名。水不在深，有龙则灵。斯是陋室，唯吾德馨。"虽家徒四壁，却存满了精神食粮，这里有武汉鼎一生的积蓄：书架上摆放的是"马恩列斯毛"的成套的著作，墙上挂的是泛黄的奖状，桌上摆放着奖杯，鲜红的荣誉证书叠放着有半窑。武汉鼎很低调，这满窑的荣誉，他从不轻易示人。这也许是他一生引以为荣的财富吧。只因为他把张军当成"忘年交"才让他一睹书房的风采。武汉鼎常想，读书多，想的事就多，操的心就多，还不如像村民们一样，不读书、不看报，心里不搁多少事，过一种真正的退休生活，种一片菜地，养一个宠物……想到这儿，他忍不住笑了，要真那样，恐怕他一天也活不下去。面对这些荣誉，武汉鼎说："作为一名共产党员，我时常告诉自己，一定要为农民多办实事、多做好事。在我眼里，乡亲们的笑脸就是最高的奖赏。看着乡亲们的生活日益富足，房子宽敞了，脸上的笑容多了，感觉自己这么多年的心血没有白费。"可以想象，武汉鼎不下乡的日子，就是在这间"陋室"里度过的。他在这里阅读、思考、自省，在这里回忆往事……他辞职的决定是在这里做出的，他扶贫的方案是在这里形成的，这里浓缩着他的苦乐人生。

武汉鼎给张军沏了茶，这是武汉鼎最喜欢喝的红茶。听说张军要走，武汉鼎沉默了一会儿，说："你无论走到哪里，都要本分、实在地做人。成为一个能从思考中认识自我、从学习中寻求真理、从独立中体验自主、从实践中赢得价值、从追求中获得力量的人。"张军拿出送给武汉鼎的临别礼物，那是一件羊羔皮做成的皮袄。他说："武大爷，您年龄大了，要爱惜自己的身体。我从您身上汲取了那么多正能量，冬天再下乡的时候，穿上它给您增添一些热量吧！"

武汉鼎捧着皮袄，语重心长地说："这是第二次有人给我送皮袄，第一次是杨四送给我的白茬子皮袄。这件皮袄真好。长这么大，我还没穿过这么好、这么喜欢的衣服。"听了这句话，张军眼中噙满泪水，多么可敬的老人啊！他风雨兼程地走过几十年，心里装的是父老乡亲，从来没有想过自己；他省吃俭用节省下的钱，都用于扶贫助学，自己连件像样的衣服都没买过。他才是真正意义上的共产党员，是无数人学习的榜样。

回到中国联通呼和浩特市总公司的张军，常常回想起与武汉鼎一起下乡扶贫的事情，希望能把他的精神发扬光大。2019年3月，他被任命为党群工作部经理。3月29日下午，内蒙古联通大讲堂开讲，特邀全国脱贫攻坚模范武汉鼎做了题为"生命不息、初心不改、奋斗不止"的先进事迹报告会。武汉鼎声音洪亮、口齿清晰，表达到位，事迹感人，发人深省。每一个"土气"的故事中，都闪耀着人性的光辉与智慧，"老"故事有"新"启迪。最后，武汉鼎总结道："终身学习，终身实践，信念坚定，信仰不改，不忘初心，不忘群众，无我有为！"中国联通公司本部及各盟市、旗县分公司的党员分别在现场或通过视频聆听了武汉鼎的扶贫事迹，上了一堂接地气、有生活、充满正能量的党课。

为了弘扬武汉鼎精神，同年4月，内蒙古联通实施《蜂行动助力创新脱贫》计划，依托武汉鼎对脱贫政策、区域、人员的了解和内蒙古三级政府、脱贫户和联通公司对他的信任，利用联通公司蜂行动工具为脱贫赋能。

第三章

慕名而来的"驻村第一书记"

王建英，清水河县委老干部局的一名普通干部。2018年3月，组织选派"驻村第一书记"时，他主动请缨去韭菜庄座峰村担任第一书记。向农村选派"第一书记"是贯彻中央"四个全面"战略布局的重要举措，是向软弱涣散的农村党组织的一次"大输血"，是培养锻炼机关干部的一次"大练兵"。王建英做出这一选择是与武汉鼎的影响分不开的。

武汉鼎是王建英在老干部工作中的服务对象，他对这位在清水河家喻户晓的老劳模很佩服，常被他退休不退岗，把帮扶百姓脱贫当作义不容辞的责任的精神所感动。工作中，他曾数次与武汉鼎促膝长谈，了解他扎根贫困乡村扶贫的故事后，更是对他肃然起敬。武汉鼎常对他说：

"你们年轻人只有和群众建立起血肉联系，才能知道他们在想什么、需要什么，才能更好地为他们服务。"每次听到他的嘱咐，王建英都会陷入深思：一位耄耋之年的退休干部，本应在家颐养天年、享受天伦之乐，可他却放心不下生活贫困的群众，几十年如一日地扎根农村，坚守在扶贫第一线，而我们呢？我们又做了些什么呢？后来，发生了一件让他终生难忘的事。

2016年3月的一天，得知武汉鼎因病住进了内蒙古自治区人民医院，王建英跟随局领导代表县老干部局前去探望。一进病房，正赶上武汉鼎和子女们闹矛盾。武汉鼎急着要出院，孩子们问他为什么要出院，他又不说，孩子们坚决不同意，双方争执不下。

清明节前，武汉鼎带儿女回乡扫墓时，在妻子坟前长跪不起，老泪横流："你跟上我受了一辈子罪，为我做了一辈子牺牲，没过过一天好光景……"孩子们心里清楚，父亲嘴上不说，但心底对家人深藏着愧疚。扫墓回来第二天，武汉鼎突然晕倒在地，因多脏器功能衰竭住进重症监护室。他身上插满管线，两条小腿上是紫青色的累累疤痕，令儿女们心疼落泪。他们知道，这些陈年旧伤是父亲常年翻山越岭从雪坡上一次次滚下去摔的，是攀爬崎岖山路时，跌跌撞撞碰的。儿女们哭着说："老爸呀，你为家乡人操劳了一辈子，也该歇歇了……"但他们没想到，刚从死神手里抢回一条命，父亲就不顾医生和家人的劝阻强行出院了。

局领导再三询问，武汉鼎才说出实情："我今年才到座峰村下乡

267

扶贫，答应为村民们引调良种，指导他们种地膜玉米。现在正是春耕时节，我再在医院住下去，会误了大事。"

情况弄清楚了，他急着出院，是怕误了农时。大伙都劝他说："武老，身体是革命的本钱，您一定要以身体为重，先养好病，再考虑下乡扶贫的事情。不是孩子们不支持您，毕竟年龄大了，您也要为孩子们着想。"无论谁劝，他就是听不进去。

武汉鼎出院了，为了保证他的安全，老干部局派了专车，并指派王建英送他进村。等到了村里，他才知道武汉鼎为什么执意要来了。

武汉鼎是给村民们送玉米良种和地膜来了。450斤"德美亚1号"玉米良种和55捆地膜，是他取出2万元养老金购买的，送来后，全部无偿发放给76个农户。随后，又与农业专家一起，手把手教村民点种覆膜。他大病初愈，眼窝深深地陷进去，带棱角的嘴角也无力地耷拉下来，一下子老了好几岁。玉米出苗后，他连续在地里蹲了六七天，把已经发黄的芽苗一株一株扒了出来，弄得满头汗、浑身土。王建英心疼地说，"武老，您歇一歇，戴个帽子吧。"武汉鼎头也不抬，向他摆摆手，继续扒苗……

那年，在武汉鼎的指导下，良种玉米大获丰收，每亩较以前增产200多公斤，这下乡亲们信服了。第二年，抢着让武汉鼎帮着种覆膜良种玉米。村民们有了依托增收的产业，又有5户摆脱了贫困，过上了有吃有穿的好日子。老百姓心里像装了蜜，武汉鼎的脸上也乐开了花，身上的病全好了。

就是这件事促使王建英来座峰村当了"驻村第一书记"和工作队队长。座峰村位于距韭菜庄乡政府17公里处，境内沟谷梁峁交错，全村占地面积14.6平方公里，耕地5300亩，林地面积2200亩；辖5个自然村，常住人口80户176人，当时有贫困户27户54人，大多是因病、上学和丧失劳动能力造成的。他来时，只见家家户户院子里、窗台上和小四轮车斗里，到处堆着金灿灿的玉米。他心想这都是武老的心血和汗水哺育的杰作！他送来的种子与地膜，带动起当地村民种玉米的积极性；玉米的高产，也很好地解决了村民养殖猪、牛、羊等牲畜的草料，使村民人均收入增加了550元，村里人称他为"新时代农民脱贫致富的贴心人"。

王建英在驻村工作中，更加了解了武汉鼎在座峰村所做的扶贫工作。

2016年以来，武汉鼎把座峰村党支部作为自己开展"两学一做"学习的重点党支部，用自己的退休金为党支部购买短缺的办公设备，为党员购买学习资料，为党员和入党积极分子讲党课。每次进村，他都要与支委会成员、党员们进行谈话，教育党员要时时处处当模范、做先锋，当好阵地的守护人、产业的领路人和百姓的知心人，要想方设法帮助贫困群众走上富裕之路。他建立起党员与贫困户"一帮一"的扶贫帮困制度，推动全村脱贫工作的开展。他把振兴农业的重点放在培育"有文化、会经营"的技术带头人上，同时把各种培训带进田间地头、养殖现场，又把他多年摸索出的种植养殖技术和畜牧疫病防控技术手把手教给农户，培养了一名有兽医基础的年轻村干部蔡林，并介绍他加入中国共产党。

2018年6月，座峰村党支部换届选举，党支部书记武如祥退下来了。武汉鼎找到他，说："你虽然退下来了，但你还是一名党员，你还要充分发挥先锋模范作用：一是帮助新班子抓组织建设，扶上马，送一程；二是带动群众脱贫致富。"

武如祥欣然接受武汉鼎的建议。他按照武汉鼎的思路，将科技、结构调整等运用到种植养殖业中，使收入达到2.3万元。在武汉鼎的号召下，向武如祥同志学习，全体村民积极行动起来。武汉鼎不失时机地开展党员理论培训和农业技术培训，培养起13户像武如祥这样的新型农民，在村里影响很大。村民们按照武汉鼎的致富思路，跟上了时代发展的步伐，为乡村振兴打下了坚实的基础。

"精神扶贫"也是武汉鼎扶贫工作的重要内容。他是村里出了名的调解员，现在不管是哪个自然村，只要村民之间有矛盾，总会请他去调解，他随叫随到。村民之间有矛盾，他会主动去调解；哪户村民有困难，他会伸手帮助；哪家儿女不孝顺，他会去劝导。在他的帮助下，村支部每年在村里都要根据大家的评价推选"好婆婆""好媳妇""文明家庭"，并报到县里进行宣传表彰。村民王长福的媳妇，被推选为"好媳妇"，还有3人获得了县里的奖励。2018年，座峰村被评为"呼和浩特市文明村"和"清水河县文明村"，受到了表彰奖励。

在庆祝中国共产党成立97周年之际，王建英请武汉鼎给新当选的支部班子成员、驻村工作队讲了一堂"不忘初心，牢记使命"主题党课。

老党员武汉鼎以亲身经历和切身体会，现身说法，使大家受到一次深刻的教育。在他的言传身教下，王建英边工作边学习，用心用情用力为村民办好事。他带领工作队，千方百计地为村子安装了太阳能路灯25盏，解决了村民夜间出行的照明问题。举办科技扶贫培训活动，邀请4位畜牧业专家教授为百余名养殖大户及新型农民科技示范户上了一堂生动的科学养殖课，使广大养殖户转变了传统的养殖观念，调动了养殖积极性，提高了养殖水平，助力精准扶贫及畜牧业的长远发展夯实了基础。

王建英刚来时，村民对他不信任，在背后议论说："这些驻村干部肯定待不住，也就是来转一圈而已。"没想到驻村工作队的队员们，学习武汉鼎精神，舍小家、顾大家，每月平均在村子里住20天以上，入田间、到家里、记民情、聚民心，除了宣讲党的扶贫政策、帮助村民打扫卫生和秋收外，还开展各种培训。贴近群众，一步一个脚印，走得坚定，走得稳健，这是王建英给人们留下的最深刻的印象。凭着带领村民早日脱贫的信念，他没日没夜地努力着，就像他说的要为村子里做的事情还有很多、很多……村民们对他们工作队的评价是"真不赖"。

王建英每次跟随武汉鼎进村入户，看到武汉鼎那么大岁数还那么投入地工作，特别是生了病还放不下乡亲们的情景，让他既感动又心疼。有一次，他问："武老，您和我爷爷的年龄差不多，本应该在家享享清福，您不辞劳苦地和老乡们搅和在一起，究竟图个啥？"武汉鼎笑着说："也不图个啥，就是想尽一点微薄之力，能让乡亲们过上好日子。农民高兴，我就高兴。"王建英终于明白了，老去的是岁月，不老的是追求。武老为了一个平淡无奇的梦想，付出了大半生的努力！将人生最美好的年华、晚年不多的光阴，撒向了清水河这片热土，用平凡的举动凝聚成不平凡的壮举，用满满的正能量，为清水河脱贫攻坚事业写下浓墨重彩的一笔。

在武汉鼎"甘为孺子牛"的精神感召下，座峰村现在是"党强、民富、村和"，是远近闻名的富裕村、文明村。

第四章

一颗红心促脱贫

乔荣科，北堡乡老牛坡村驻村工作队队长、驻村第一书记。作为一名老党员，他积极参与到脱贫攻坚第一线。在清水河县像乔荣科这样带领群众脱贫致富的驻村第一书记还有很多。第一书记第一次面对选派村时，一切都是陌生的，对于村民来说，第一书记也是陌生的。然而，一切因使命而产生蜕变。贫困村嫁接专业公司，引进支柱产业，壮大集体经济，建成"爱心超市"，使村民们的脱贫致富梦在热望中变为现实。像乔荣科这样的驻村干部都怀着一颗红心，真正成为脱贫攻坚一线的"指挥员"。

2018年3月28日，乔荣科被派驻到三黄水村，因为工作调整11月1日进驻老牛坡村。他来之前，武汉鼎已经去座峰村扶贫了，他为在脱贫攻坚一线不能得到武老的言传身教而感到非常遗憾。

老牛坡村位于明长城脚下，是革命老区。革命战争时期牺牲的烈士有700多名，确认姓名的140多名，留下很多革命战争遗迹和文化亮点。现下辖6个自然村，总户籍561户，总人口1324人，常住户176户，常住人口323人，低保户88户，五保户17户，残疾人50人，建档立卡贫困户76户141人。扶贫工作仅靠政府救助，只能解决短期问题，不能从根本上解决贫困问题。于是，乔荣科带领村"两委"与驻村工作队一道，进村入户，对贫困户进行走访，察民情，找准着力点。走访中，村民常常提到武汉鼎，听到了许多关于他扶贫济困的事迹。老支书韩朴生，是武汉鼎在老牛坡村扶贫时的参与者、支持者和见证者，他给乔荣科讲了许多武汉鼎扶贫的经验和方法，他感到受益匪浅，决心植根红色老牛坡，以党支部为主体，以"爱国爱家、百折不挠、依靠群众、敢于胜利"的"老年坡精神"为支柱，传承武汉鼎精神。乔荣科深深懂得，打好脱贫攻坚战关键是人，选优配强驻村干部队伍，是精准推进脱贫攻坚的一个有力抓手。在其位谋其政，要落实扶贫措施，实实在在帮助老百姓办点事。贫困不除，愧对历史；群众不富，寝食难安；小康不达，誓不罢休。

驻村的日日夜夜，第一书记们有过欣喜也有过沮丧，但他们都有一个执着的信念在支撑着，那就是共产党员的忠诚和担当。乔书记上任后，遇到的第一个问题，是村民们的猪肉滞销问题。由于老弱病残贫困户没有精力、体力和财力前往县城销售猪肉，也没有人来上门收购，导致滞销。群众问题无小事,脱贫攻坚无难题。乔荣科联系了3家爱心企业,帮助20多户村民,销售猪肉1000多斤,使他们过了一个充裕、祥和的春节。

由于老牛坡村老弱病残贫困户人数比较多,因此他的派出单位呼和浩特市城市管理行政执法局,捐助的东西也比较丰富。乔荣科本着"汇聚爱心、传递关爱"的精神,筹建起的"老牛坡村爱心超市",于2019年4月挂牌开张,涵盖6个自然村。利用闲置院落,把捐助的物品放在里面,设置粮油展示区、衣物展示区、日用品展示区。发放方式有两种:一种是各取所需。70岁以上的孤寡老人和无劳动能力的残疾人,50元以下的物品(衣物、粮油等)每月领取一次,每次不超过3件;50元以上的物品(衣物、粮油等)每3个月领取一次,每次一件。老人们充分感受到爱心和温暖。另一种是积分兑换。70岁以下人员,有部分劳动能力、身体健康者,结合"三扶三增三提升"内容,通过自主产业发展、参加公益活动、好人好事、庭院文明、尊老爱幼等事项,由村"两委"和驻村工作队共同评分,按积分兑换所需物品,充分调动贫困户自我发展的内在动力,体会到"勤劳换爱心、爱心助脱贫"的新理念。

春节刚过,村里更大的问题暴露出来了。去年,村民们种植了大量的黑豆,但没有销路,造成10万多斤黑豆积压,成了村民的心病。面对困难,乔荣科从武汉鼎扶贫的工作经验中,感悟出这么几句话:你跟老百姓有多近,群众对你就有多亲;和群众打交道,最管用的是真挚的感情,是为群众办实事。实际上,他一直在部队服役,后来转业到地方做机关工作，对如何做好农村工作并没有太多的经验。驻村以来，为吃透村情民意，他走家串户听群众怎么说、了解群众怎么看、理解群众怎么想，由此掌握了第一手资料。在全面"诊断"清楚制约老牛坡村发展的症结后，他理清了思路，制订了详细的发展规划，为村子的发展找到突破口，为群众破解难题。

2019年3月14日，老牛坡村党支部召开了"助力精准扶贫老牛坡研讨会"，8个爱心农牧企业当场签订协议，达成了帮助意向，实现多渠道精准扶贫。以支部为引领，采取"公司+支部+农户""支部+公司+股东+佣金"等方式，做稳做实"支部建在产业链、党员干在产业链、群众受益产业链"，取得良好的效果。村支部与"步融科技"（社区新零售）深度合作，设立老牛坡扶贫农产品专柜，进入销售50米商圈，解决农民销售难的问题。同时，利用老牛坡村滞销的10万多斤黑豆改造豆腐生产作坊，规范生产流程，做到产品标准化、品牌化，做强做大豆制品产业。村支部和沙葱产业领军者夏超进行产业融合，联合建立生产基地，针对176户村民，计划分期建设200栋温室，把生产基地和销售网络捆绑式结合，打通产业链，牢固技术保障，确保群众增收。

经过一年多的驻村工作，乔荣科结合武汉鼎扶贫济困的工作经验，研究出一套行之有效的方法：一是炕头会议工作法。有什么问题、意见，大家坐在一起，一边喝茶一边聊天，把事情说开了，问题也就解决了。二是左邻右舍工作法。邻里间有了矛盾和冲突，把左邻右舍叫过来，坐在一起，把问题摆在桌面上，大伙谈谈利弊，矛盾也就解决了。

三是群众问题群众解决法。要想使工作取得成效，主要抓住两点：一是广泛宣传党的富民惠民政策，二是解决群众最关心的问题。

武汉鼎被评为"全国脱贫攻坚模范"后，乔荣科向单位提议学习贯彻武汉鼎精神，全局上下行动起来，伸出援助之手，帮助红色老牛坡脱贫，让这里的贫困群众感受到党和国家的温暖。

第五章

永远的旗帜

梁秀青，曾是清水河县医院的一名妇产科临床医生，后来从事计划生育工作，现在做社区工作，挑起了昆新社区主任和党总支书记这副重担。

昆新社区是城关镇的一个大社区，成立于2012年11月，因北魏后期的昆新城在此建立而得名。辖区东起石塘沟，西至王三窑大桥，南起贾家湾益民小区，北至郭三窑村，面积1.5平方公里。辖区内现有5个居民小区，共有居住人口2214户7273人。最令人头疼的就是益民小区，这个小区的居民是由全县8个乡镇的常住户少于20户、不具备生产生活条件的自然村的贫困农民异地搬迁而来，共1141户3365人。移民工程的"三部曲"，一是"搬得起"，二是"稳得住"，三是"富起来"。移民群众在搬迁过程中，大多持怀疑态度，迟迟不肯搬迁，留恋祖祖辈辈生息的土地，甚至在语言上、行动上，还曾有过激行为。其主要原因是怀疑搬到新址，能否比原来过得更好。

清水河县委确定了"2017年实现整体脱贫，到2020年实现与全国全区同步走入小康社会"这一奋斗目标，提出扶贫开发将从"'大水漫灌'向'精准滴灌'迈进，实施精准扶贫"，全面打响新一轮脱贫攻坚战。经过科学识别，到2016年3月，剩余贫困户2023户4506人。这部分人大都属于老弱病残对象，扶贫难度大、成本高。清水河县地处山区，农村多为山庄窝铺。中华人民共和国成立之前，房舍简陋，除了一部分富裕户修建了青石面子石窑、砖瓦窑、四合院外，大多数人都住着破旧土窑、石窑。特别是山沟里，前沟一户、后沟一家，居住零散，形不成村庄。2016年，在脱贫措施上决定通过易地扶贫搬迁脱贫1387人，其中采取入住互助幸福院和一步进城入住益民小区是其中最重要的扶贫搬迁的安置模式。

这些人祖祖辈辈生活在落后、贫瘠的山沟里，生活习惯各异，文明程度不高，邻里间不团结。无论做什么都要讲"你是哪个村来的"，平时一个村来的人凑在一起，和别的村的不相融。不讲究卫生，乱扔垃圾，甚至有高空抛物现象。不讲文明礼貌，社区工作人员进行入户摸底时，不是被拒之门外，就是被训斥。想为他们提供服务，他们都不理解、不接受。为了扭转这种被动局面，梁秀清绞尽脑汁。实在无计可施，只能自己亲自出马，她摆事实、讲道理，入户摸底工作才得以进行。在摸底过程中，她发现有相当一部分人是武汉鼎下乡扶贫帮助过的人，对他充满感激和崇拜。梁秀青豁然开朗，要管好这个移民小区，需要武汉鼎精神的引领和带动，更需要武汉鼎的帮助。她找武汉鼎商量这件事，武汉鼎在深刻领会"精准扶贫、精准脱贫"的新思想、新要求和新方法，正在寻找发展路子，想办法为群众办实事、做好事、解难事。他们商量决定成立武汉鼎工作室。武汉鼎对她说："要想把社区工作做好，只有把群众当亲人，他们才会把你当家人，社区就会成为可依赖和可依靠的大家庭，党组织才能有吸引力和向心力，群众的获得感、幸福感、安全感才能不断提高。"

2017年5月，武汉鼎工作室挂牌成立，就设在昆新社区党群活动中心的二楼。室内布置得整齐而得体，几个红色大字分外引人注目——"永远的旗帜"。整面墙上装饰着一个简易的白色陈列馆，上面摆满了大小不同、形状各异的奖杯、奖状和荣誉证书等230多个，完好地保存在武汉鼎工作室里，激励着一代又一代清水河人为改变家乡的面貌不停奋进。每一次奖励，都是武汉鼎前进的动力，他十分珍惜这些来之不易的荣誉。另一面墙上是宣传栏，分一心向党、公心为民、同心实干、清心律己和热心传承几部分。这恰好是武汉鼎大爱无疆、无私奉献的"五颗心"最好的浓缩和展现，是武汉鼎精神的高度概括与升华。

"火车跑得快，全凭车头带。"武汉鼎成了带动昆新社区前进的车头，武汉鼎工作室是人气最旺的地方。社区的党员和居民分批来听武汉鼎讲故事时，先一睹摆满一墙壁的荣誉风采，谁能不动容。这是一个人

60年的坚守，60年的心血和汗水所凝聚成的。每一张奖状，都蕴藏着一个感人的故事；每一个奖杯，都承载着一份责任和付出；每一份荣誉证书，都包含着一个身份和一份坚守。再读一遍宣传栏的内容，他60多年的风雨历程、无私奉献、艰难探索，真心、诚心、掏心地对待老百姓，服务老百姓，谱写的一曲当代共产党人无怨无悔地为老百姓拔穷根、寻富路的时代颂歌。

坐下来听武汉鼎讲故事、讲党课、讲政策、座谈交流……武汉鼎说的话句句发自肺腑，他说："我们虽然是农村的，但我们有勤劳和善良的传统美德。现在我们进城了，不能让城市人笑话，老人们要给孩子、家庭和社区做榜样，要说文明话、做文明事、当文明人。"居民乔全全一开始对武汉鼎不了解，常说："我就不相信还有他这样的人，抛下老婆孩子不管不顾，成天拿自己的工资去帮助别人。"后来，武汉鼎的故事听多了，他被感动了，思想观念有了根本转变，他又说了一番心里话："武老80多岁了，但他退休不退岗，离岗不褪色，一如既往地为人民服务，还把退休金拿出来扶贫。我才60多岁，虽然没有他那种境界和胸怀，不能去帮助别人，但我要管好自己，从点点滴滴的小事做起，做一个文明的城市人。"

武汉鼎成了居民们的主心骨、贴心人，他们有了烦心事就找他来诉说，有了矛盾就找他来化解，他们像亲人一样喜欢他。武汉鼎常对梁秀青说："要记住毛主席的教导：一个人做点好事并不难，难的是一辈子做好事，不做坏事。你不仅要自己做好事，还要深入群众，了解他们的

281

诉求，全心全意为群众服务，带动大家做好事。"梁秀青经常去小区的凉亭里和居民们拉家常，不仅和他们打成一片，还能使自己的工作有的放矢。她开办社会大讲堂，参加听讲的人，只要能坚持听完，都要给他们发一些牙膏、洗衣粉、肥皂等小纪念品，鼓励他们主动参与。同时，成立了阅览室，订了报纸杂志，传播文化知识，传播正能量。小区的老人们喜欢看戏，每年端午节、中秋节、重阳节、元宵节举办活动时，她都用硬盘拷回来，在服务大厅的大屏幕上滚动播放，满足他们的文化娱乐需求。梁秀青与县残联取得联系，为小区的残疾人免费发放轮椅、助听器等。由于武汉鼎精神的感召和他们体贴入微的服务，最终获得了广大居民的信任。小区内乱扔垃圾的少了，讲文明礼貌的多了，出现了文明、团结、和谐、互助的气氛。

在武汉鼎精神的感召下，社区干部和35名移民党员组成一支"五色志愿服务队"，即红色爱心、紫色法律、白色医疗、绿色环保、蓝色维稳，把居民关注度高、迫切需要解决的难事打包成"暖心事"，或是上门服务或主动捡拾垃圾或扶老携幼，提供便民服务。残疾人高觅才入住益民小区，志愿者们给他送家庭用具，为他理发，帮他拖地、擦玻璃，给他做饭，共同营造大家庭的和谐气氛。每年春节，19栋楼、58个单元的对联，都由社区统一免费贴好，卫生统一打扫。居民们高兴地说："这是武老的模范带头作用。"

常言道：闹里有钱，静处安身。对于从大山里迁出来的人们来说，发生改变的不仅是全新的居住环境，更是从未体验过的全新生活。益民小区作为搬迁安置点，楼房规划、房间布局、小区景观、一草一木都非常漂亮。老家山区的条件非常差，住到这里来，又大又亮又干净，个个笑逐颜开。不过，在最初的喜悦过后，他们很快发现，并非所有的改变都那么令人兴奋，例如，每天吃的菜都要买，而且不便宜。从虽然贫穷尚能自给自足的农业社会，一下子进入凡事都要花钱的商业社会，掌管柴米油盐的家庭主妇们感到前所未有的压力。

武汉鼎了解到这种情况后，对梁秀青说："为居民们办事，必须要细心、耐心和有爱心，有'三勤'——嘴勤、手勤和腿勤，为他们办实事，解除后顾之忧，才能搬得出、稳得住、走上富裕路。"在武汉鼎的启发和教育下，梁秀青通过环卫保洁员、防火宣传员、护林宣传员，还有家政服务、电子商务等多种渠道，帮助贫困户解决就业问题。2018年，城关镇万家合作社成立了一个灯笼厂，用于解决移民的就业问题。灯笼厂不限制年龄，只要手脚麻利就可以报名。2019年，昆新社区服务中心派出4名技术人员，学成后回来培训工人。做灯笼，这个活儿不苦不重，挣计件工资，不想来回跑的，还可以拿回家里做，每天挣点零花钱，加上政府的补贴、养老保险、医疗费报销，移民们就是不种地，生活也有了保障。

居民的积极性调动起来后，社区只要有活动，居民们都踊跃参与，有了集体意识，人们的幸福感增强了。老人们说："我们做梦也没有想到，老了还能住上这么好的房子，过上城市人的生活，享受这么好的服务，就是儿女们也没有把我们管下这么好。"小区里有一位好媳妇，是个裁缝。她结婚进门的时候就没有婆婆，只有公公。他们和公公共同生活25年，无微不至地侍候老人。公公有腿疼病，儿媳妇每天都给他泡脚、贴膏药、按摩，把公公当成自己的父亲。公公逢人就讲，家里娶了个好媳妇。

2019年，有130户70岁以上的老人入住互助幸福院。老人互相帮助、互相监督，养成好习惯，共同遵守。

武汉鼎把自己的故事讲给大家听，传递给大家满满的正能量，激发居民实现"要我文明"到"我要文明"的转变，使居民从思想、文明到生活习惯上能融入城市生活，做一个文明市民。武汉鼎又提出了创建全国文明社区的目标，昆新社区服务中心正带领大家向这个目标迈进。

梁秀青因为突出的工作表现，当选清水河县人大代表，被评为2018年度呼和浩特市"榜样人物"。

人无精神不立，国无精神不兴。六十一甲子，武汉鼎穷一生之力，只为坚守一个心愿，只为坚守一件事情——扶贫济困。不忘初心，不改本色，事迹感人！

60年的坚守，已化作一种习惯和一份责任；

60年的岁月磨砺，成就了一棵扶贫战线的不老松；

60年的风雨历程，铸就了扶贫史上的一座丰碑。

武汉鼎的敬业、奉献精神，不仅感动了清水河，感动了内蒙古，也足以感动中国。在实现中国梦的不懈奋斗中，武汉鼎精神必将不断放射出耀眼的光芒，引领我们走向实现梦想的时刻……

打赢脱贫攻坚战，是中国共产党对广大贫困群众的庄严承诺。历史的车轮滚滚向前，在习近平新时代中国特色社会主义思想的引领下，经过许许多多像武汉鼎一样带领父老乡亲脱贫攻坚模范的奋斗和引领，清水河县各乡村发生了翻天覆地的变化。一孔孔新窑整洁亮丽，一条条道路宽阔平坦，一个个产业孕育着梦想，一张张笑脸幸福欢畅……扶贫路上没有捷径，扶贫工作没有终点。2019年4月，清水河县实现了脱贫摘帽的庄严承诺，代表着贫困群众站在了追求幸福生活的新起点上。生活在这片厚重而充满希望的热土上，人们正迈着铿锵有力的步伐，在脱贫攻坚的路上砥砺前行，迎接灿烂辉煌的明天！

后　记

　　在创作《汉鼎之光——"全国脱贫攻坚模范"武汉鼎纪事》这本书之前，我做了两件事情：一是从网上购买了一大堆有关扶贫的书籍，其中包括《国际减贫理论与前沿问题》《世界各国减贫概要》《大国扶贫》等有关世界各国扶贫的做法和理论方面的书籍，力图从其他各国扶贫的做法中理解中国这轮以精准扶贫、决胜全面小康的脱贫攻坚战，进一步确定自己的创作思路和方向；二是深入清水河县武汉鼎扶贫的贫困山村，进行深入的采访。接受采访的对象有村里的老支书，有当年武老帮扶的村民，有跟随武老扶贫的热心人，还有武老精神的传承者以及武老的亲人、徒弟，他们忘记了休息，甚至忘记了吃饭，饱含深情地向我讲述武老的事迹，提供了大量珍贵的资料。他们对武老的深厚感情，深深地感染了我，也让我感受到一份沉甸甸的责任。

　　在本书即将出版之际，我真诚地感谢所有为本书提供指导建议和书籍资料的各位专家、学者和朋友，让我从中学到了不少知识，增长了许多见识。尤其感谢清水河县委宣传部杨德明、邢永晟以及文联的陈勇，他们认真阅读、审核文稿，并提出了修改意见，令我受益匪浅；感谢县委宣传部石潮瑞、李时光在采访过程中的行程安排和关心照顾，为创作的顺利进行创造了条件；感谢严琼、韩朴生、高元、乔荣科、王建英、梁秀青、侯丽萍、武党在、武斌、武平、张军等，在他们的支持和帮助下，顺利完成了采访任务；感谢史志办张全载提供清水河县各种历史资料；感谢内蒙古农业大学叶德成、韩瑞平、陈永立等，提供有关大学生"三下乡"活动的资料。

书稿中的摄影作品，大多数是由清水河县摄影爱好者贺广生跟随武老下乡所拍摄，为拙著增添了不少光彩，深表感谢！

对玉成拙著出版的远方出版社的领导、责任编辑和装帧设计诸位师友，表示深切的感谢！

我再次向各位表示衷心的感谢，祝福所有关心本书的人士工作顺利，生活幸福！

由于资料来源不同和个人水平所限，书中难免会出现一些遗忽疏讹现象，敬请读者朋友批评指正！

2019年7月于呼和浩特